新무협 판타지 소설

【 금강金剛 作 】

대풍운연의

大風雲演義

3

대풍운연의 3

금강 新무협 판타지 소설

초판 1쇄 찍은 날 § 2002년 1월 7일
초판 1쇄 펴낸 날 § 2002년 1월 15일

지은이 § 금강
펴낸이 § 서경석

편집장 § 문혜영
편집 § 장상수 · 박영주 · 김희정 · 권민정
마케팅 § 정필 · 강양원 · 김규진

펴낸곳 § 도서출판 청어람
등록번호 § 제1081-1-89호
등록일자 § 1999. 5. 31
어람번호 § 제2-0042호

주소 § 경기도 부천시 원미구 심곡1동 350-1 남성B/D 3F (우) 420-011
전화 § 032-656-4452 팩스 § 032-656-4453
E-mail § eoram99@chollian.net

ⓒ 금강, 2001

값 7,500원

ISBN 89-5505-228-6 (SET)
ISBN 89-5505-231-6 04810

新무협 판타지 소설

[금강金剛 作]

대풍운연의

大風雲演義

음모(陰謀)의 소용돌이 □ 3

도서출판
청어람

목차

한매경세(寒梅驚世)

―죽음에서 돌아오다
새로운 희망(希望)이 모습을 드러내다

한매경세(寒梅驚世)

한효월은 흑의경장인을 부축하고서 몸을 날렸다.

마음이 급한 만큼 그는 전력을 다하고 있었고, 세찬 바람이 그의 옷자락을 찢어지도록 펄럭이고 있었다.

그의 눈앞으로 검은 숲이 모습을 드러냈다.

낙수(洛水)에서 십여 리.

수많은 나무들로 이루어진 이 숲의 이름은 관림(關林)이라 한다.

전후로 수십, 수백 년 된 잣나무들이 하늘을 가리는 이 숲이 낙양에서 유명한 까닭은 바로 여기가 오랜 옛날 관운장의 수급을 조조가 제사 지낸 곳이기 때문이다. 그 이후, 관운장은 민간의 신장(神將) 중 하나가 되었으며 그를 기리는 곳을 높여 관제묘(關帝廟)라고 하였다. 여기 관림은 바로 그 관운장의 수급을 제사 지낸 관제총(關帝塚)이 있으며 묘(墓)의 앞에는 관제묘가 있다.

한효월이 도달한 곳은 바로 여기.

그는 흑의경장인을 부축한 채로 몸을 날려 그 관제묘의 뒤편으로 갔다.

어둠 속 하늘을 가린 관림은 그야말로 손가락을 내밀어도 보이지 않을 만큼 어둡다.

그 어둠 속에서 그를 기다리는 사람 하나가 있었다.

그는 이미 거의 기식이 엄엄한 상태였다.

          *   *   *

꽝!

"크윽!"

폭음과 비명.

한 사람이 지푸라기처럼 튕겨졌다. 그는 뒤에 있던 바위에 머리를 부딪치면서 나가떨어지고 말았다.

"잘도 숨어 있었군!"

음산한 중얼거림.

흑의인 하나가 냉랭히 웃으며 그에게 다가서고 있었다.

쓰러졌던 사람은 안간힘을 쓰면서 일어나려고 했지만 방금 머리를 부딪치면서 머리가 깨진 것인지 머리에서 흘러내리는 핏줄기로 눈조차 제대로 뜰 수가 없었다.

그런 그의 목줄기를 흑의인이 움켜잡았다.

"좋아, 이제 끝이다."

흑의인이 어둠 속에서 흰 이를 드러내 보였다.

그것은 어린아이라도 느낄 수 있는 살기였다.

"이…… 이런 개죽음을……."

그는 버둥거렸지만 마음뿐, 몸이 움직이지 않는다. 숨이 막혀왔지만 전신의 진기는 다 어디로 가버린 것인지 한 올도 이끌어낼 수가 없다.

하긴, 이 정도로 버틴 것도 기적이 아닌가.

중년인, 신안금조 조건은 자신의 목뼈가 어긋나는 소리를 들었다.

지난 수십 년 간 천하의 움직임을 눈 아래 두었던 그로서는 정말 어이없고 한 많은 최후라고 할 수 있었다.

"크윽!"

단말마의 신음.

그리고 한 사람이 쓰러졌다.

사람이 쓰러지는 소리가 들리면서 신안금조 조건은 숨을 쉴 수 있음을 의식한다. 눈망울에 가득 찬 핏물로 시야가 흐려져 아무것도 볼 수가 없지만 그의 목을 조르고 있던 손은 없어졌다.

소매를 들어 눈을 씻자 뿌연 시야에 임풍옥수와 같은 생김의 청년 하나가 환상처럼 자리했다.

그가 한효월임을 그는 알지 못한다.

하지만 구원의 손길이 닥친 것은 직감할 수 있었다.

"신안금조 조 당주이십니까?"

한효월이 물었다.

"내가…… 조건…… 이오. 당…… 신은?"

"당주님, 무사하셨군요!"

억눌린 환성이 들려온다.

"이정(李靖)…… 자넨가?"

그 음성을 듣자 피투성이의 사내, 신안금조 조건은 갑자기 정신이 아득히 멀어지는 것을 느낀다. 긴장이 풀어지는 것이다.

그는 망연히 중얼거리며 정신을 놓았다.

"다행이군…… 다행이야……. 이 무서운 비밀을 알릴 수 있게 되었으니……."

"조 당주님!"

한효월이 쓰러지는 그를 부축했다.

청수했을 그의 모습은 피로 물들어 참혹했다.

나이는 50세 가량으로 보였지만 피로 물든 얼굴이 본래 어떠했었을 것인지는 알아보기 쉽지 않았다. 미염(美髥)이라 불리웠을 가슴까지 늘어졌던 수염까지도 토해낸 피로 범벅이 되어 옷자락에 눌어붙어 있음은 그가 당한 고초를 웅변하고 남는다.

급히 그의 맥을 짚어본 한효월의 안색이 돌변했다.

급격히 전신의 기력이 사라지고 있었다.

손을 쓰지 않는다면 아마도 반 시진을 넘기지 못하리라.

품에서 중조산에서 그가 제련한 고원단(固元丹)을 두 알이나 꺼내 그에게 먹인 한효월은 다급히 조건의 가슴팍 대혈을 짚어 치솟아오르는 기혈을 눌렀다. 그리고 자신의 진기로 흩어진 그의 기혈을 모아 단전으로 되돌리기 시작했다. 누군가가 옆에서 호법(護法)을 서주어야 할 위험한 일이었지만, 상대가 당장 숨이 끊어질 판이니 그런 것을 따질 수가 없는 상태였다.

그렇게 보낸 시각이 무려 한 시진.

겨우 한숨을 돌린 한효월은 고개를 들다가 안색이 돌변했다.

자신과 함께 이곳까지 온 그 흑의경장인.

그가 잣나무에 기대어 고개를 떨구고 있었던 것이다.

마치 호법을 서려는 듯 손에 검을 들고 있었지만 축 늘어진 전신은 그가 정상이 아님을 말하는 듯하다.

"내 잘못이다."

한효월이 길게 탄식했다.

그는 이미 죽었다.

한효월이 신안금조 조건을 살리기 위해서 애쓰는 동안, 그는 그 몸으로 두 사람을 호법하기 위해서 눈을 부라리고 있다가 기력이 소진하여 죽어간 것이다. 워낙 상처가 심하기도 했지만 미리 손을 썼다면 살릴 수도 있었으리라.

"죄송하오."

한효월은 부릅뜬 그의 눈을 감겨주면서 신음했다.

그는 죽음으로 자신에게 맡겨진 일을 완수했지만 과연 그로 인해서 그는 무엇을 얻은 것일까?

그 죽음은 그에게 무엇을 주었을까?

한효월은 그의 눈을 감겨주고는 길게 한숨지었다.

조용히 살던 산속의 생활이 어느 순간인지 검끝에서 춤을 추는 삶으로 변해 버렸다. 나오자마자 칼을 휘둘러 사람을 해치는 것을 보통으로 삼았다. 과연 그들을 그렇게 해쳐야만 할 필요가 있었던 것일까?

그는 문득 자신의 손을 들여다본다.

글을 쓰고, 금을 타며, 화초를 가꾸던 손이었다.

꽃 향기에 취해 달빛 아래를 거닐며 시를 읊조리던 생활이 어제까지 자신의 삶이었었는데, 그 일이 이젠 그처럼 까마득한 옛일만 같다.

갑자기 얼굴 하나가 떠오른다.

화려한 치장을 한 것도 아니다.

그러나 기품이 있는 얼굴이었다. 절세의 미인은 아니었지만 그녀에게는 고아(高雅)한 기품이 있었다. 그것은 내면에서 우러나오는 아름다움과 그녀의 배움이 어우러져 만들어낸 것이었다.

웃을 때마다 드러나는 고른 치아는 어둠 속에서 흰 눈이 빛나는 것 같았다. 그나마 그 고른 치아를 제대로 본 적은 별로 없었다. 그녀는 언제라도 웃을 때는 손으로 입을 가렸기에.

"이 소저……."

중얼거리던 한효월은 뒤에서 들려오는 신음 소리에 정신을 차렸다.

신안금조 조건이 신음을 흘리고 있었다.

괴로운지 전신을 틀며 신음을 흘리는 그의 몸에서는 아직도 여기저기 선혈이 내비친다. 외상도 가볍지 않았다.

잠시 지난날로 돌아갔던 한효월은 그 시간의 짧음에 길게 한숨을 쉬고서 그에게 다가가 상처를 보다가 안색이 조금 달라졌다. 뒤로 넘어지면서 다친 것인지 뒷머리가 깨져 선혈이 흐르고 있었던 것이다. 머리의 상처가 이 정도라면 자칫 잘못될 수도 있을 터이다.

상처를 대강 처맨 한효월은 일단 그 자리를 떠나기로 했다.

혹시라도 다른 자들이 더 쫓아오기 전에 맹주부로 돌아가서 그를 치료함이 좋을 것이기 때문이다.

하지만, 그 자리를 떠나 낙양성으로 돌아온 한효월은 대경실색한다.

저 멀리 어둠을 밝히며 타오르고 있는 불빛.

그것은 정말 장관(壯觀)이라 할 정도로 거창하게 암천(暗天)을 갈가리 찢으면서 치솟고 있는데, 그 방향이 다른 곳이 아닌 맹주부였던 것이다.

"도대체 무슨 일이……!"

신음한 한효월은 다급히 땅을 박찼다.

*   *   *

"무사하시오?"

그가 물었다.

"부맹주님……?"

감천형이 부지중에 중얼거렸다.

담장을 넘어가던 흑의인을 두 동강이 내면서 나타난 사람.

그는 청색의 도포(道袍)를 입었다. 푸른빛이 도는 작은 청옥관(靑玉冠)으로 머리를 묶은 그의 조금 마른 체구는 당당하다기보다는 가냘퍼 보인다. 그러나 그의 눈에서 쏟아지는 신광은 쇠라도 부숴 버릴 듯했다. 그리고 그의 손에 들려 빛을 뿌리는 한매신검(寒梅神劍)은 가공할 검기를 휘몰고서 그의 한 걸음 한 걸음마다 힘을 더하고 있었다.

가히 천신과도 같은 기태.

"가증한 자들! 감히 여기가 어디라고……."

눈을 부릅뜬 그가 불을 토하듯 소리쳤다.

그 위세에 어둠을 머금은 대기가 놀라 쩌러렁 진저리를 친다.

"부맹주라면, 네가 화산의 장문인 진자양이란 말이냐?"

미간을 찡그리고서 그를 노려보던 서정후가 놀란 빛으로 입을 열어 물었다.

"으하하하…… 제천교의 일개 후(侯) 따위가 감히 본 장문인의 이름을 부를 자격이 있단 말이냐?"

나타난 청색 도포의 중년인이 크게 웃었다.

그는 당당했다.

중기(中氣)가 충만한 웃음소리는 사방을 덮어 누르는 듯했다. 사방에서 타오르는 불길이 그의 웃음소리를 따라 춤을 추는 듯하였다.

그는 혼자이되, 장중을 압도하는 힘을 보였다.

화산파의 장문인이자 무림맹의 부맹주인 진자양.

화산의 비전절학을 수련하기 위해서 폐관하고 있다던 그가 돌연 이 자리에 나타난 것이다.

'저자가 어떻게 이 자리에 나타난 건가?'

그의 출현에 암중에 미간을 찡그렸던 서정후는 이내 코웃음 쳤다.

"화산파에서 숨을 죽이고 있었더라면 그나마 생을 유지하는 시간이 조금 더 길었을 터인데, 여기까지 쫓아왔더란 말인가?"

쿠쿠쿠쿠…….

불길에 휩싸인 누각의 한쪽이 무너졌다.

감천형이 다급히 소리쳤다.

"부맹주! 안쪽에 사모님이 계시……."

그런 그를 향해서 진자양은 웃어 보였다.

"후원의 적은 이미 내가 모두 처리했소! 자연히 부인께서도 무사하니 걱정하지 않아도 되오."

"그런?"

감천형의 얼굴에 놀람의 빛이 떠올랐다.

그러고 보니 후원에서 그처럼 요란하게 들리던 싸움 소리가 거의 들리지 않았다. 그것을 이쪽 세력이 전멸한 것으로 생각했었더니 반대였더라는 것인가.

하긴 그가 나타난 것은 후원에서였다.

서정후의 생각도 그와 같았던 모양이다.

그의 안색이 달라졌다.

그 말의 의미는 진자양이 혼자가 아니라는 것이기에.

그 순간, 소리도 없이 푸른빛이 진자양을 향해 덮쳐 갔다.

예의 공포스러운 흑포괴인이었다.

"물러가지 못할까?"

그가 덮쳐 오자 진자양이 꾸짖듯 호통 치며 일검을 뻗어냈다.

그가 너무 흑포괴인을 가볍게 보는 듯하자 감천형이 놀라 외쳤다.

"부맹주, 마교의 천첩청령수요!"

그 말을 듣자 진자양의 눈에 갑자기 긴장의 빛이 흘렀다.

이어 그의 얼굴에 검붉은, 자색(紫色)이 마치 치밀듯이 쭈욱 올라오더니 그의 검끝에서 검화가 폭죽처럼 퉁겨져 나왔다.

"자하신공(紫霞神功)?"

그것을 본 감천형이 외쳤다.

동시에 기괴한 폭음이 격돌의 현장에서 터져 나왔다.

그리고 매화꽃 모양의 검광이 폭발하듯이 그곳에서 일어나면서 방원 칠팔 장을 온통 뒤덮었다. 가공할 검기였다. 그 검기에 휘말린 것은 모조리 산산조각으로 찢겨지고 부서져 흩어졌다.

감천형조차도 놀라 뒤로 물러나야 했다.

"크악!"

단말마의 괴성.

흑포괴인의 모습이 한줄기 검은 연기와도 같이 불빛을 가르며 담을 넘어 사라지고 있었다.

"목을 내놓아라!"

숨을 쉴 틈도 없이 매화꽃의 검광이 쭈욱 뻗어나더니 전광석화와 같이 서정후를 향해서 덮쳐 갔다.

다급한 부르짖음과 함께 진자양의 좌우에서 검광이 덮쳐 왔다.

서정후의 수신호위가 그를 막아선 것이다.

쨍! 쨍그렁.

날카로운 음향과 함께 불똥이 튀었다.

그리고 비명!

피를 뿌리며 막아섰던 흑의인 둘이 피를 뒤집어�쓴 채로 거꾸러졌다.

검은 무서운 검광을 동반한 채로 여전히 서정후를 향해서 날아가고 있었다. 그 검을 쥐고 있는 것은 진자양이었다. 그의 전신에는 검붉은 자강(紫罡)이 소용돌이치고 있었으며, 그의 움직임을 따라 바닥의 대리석이 풀풀 흙먼지로 화해 날아올랐고, 그를 따라 궤적을 그었다.

"어검술(御劒術)이군……."

그 모습을 보면서 감천형이 신음했다.

그의 중얼거림과 동시에 진자양의 일격이 서정후를 덮쳤다.

"흐윽?"

그 가공할 검세를 본 서정후의 안색도 돌변했다.

그럴 수밖에 없었다.

그것이야말로 검도 최강이라는 어검술이기 때문이다.

어검술이 화경(化境)에 달하면 십 리 밖에 있는 사람의 목도 주머니 속의 물건 꺼내듯 할 수 있다고 하였다. 그러니만큼 그것은 이미 무공이면서 무공의 범주를 벗어난 것이었다.

한마디로 다른 차원의 무공.

자색의 검광은 한 마리의 자룡(紫龍)과 같이 서정후를 덮쳐들었고, 서정후는 그 기세를 보고 놀라 하늘로 날아올랐다.

하지만 그처럼 쉽게 피할 수 있다면 누가 어검술을 두려워하랴.

자색의 검광은 가공할 기세로 날아오르는 서정후를 휘감았다.

쩡! 쩌러렁~!!

용이 울고 범이 신음하는 굉음이 터져 나오는 가운데, 검기장풍이 일대를 뒤덮었다. 누구도 그들의 싸움을 제대로 알아볼 수가 없을 정도였다.

감천형도 경악한 얼굴로 그 광경을 보고 있었다.

놀랄 수밖에 없었다.

진자양이 역대 화산파의 그 어느 장문인보다 뛰어난 사람임은 이미 세상에 널리 알려진 사실이다. 그가 무림맹의 부맹주로 추대된 것은 우연한 일이 아니었다. 하지만 아무리 그렇다고 하더라도 저렇듯 가공할 고수가 되어 나타날 줄은 누구도 미처 짐작하지 못했던 일이었다.

대결은 오래가지 않았다.

천지를 진동하는 격돌음이 연이어 일어나더니 그림자 하나가 유성과 같이 맹주부의 문 쪽으로 사라진 것이다.

그 뒤를 자색 검광이 따랐다.

콰쾅!

맹주부의 대문이 산산이 부서졌다.

그처럼 단단한, 강철과 같은 단목으로 이루어진 문이 문풍지가 찢겨져 나가듯 그렇게 흩어져 버렸다.

그것이 끝이었다.

부서진 문.

그 문루(門樓)에 한 사람이 검을 빗겨 든 채로 우뚝 서 있었다.

그의 검에서는 다시금 불이 뿜어질 것만 같았다.

타오르는 불빛을 받으면서 우뚝 선 그는 그 존재 자체로써 당당하였다.

화산 장문.

화산 백 년 래 제일고수.

그렇게 불리는 그는 육합무적검(六合無敵劍) 진자양이었다.

모든 적을 몰아내고서 그 소임을 다했다는 듯이 신형을 돌려 장내를 돌아보는 그.

와아아―!

거의 전멸의 위기에 몰렸던 맹주부의 위사들이 환성을 터뜨렸다.

누가 시킨 것도 아니었다.

지리멸렬(支離滅裂).

건곤무적 독고해가 쓰러진 후에 그처럼 기를 펴지 못하던 그들의 눈에 비친 진자양의 모습이야말로 새로운 희망에 다름이 아니었다.

순간, 진자양이 검으로 바닥에 짚으며 신형을 비틀 했다.

"부맹주!"

감천형이 놀라 그에게 달려왔다.

"괜찮소."

진자양이 그를 향해 웃어 보였다.

청수한 그의 얼굴은 조금 창백했고, 입가에는 미세한 핏줄기가 비친다.

그러나 그뿐이었다.

"조금 기혈이 뒤틀렸을 뿐이오. 잠시 쉬면 괜찮아질 거요."

그때였다.

담을 타고, 부서진 담을 넘고, 또 문을 통해서 불타는 후원에서 사람들이 모습을 드러내기 시작했다. 화산파의 고수들이다. 얼마 전 이곳을 떠났던 화산우사 육기도 있었다.

그들의 옹위를 받고 있는 여인을 본 좌백이 소리쳤다.

"사모님!"

봉설란이 거기에 있었다.

바로 그 순간이다.

"누구냐?"

진자양이 호통 치면서 벼락처럼 신형을 회전했다.

동시에 그의 한매신검이 땅에서 튕겨져 오르듯 날아 검광으로 화해 맹주부의 문을 통해 밖으로 쏟아져 나갔다.

쏴아악!

무서운 속도로 누군가가 날아들었다.

그 신법은 표홀하고도 빨라 진자양이 그것을 느낀 순간에 이미 그와 채 일 장도 떨어지지 않은 곳에 도달해 있을 정도였다.

진자양은 신형을 돌림과 동시에, 검으로 그를 공격해 갔다.

비록 고수들과의 연이은 격전을 벌였다고 하더라도 그의 일격은 여전히 산천을 떨게 만들 만한 위력이 있었다.

"홍!"

덮쳐 오던 사람은 냉소를 터뜨리면서 훌훌 날아올라 그 검세를 피해 냈다.

그리고 허공에서 신형을 뒤집는 것과 함께 잇달아 삼장이권을 격출하여 진자앙을 공격했다.

폭풍과도 같은 강기가 일어났다.

"맙소사, 멈추십시오!"

나타난 사람을 본 감천형은 대경실색하여 소리치면서 몸을 날렸다.

그가 마구잡이로 장중으로 날아들자, 진자앙과 나타난 사람은 놀라 황급히 손을 거두면서 뒤로 물러났다.

"감 사질, 괜찮나?"

나타난 사람이 물었다.

나타난 사람, 그는 바로 한효월이었다.

불길을 보고 다급히 달려오던 그와 진자앙이 격돌한 것이다.

*　　　　*　　　　*

불길은 잡혔다.

하지만 남은 것은 없었다.

그처럼 위풍당당하던 맹주부는 이제 없었다.

맹주부의 상징과도 같았던 취의청에서부터 다른 수십 채의 누각들이 모두 한줌의 재로 화해 바닥으로 주저앉았다. 아직도 채 꺼지지 않고 남은 불길은 날름거리며 잔해 속에서 마지막 안간힘을 쓰고 있었다.

불길은 잡혔다고 하지만 검은 연기는 여전히 밤하늘을 덮으며 피어오르고 있어 검은 그을음이 맹주부를 뒤덮는다.

그 속에 선 사람들의 심정이야 말해 무엇하랴.

오직 한마디, 참담(慘憺).

밤하늘을 바라보면서 한효월과 감천형, 그리고 진자양 등 남은 맹주부의 핵심 인원들이 탁자에 둘러앉아 있었다. 회의할 곳조차 마땅치 않아서 불타다 남은 후원 아취소축의 일층이 그 임시 대책 회의장이었다.

그나마 격전을 말해 주듯이 아취소축의 일층조차도 성하지는 않았다. 그곳도 반쯤은 불타 그 무너진 곳으로 밤하늘의 별이 보이고 있는 것이다.

그 자리에는 봉설란도 독고경도 같이 자리했다.

봉설란은 다행히 별다른 상처를 입지 않았다. 놀란 빛은 얼굴 가득했고 머리카락도 흩어졌지만 실제로 피해는 없는 셈이고, 독고경은 격전의 와중에 상처를 입었으나 크게 중한 것 같지는 않았다.

하지만 맹주부가 받은 피해는 실로 막대(莫大)하였다.

그 수많던 위사들이 이제 제대로 움직일 만한 자는 열이 겨우 넘을 정도에 불과하니, 그 피해를 말해 무엇할 것이며, 고수라고 할 수 있는 사람도 이번 공격에 거의 죽어 넘어졌으니 실제로 맹주부는 붕괴되었다고 해도 과언이 아니었다.

만에 하나라도 진자양이 그 시간에 나타나지 않았다면 이 자리에 살아 남아 있을 사람은 아무도 없을 터였다.

지금 사방에 번을 서고 있는 경장(輕裝)을 차려입은 사람들은 진자양이 데리고 온 화산파의 고수들이었다. 그들 중 열둘은 진자양이 심혈을 기울여 양성한 화산십이룡(華山十二龍)으로서, 진자양과 함께 폐관수련에 들었던 그들의 힘은 맹주부를 공격해 왔던 제천교를 격퇴한 것에서 이미 증명이 된 바 있었다.

"부맹주께서 적시에 나타나시지 않았더라면, 정말 저는 죽어서도 눈을 감지 못했을 겁니다."

침묵을 깨뜨린 것은 감천형이었다.

"정말 다행이오. 강호의 상황이 급박하다는 바람에 무리를 하여 연공을 앞당겨 출관(出關)을 했었는데……."

"무리가 가지는 않으셨습니까? 화산의 비전 자하신공은 속성이 불가능한 것으로 알고 있는데……."

"위험한 고비는 있었지만 간신히 극복할 수 있었소."

진자양이 미미하게 웃어 보였다.

이 자리에서는 그의 웃음만이 빛나 보였다.

명문대파(名門大派)는 전통이라는 것이 있다.

그 전통은 세월이 더해서 만들어진다. 그렇게 만들어진 전통이란 것은 결코 간단한 것이 아니었다. 수많은 고수능인(高手能人)이 대를 이어서 초식을 가다듬고 절학을 연마하며, 창출해 낸 것들이 그 전통 속에 숨 쉬고 있는 것이다.

화산파 또한 다르지 않았다.

그중 가장 뛰어나다고 알려진 자하신공은 선천기공(先天氣功)이다.

선천기공이란 후천(後天)과 반대되는 개념이다.

후천이란 사람이 태어나서 그 지닌 바 체력을 길러가는 무공을 이른다. 보통 수련하는 외공(外功)이 바로 그 범주에 속한다. 손을 단련하기 위해서 뜨거운 모래에 손을 파묻고, 바위를 치는 것이 바로 이 외공을 단련하는 것이다. 자질이 필요하기도 하지만, 외공은 누구나 뼈를 깎는 노력을 하면 어느 정도 성과를 거둘 수 있다.

하나, 내공은 다르다.

입문 단계라면 누구라도 어느 정도 성과를 볼 수 있지만 시간이 지남에 따라 그것은 전혀 다르게 된다.

십 년을 한 사람이라도 일 년을 한 사람보다 성취가 떨어질 수가 있는 것이다. 그저 꾸준히 토납운기(吐納運氣)를 연습하여 공력을 쌓는 일은 시일이 지나면 가능하지만 어느 정도의 경지에 달하게 되면 반드시 깨달음이 필요하게 되는 법이기에.

그러한 일은 천부적인 자질이 없으면, 불가능하다.

더더구나 그중 최상승이라고 할 선천기공은 단순히 공력을 쌓는 것이 아니라, 천지중의 기운을 나의 것으로 받아들여야 하므로 천지와 하나가 되어야 하고, 그렇기 위해서는 반드시 깨달음을 얻어야만 한다.

자하신공이 바로 그러한 공부였다.

진자양이 그 자하신공을 대성했다면 그의 무공은 건곤무적 독고해에 비견될 수 있는 것일 수도 있었다.

"정말 축하드립니다. 화산의 경사일 뿐 아니라, 전 무림의 복이로군요. 이 시기에 부맹주께서 출관을 하셨으니……."

감천형이 치하하자, 진자양은 쓴웃음을 머금었다.

"급한 김에 출관을 하긴 했지만……."

말꼬리를 흐리던 그는 문득 정색을 했다.

"그간 정말 많은 고생을 했다고 들었는데, 명색이 부맹주라는 자가 폐관에 들어 어려울 때 아무것도 돕질 못했으니 죄만하기 그지없소, 감대행."

"별말씀을, 이렇게 와주신 것만으로 감사합니다."

답을 하던 감천형은 문득 입술을 깨물었다.

"부맹주께서 적시에 와주시지 않았더라면, 오늘 이 맹주부는 잿더미
도 남지 않았을 겁니다. 감 모는…… 감 모는……."

깨문 입술에 피가 맺힌다.

"능력의 부족을 통감합니다."

그는 치미는 격동을 참지 못하는 듯 얼굴을 숙였다.

그의 삶 30년 동안 좌절을 당해본 적이 없었다. 그러나 이제 그것을
스스로 인정해야 하니 그 속내가 어떠하랴.

…….

침중한 분위기가 좌중을 짓눌렀다.

별빛이 차다.

겨울도 아닌데, 밤하늘에 보이는 별빛이 문득 서늘하게 느껴짐은 왜
인가.

한효월은 암중에 길게 탄식해 마지않았다.

진자양도 무거운 표정으로 입을 열었다.

"너무 자책하지 마시오. 오늘의 일이 어찌 감 대행……."

그의 말에 감천형은 얼굴을 들었다.

"오늘부로 저는 대행 직을 내놓겠습니다. 부맹주께서 맹주 직을 맡
아주십시오."

"감 대행! 이 일은 그렇게 결정할 수……."

"맹 내에 변고가 있다면, 그 승계는 부맹주가 우선입니다. 제가 그동
안 맹주 대행을 했던 것은 부맹주께서 자리에 없었기에 가능했었지요.
더 이상 저를 욕되게 하지 말아주십시오."

감천형의 말은 완강했다.

잠시 그의 얼굴을 보고 있던 진자양은 고개를 끄덕였다.

"알겠소. 그렇다면 중론을 모을 때까지 잠시 내가 대행을 하기로 하겠소."

"감사합니다."

감천형이 고개를 숙였다.

무림맹의 권한이 화산파로 넘어가는 순간이었다.

*   *   *

악몽의 밤은 갔다.

새벽이 저 멀리서 달려오고 있었다.

움트는 새벽빛은 아스라한 안개를 몰고서 그렇게 어둠을 쫓아내고 있지만, 밤새 대책 회의를 치른 중인들의 얼굴은 납덩이와 같았다.

"감 당주가 반대한다면 강행하지는 않겠소."

진자양이 침착히 말했다.

잠시, 좌중에 침묵이 깔렸다.

누구도 입을 열지 않았다.

"흥!"

냉랭한 코웃음 소리.

침묵을 깬 것은 독고경이었다.

"누가? 누구 마음대로 맹주부를 화산으로 옮긴다는 건가요? 당신은 맹주 대행이지, 아직 무림맹주가 아니에요! 이곳은 아버님이……."

"경아, 말이 과하다. 그만 해둬라."

감천형이 말을 막았다.

"사형!"

"그만 해두라고 하지 않았느냐!"

감천형이 눈을 부릅떴다.

그 눈에서는 불길이 일고 있었다.

늘 자상하고, 아버지 대신 그녀에게 있어서는 한없이 너그럽기만 하던 사형이었다. 그가 자신을 이렇게 공개 리에 꾸짖는 일은 한 번도 없었다. 누구라도 이런 경우에는 주춤할 수밖에 없다.

독고경은 입을 다물었다.

불복의 기색이 역력했지만 어쩔 수 없는 일이었다.

"진 대행의 결정에 따르겠습니다."

감천형이 입을 열었다.

"사형!"

이번에는 좌백이 일어났다.

감천형은 손을 들어 그의 말을 저지하며 침중한 음성으로 말을 이었다.

"그러나, 이 일에 대해서는 각 파의 반발이 있을런지도 모릅니다."

"그 점에 대해서는 걱정하지 않아도 되오. 총론을 모을 때까지의 임시 조치에 불과한 일이니까."

대꾸한 진자양의 얼굴이 격동을 참느라고 미미하게 떨렸다.

"독고 맹주께서 이곳에 맹주부를 설치하고 전 무림의 은원을 해결하기 시작할 때, 나는 화산파의 장문인이 아니었고 차기 장문으로 내정된 장문제자(掌門弟子)였었소. 그분은 나의 선망, 아니, 전 무림의 선망이고 희망이었었소……. 그리고 오늘, 그분의 뒤를 이어 나는 이 자리에 섰소."

주위를 둘러보는 그의 눈에서 신광이 일었다.

"그분이 이루었던 모든 것이 한순간에 잿더미가 되었소. 그리고 적은 우리가 상상하는 이상으로 강하오. 독고 맹주의 영광이 깃들었던 이 무림맹의 총단은 이 순간에는 참혹한 치욕의 현장일 뿐이오."

그는 입술을 깨물었다.

"폐허를 지키고 있을 수는 없소. 재정비를 해서 돌아올 때까지! 이 일은 어쩔 수 없는 선택일 뿐이오."

......

침묵이 무겁고도 무겁게 좌중을 짓눌렀다.

감천형은 물론 좌백, 독고경도 입을 열지 않았다.

누구도 진자양이 맹주 대행을 맡자마자 맹주부를 화산파로 옮길 것이라고는 상상하지 못한 일이었기에.

한효월은 조용히 상황의 추이를 지켜볼 뿐, 처음부터 자신의 의견을 피력하지 않아 그가 과연 무슨 생각을 하는지 알 수 없었다.

주위를 돌아보던 진자양은 한효월을 바라보았다.

"한 공자의 고견은 어떠십니까?"

한효월은 어색한 웃음을 머금었다.

"저는 아직 나이가 어리고 무림맹의 사람도 아닙니다. 그러므로……."

"무슨 그런 말씀을! 한 공자께서는 독고 맹주의 사제이십니다. 누구보다 더 확실한 무림맹의 주축일 수밖에 없는……."

"죄송합니다."

한효월은 가볍게 고개를 숙여 진자양의 말을 끊었다.

"저는 감 사질의 요청에 따라 사형의 죽음을 조사하러 나왔을 뿐입니다. 혹시 필요한 일이 있을 때 도움이 될 수 있을지는 모르겠습니다만......."

그의 음성은 언제나처럼 고요했다.

그러나 그 말에 서린 뜻은 완고(頑固)하여 진자양은 더 이상 말을 붙일 수가 없었다.

"아쉽군요. 그럼 도움이 필요할 때 부탁을 드리도록 하겠습니다."

한 걸음 후퇴하기는 했지만, 여전히 여지는 남겨둔다.

두 사람은 한차례 문답을 한 셈이었다.

진자양은 한효월을 무림맹의 일원으로 묶어둘 요량이었고, 한효월은 무림맹의 일원이기보다는 자유롭게 움직이겠다는 의사를 표명한 것이다.

第二首

혼세난정(混世亂情)

—내일을 기약하다
단서의 행방(行方)은 의혹에 잠기다

혼세난정(混世亂情)

밤새 타오른 불길 때문이었을까.

하룻밤 새 폐허가 된 맹주부는 아침 해가 밝아오고 있음에도 짙은 안개에 휩싸여 깨어날 줄 모르고 있었다.

잠들었던 모든 것들이 깨어나는 시점이다.

하지만 무림맹주부는 한숨도 자지 못했다.

한효월을 비롯한 모든 사람들이 다 그러하였다.

감천형과 좌백, 그리고 독고경은 조금의 거리를 두고 걸음을 옮기고 있었다. 그들이 향하는 곳은 앞서 간 한효월의 거처.

그의 거처는 맹의 중심부가 아니라서 이번 참화를 비켜갔다.

"아무리 그렇지만 이건 너무합니다."

문득 감천형의 뒤에서 불만 섞인 음성이 터져 나왔다.

좌백이 일그러진 얼굴로 투덜거리고 있었다.

"어쩔 수 없는 결정이다."

그 뒤를 따라오고 있던 감천형이 굳은 얼굴로 말했다.

"왜 한마디도 하지 않으셨습니까? 이곳은 사부님께서 지난 수십 년 간을 피땀으로 지켜온 맹주부입니다. 다른 문파들의 의견도 듣지 않고 자기 마음대로 맹주부를 화산으로 옮긴다는 것은……."

"이 폐허를 맹주부라고, 무림맹주부라고 지키고 있는 것이 과연 옳 겠느냐? 그게 사부님이 바라는 바일까? 그는 화산파로 돌아가야 한다. 그가 돌아간 다음에 너는 이 폐허를 지킬 자신이 있느냐?"

"……."

좌백의 얼굴이 다시 일그러졌다.

그 표정은 참혹할 정도였다.

그도 안다.

사형인 감천형의 말이 옳은 것임을, 구구절절 옳은 것임을 머리로는 안다. 그런데 가슴으로 받아들여지지를 않는 것이다.

"아버님이 바라는 게 뭐죠?"

독고경이 코웃음 쳤다.

"사부의 시신조차 지키지 못한 제자들에게 과연 무엇을 바라고 계실 까요? 평생을 두고 일군 그 기업을 이렇게 하루아침에 무너뜨리는 그 제자들이 얼마나 대견하실까요?"

"사매!"

듣다 못한 좌백이 그녀를 불렀다.

늘 침착하던 그였지만, 그의 얼굴도 굳어 있었다.

그렇지 않아도 가슴이 아픈 판에 정곡을 찔리자 참을 수가 없어진 것이다.

"그만두어라."

감천형이 굳은 얼굴로 말했다.

"다툴 일이 아니다. 버틸 수 없다면 물러날 줄도 알아야 한다."

그는 그 말을 끝으로 입을 다물었다.

권토중래(捲土重來).

그 말을 입 밖으로 내고 싶었지만 참아야 했다.

한신(韓信)이 무뢰배의 가랑이 사이를 기어가던 때의 심정을 그는 알 수 있을 것 같다. 하지만 과연 한신과 같이 오늘의 이 치욕을 딛고 일어설 수 있을 것인지는 그도 알지 못한다.

분위기가 무거워서인지 독고경도 더 이상 입을 열지 않았다.

한효월의 거처가 눈앞에 나타났다.

그의 거처에는 두 명의 위사가 굳은 얼굴로 번을 서고 있다가 그들을 맞았다. 일원, 오당, 사개위대의 대부분이 붕괴된 지금, 그의 거처를 위사가 지키고 있다 함은 거기에 무엇인가가 있다는 뜻.

감천형 등이 들어섰을 때, 한효월은 신중히 침상에 누운 사람의 맥을 짚고 있었다.

바로 그가 구해온 신안금조 조건이었다.

그는 아직까지도 혼수상태에서 깨어나지 못했다.

"아직도 깨어나지 않았습니까?"

좌백이 물었다.

"좋지 않군……."

맥을 짚고 있던 한효월이 중얼거렸다.

신안금조 조건 때문에 그는 대책 회의가 끝날 무렵, 먼저 자리를 떴다.

"살릴 수가 없다는 이야기입니까?"

좌백이 신음과 같은 음성을 흘려냈다.

"생명에는 지장이 없을 것 같다."

좌백의 물음에 한효월이 말했다.

"그럼……?"

뭐가 문제냐는 듯 좌백이 한효월을 쳐다보았다.

"머리를 심하게 다쳤다."

한효월이 굳은 표정으로 입을 열었다.

침상의 신안금조 조건. 무림맹의 머리요, 눈이며 귀였던 그는 혼수상태로 시체와 같이 누워 있다.

"머리를 다쳤다면?"

"깨어나 봐야 알겠지만, 어쩌면 지난 일을 기억하지 못할런지도 모른다."

"그, 그런!"

좌백이 입을 벌렸다.

"다른 방도가 없겠습니까?"

감천형이 참지 못하고 물었다.

그가 생각하던 것이 모조리 어그러지는 느낌.

그는 원래 맹을 화산의 진자양에게 맡기고는 신안금조가 알아온 이야기를 바탕으로 하여 단신으로라도 적의 내부를 파헤쳐 볼 심산을 하고 있었던 것이다.

그런데 그가 아무 말도 못할 수도 있다니…….

"아직 속단은 이르다. 깨어나 봐야 알 수 있는 일이니까."

"언제 깨어납니까?"

"너무 지치고 너무 참혹하게 당했다. 어떤 사명감을 지니지 못했다면 아마 살아오기 힘들었을 상태……. 바꾸어 말하면 그가 우리에게 해줄 말이 있었다는 뜻이겠지."

한효월이 맥을 잡고 있던 신안금조의 손을 놓으며 중얼거렸다.

"제, 제천……."

그때, 신음처럼 신안금조 조건이 입술을 떨었다.

"조 당주! 정신이 듭니까?"

"크으으…… 그, 그들을 막아야…… 그들을…… 크으윽! 맹주우……."

신안금조 조건은 전신을 부들부들 떨기 시작했다.

마치 학질이라도 걸린 듯 경련을 일으키는 모습이다.

"사숙!"

좌백이 한효월을 바라보면서 소리쳤다.

피투성이가 된 신안금조 조건이 그처럼 괴로워하고 있는데도 한효월은 미동도 없이 그를 내려다보고 있었기 때문이다.

"어쩌면, 내 걱정은 기우(杞憂)가 될런지도 모르겠군……."

그를 내려다보고 있던 한효월이 조용히 중얼거렸다.

"왜 진 대행의 청을 거절하셨습니까?"

먼저 입을 연 것은 감천형이었다.

한효월과 감천형, 그리고 좌백은 집 앞을 거닐고 있었다.

"내가 무슨 거절을 했다는 거지?"

"그가 한 말은 사숙께서 맹에 남아 있으면서 도와달라는 뜻. 그런데 사숙께서 하신 말씀은……."

"변화를 줄 때가 되었지?"

문득 희미한 웃음이 한효월의 얼굴에 떠오른다.

"지금 상태로써는 적의 의도를 알아낼 재간이 없다. 그런 면에서 내 생각은 감 사질과 같아. 맹을 떠나 적이 예측하지 못한 방향으로 움직이는 것이 현재로서는 최선……."

"어떻게 아셨습니까?"

감천형이 놀라 물었다.

원래 그는 진자양에게 무림맹을 맡기고 나면 단신으로 움직일 생각이었던 것이다. 그 결심은 진자양이 나타난 다음, 그의 능력을 보고 한 것이라 아직까지 누구와도 의논을 한 적이 없었다.

그런데 그 내심을 한효월이 이미 꿰뚫고 있다니 놀랄 수밖에.

"내 생각도 같으니까!"

한효월이 문득 미미한 웃음을 머금었다.

"그러나 난 몰라도 감 사질이 맹을 떠나는 건 쉽지 않을 것 같군."

그의 시선을 따라 눈을 든 감천형과 좌백의 눈빛이 흔들렸다.

안개를 헤치며 한 사람이 걸어오고 있음을 발견한 것이다.

육합무적검 진자양이다.

육합무적검 진자양은 미간을 찡그렸다.

그의 손은 힘없이 내던져진 신안금조 조건의 맥을 짚고 있었다.

출혈이 심했던 것인지 조건의 얼굴은 물론, 손까지도 백지장과 같이 아예 핏기가 없었다. 예리한 감각으로 천하의 정세를 판단하고, 앞날을 예측했던 그는 참혹한 모습으로 정신을 놓은 채 깨어날 줄 모른다.

"쉽게 깨어날 것 같지 않군……."

진자양이 손을 떼면서 중얼거렸다.

"내외상이 모두 심합니다."

한효월이 조용하게 답했다.

방 안에는 그와 감천형, 그리고 진자양이 굳은 얼굴로 침상에 누운 조건을 내려다보고 있는 중이었다.

"그가 입은 상처로 보건대, 그가 얼마나 흉험한 저지를 뚫고 여기까지 당도한 것인지 짐작이 갈 것 같군요. 한 공자의 생각으로는 그가 언제쯤 깨어날 것 같습니까?"

"시간이 지나봐야 알 것 같습니다."

"그렇겠지요? 조 당주께서 아무런 연락도 못하고 있다가 이처럼 전력을 기울여 돌아오려고 했다는 것은 그만큼 중대한 일이 있다는 뜻일 텐데……."

한효월의 답에 진자양이 중얼거렸다.

…….

잠시 침묵이 흘렀다.

그 침묵을 깨뜨린 것은 진자양이었다.

"암중의 적이 가진 힘은 실로 막강한 듯합니다."

한효월과 감천형은 입을 열지 않고 그의 다음 말을 기다렸다.

"나는 극비리에 화산을 떠났고, 화산파 내에서도 내가 개관(開關)한 것을 아는 사람은 극소수인데…… 여기에 이르기까지 두 차례나 적의 기습을 받아야 했습니다."

진자양의 굳은 표정.

그의 말에 한효월과 감천형의 얼굴은 더욱 무거워졌다.

그가 말하는 내용은 적이 이미 천하를 눈 아래 두고 있다는 의미이기 때문이다.

아무리 막강한 전력을 가진 자들이라 할지라도 천하의 움직임을 속속들이 알기는 힘들다. 더더구나 화산파 내에서도 극비에 붙여진 움직임을 미리 알고 그 앞길까지 막았다니…….

천하무림의 맹주라는, 천하무림맹에서는 그가 당도할 때까지 아무것도 알지 못했음에도.

그들의 마음이 무거울 수밖에 없다.

진자양이 다시 입을 열어 물었다.

"우리가 상대하고 있는 것이 제천교라는 것이 분명합니까?"

"현재까지 드러난 정황을 볼 때, 맞는 듯합니다."

감천형이 무겁게 대꾸했다.

"이해할 수 없는 행동…… 무엇을 기다린다는 말인가?"

진자양은 미간을 찡그린 채 중얼거렸다.

"무림대회…… 란 말입니까?"

감천형은 놀라 입을 딱 벌렸다.

"맹주의 자리를 비워둘 수는 없소. 대행 체재로 가기에 지금의 상황은 너무 심각하오. 적의 힘이 과연 얼마인지조차 알기 힘든 상황. 구대문파를 비롯한 모든 힘을 모아야 적과 맞설 수 있을 터. 그러자면 무림대회를 열어 제대로 된 맹주를 뽑아야만……."

"가능하리라 보십니까?"

감천형이 물었다.

"적이 방해할 것은 당연한 일. 나는 이곳으로 오면서 이미 각 파에 소식을 전했소. 우리가 화산으로 퇴각할 때 즈음이면 각 파에서 대표

들이 화산에 도착해 있을 것이오."

진자양이 침착히 대답했다.

"그런……!"

감천형은 놀란 눈으로 진자양을 다시 보았다.

진자양은 굳은 얼굴로 입을 열었다.

"나는 이미 오래전부터 강호의 정세를 예의 주시하고 있었소. 서둘러 폐관에 들어간 것도 그런 이유에서였고……."

그의 말은 놀라운 의미를 담고 있었다.

"이미…… 그들의 존재를 알고 있었다는 뜻입니까?"

감천형이 참지 못하고 물었다.

잠시 그와 한효월을 돌아본 진자양은 무겁게 머리를 끄덕였다.

"그렇소."

너무도 뜻밖의 일.

한효월과 감천형은 놀라 그를 쳐다보았다.

"그들이 누군지는 알지 못했지만 이상한 기류가 암중에 준동하고 있음은 이미 느끼고 있었소. 그러나 그들이 이렇게 빨리 발동할 줄은 몰랐소. 더더구나 독고 맹주가 변을 당하실 줄은 정말 상상하지도 못했던 일이라……."

진자양은 미간을 찡그렸다.

잠시 말을 끊었던 그는 무거운 어조로 말을 이었다.

"내가 강호상에 나오면서 생각했던 계획들은 이미 모두 수정이 불가피하게 되었소. 그런 면에서…… 한 공자와 같은 분들의 도움이 절실히 필요한 것이 사실이외다."

그의 시선을 받은 한효월은 고개를 끄덕였다.

"배움이 얕은 저를 그처럼 중히 봐주셔서 감사합니다. 제가 힘이 된다면 도와야겠지요."

"고맙소!"

진자양이 덥석 그의 손을 잡았다.

"준비할 일이 너무 많소. 손은 너무 모자라고…… 한 공자가 감 당주와 같이 가준다면 정말 큰 힘이 될 거요!"

그의 눈이 빛을 뿜고 있었다.

그의 움직임은 뜻밖에도 빨랐고, 거동 하나하나에 힘이 있다. 지금과 같은 상황에서 그의 출현은 정말 새로운 변수라고 할 수 있었다.

"하지만 지금 화산으로 가긴 곤란할 것 같습니다."

"음, 그럼 언제 오실 수 있겠소?"

"일의 상황을 봐서 찾아뵙도록 하겠습니다."

"만약 시간이 난다면, 한 가지 부탁을 드려도 되겠소?"

"말씀하십시오."

한효월의 대답에 진자양은 미간을 굳혔다.

"지금 무림을 흔들고 있는 진시황의 장보…… 한 공자도 알고 있겠지요?"

"예. 대강 알고 있습니다."

"그 진원지가 어딘지 한번 조사를 해봐주시오."

"조사라면……?"

한효월이 그를 바라보자 진자양은 미간을 찡그렸다.

"그간 내가 알아본 바에 따르면 그 배후에 제천교가 있을 가능성이 많은데, 만약 그것이 제천교의 음모라면 그들이 왜 그런 일을 하는지를 알아내야만 할 것 같소이다. 하지만 지금으로써는 그 일을 할 사람이 없으니……."

"알겠습니다."

한효월이 조용히 손을 맞잡아 보였다.

"난세는 영웅을 부른다고 하더니 정말인 듯하군. 이 시점에서 진 장문인과 같은 사람이 나타날 줄이야."

진자양을 전송한 한효월이 말했다.

"하지만 적이 너무 강합니다."

"강하다고 피할 수 있는 상태가 아니잖나?"

한효월의 말에 감천형은 쓴웃음을 머금었다.

물러설 곳이 없었다.

화산파는 구대문파 중에서 역대로 늘 중상위권에 위치하고 있었다.

소림과 무당이 늘 수위를 다투고 곤륜과 청성, 종남, 화산, 아미 등이 그 서열을 나란히 하다시피 했었다. 그러나 육합무적검 진자양의 출현 이후, 화산의 위상이 급격히 격상되고 있음을 강호상에서 모르는 사람은 없었다. 그렇지 않았다면 구대공봉 중 하나였어야 할 그가 무림맹의 부맹주가 되었을 리는 없다.

그러나 2년 전에 보았던 그에 비해서 지금의 그는 또 달라 보였다.

그것이 감천형으로 하여금 더욱 무력감을 느끼게 했다.

"가보겠습니다."

"말씀을 잘 드리도록……. 많이 놀라셨을 테니."

"……."

감천형은 쓴웃음을 지어 보이고는 자리를 떴다.

사모인 봉설란에게 가는 것이다.

이 폐허가 된 무림맹을 버리고 화산으로 이동할 것이라는 말을 전하기 위해서…….

그의 너른 등이 쓸쓸하게 보이는 것은 한효월의 착각이 아니었다. 어깨마저 축 처져 있는 것처럼 보였다.

어찌 그렇지 않으랴.

"언제까지 이렇게 마냥 당하기만 하지는 않겠지……."

한효월은 다짐하듯 중얼거렸다.

그리고 다시 방으로 돌아온 한효월은 자신을 기다리고 있는 사람을 발견하고 안색이 조금 달라졌다.

정신을 잃고 있는 조건의 옆에 한 사람이 서 있었다.

바로 독고경이었다.

엉망이던 그녀의 옷은 말끔해졌다. 그러나 겨우 옷을 갈아입은 것에 불과한 듯 차림새는 여전히 흐트러져 있었고 얼굴빛도 창백한 채였다.

"조 당주의 간호는 제가 하겠어요."

한효월이 묻기 전에 독고경이 싸늘하고 야멸차게 말했다.

"그건……."

"조 당주가 단서를 알고 있다면 나도 알아야 해요. 누구보다도 먼저! 그가 깨어날 때까지 단 한 순간도 그의 곁에서 떨어지지 않겠어요."

"……."

한효월은 묵묵히 그녀를 바라보았다.

그녀가 눈을 빛내면서 그를 노려보고 있었다. 마치 금방이라도 달려들 듯이. 막기만 하면 그냥 두지 않겠다는 의지가 역력하다.

한효월은 그녀를 향해 미미하게 웃어 보였다. 그리고 그는 조용히 고개를 끄덕였다.

"그렇게 하지."

말과 함께 그는 미련없이 신형을 돌렸다.

그가 이렇게 순순히 허락할 줄은 몰랐던 듯 독고경은 어리둥절한 표정으로 그의 등을 바라보다가 그가 문을 열고 나가려고 하자 갑자기 소리쳤다.

"멈춰요!"

문고리를 잡았던 한효월이 뒤를 돌아보았다.

"무슨 일이냐?"

"왜 안 막는 거죠?"

"막았어야 했느냐? 그렇다면 돌아가 쉬도록 해라. 조 당주는 내가 간호하마."

그의 말에 독고경의 얼굴은 괴이하게 일그러졌다.

울그락붉으락 몇 번이나 얼굴빛이 변하던 그녀는 돌연 세차게 바닥을 구르며 소리쳤다.

"대체 뭐가 그렇게 잘났어요? 나보다 몇 살이나 더 먹었다고 사사건건 나를 어린애 취급을 하는 거예요? 도대체 나를 어떻게 보고……."

"너는 나의 사질녀(師姪女)다."

한효월이 조용히 그녀의 말을 받았다.

"……!"

발작하듯 소리치던 독고경이 움찔했다.

"나이 차이가 문제가 아니다. 그리고…… 지금 맹주부는 투정을 받아줄 만한 처지가 아니다. 불가에서 가르치는 것은 첫째도 둘째도 정(定)이다. 너는 지난 세월 동안 보타암에서 무엇을 배우고 왔느냐?"

"그……."

독고경은 말문이 막혔다.

"잇단 변고를 당해서 마음을 다잡기 힘들 줄 안다. 하지만 너의 잘못된 처신 하나로써 사형(=독고해)께 누가 된다면 무슨 낯으로 지하에 계신 아버지를 볼 수 있겠느냐? 나는 괜찮다만, 다른 사람의 앞에서 마음대로 하는 것은 너를 위해서도 옳지 않은 일이다."

독고경의 얼굴이 참혹할 정도로 굳어졌다.

한효월은 손을 뻗어 그녀의 어깨에 얹었다.

그녀의 낭창한 전신에 가는 떨림이 조용히 번져 간다.

한효월이 조용히 입을 열었다.

"조급히 생각지 말고 조용히 스스로를 관조하여 마음을 가라앉혀 보려므나. 나는 한 번도 뵙지 못했지만, 사형은 위대했던 분이셨다. 그 위대했던 아버지의 딸로서 부끄럽지 않아야 하지 않겠느냐?"

"내가 왜?"

갑자기 독고경이 한효월의 손을 뿌리쳤다.

"내가 왜? 내가 아닌, 아버지의 딸로서 살아야 하죠? 아버지가 나에게 무엇을 해주었기에? 나는 어릴 때부터 한 번도 아버지의 손길을 느껴본 적이 없어요. 나와 놀아주었던 사람들은 사형들이고, 아저씨들이었어요. 그나마 조금 크자 아버지는 나를 남해의 고도(孤島)로 보내 버렸어요! 그런 아버지를 위해서 내가 왜⋯⋯!"

"그분이 네 아버지이기 때문이다."

한효월의 조용한 음성에 독고경은 허를 찔린 듯 그만 말을 멈추었다.

"네가 원하든 원하지 않았든 그분은 네 아버지다. 나는 아버지가 되지 않아서 모르겠다만, 자신의 자식을 사랑하지 않는 부모는 없다고 생각한다. 그리고⋯⋯."

한효월은 길게 한숨 쉬었다.

"너는 왜 여기에 와 있는 것이냐?"

"그건⋯⋯."

"아버지를 죽인 자들에 대한 것이 궁금해서겠지?"

"⋯⋯."

독고경은 입술을 깨물었다.

뭐라고 부인해도 그녀는 독고해의 딸이었다.

그를 원망하는 마음이 있음은 분명했다.

그러나 자신의 아버지를 자랑스럽게 여기고 있음을 부정할 수가 없었다. 비록 자신보다는 세상을 위해 살았던 아버지라고 할지라도.

"스스로를 속이려 하지 마라. 그를 잘 돌봐다오. 그가 깨어난다면, 어쩜 우리는 반격의 실마리를 찾아낼 수 있을런지도 모른다."

한효월은 그녀의 어깨를 조용히 두드려 주고는 다시 한 번 혼수상태인 신안금조 조건의 맥을 짚어보았다.

"⋯⋯."

독고경은 묘한 표정으로 한효월의 등을 바라본다.

형용하기 힘든 묘한 눈빛이었다.

*　　　　*　　　　*

"죄송합니다."

감천형은 깊게 머리를 숙였다.

단순한 예의가 아니었다.

정말 머리를 들 수가 없었다.

사부가 가신 지 얼마나 되었다고 맹주부조차 지키지 못하고 불태웠다. 그도 모자라 이젠 이사를 가야 한다고 사모에게 말을 하고 있는 것이다.

"이게 어찌 너의 잘못이겠느냐?"

조용한 음성이 들려왔다.

봉설란은 평정을 잃지 않기 위해서 애쓰고 있었지만 그녀의 얼굴도 창백하기는 마찬가지였다. 입술이 새파랗게 질려 있었다.

"일단은 제가 사모님을 모시고 화산까지 가겠습니다. 그리고……."

"아니다."

무슨 소리냐는 듯 주춤, 감천형은 봉설란을 쳐다보았다.

"아니라면……?"

"어차피 여기에 더 있을 수는 없을 것이다."

문득 봉설란은 정색을 한다.

"그러나 그렇다고 해서 내가 화산으로 몸을 피한다면, 그분께 누가 될 것 같구나. 그래서 나는 금릉의 친정에 가 있고자 한다."

"사모님!"

"걱정하지 말아라. 본가는 무림과 관련이 없는 곳이니……."

"그럴 수는 없습니다. 저들은 사모님을 그냥 버려두지 않을 것입니다. 그렇게 되면 사모님의 친정조차 멸문지화를 당하게 될런지도 모릅니다."

감천형의 얼굴은 완강했다.

정말 그럴 수는 없었다.

적들 중 그 어떤 자가 달려들더라도 선비의 집안인 봉설란의 가문은 한순간에 피바다가 되고 말 터이다.

잠시 그를 바라보고 있던 봉설란은 어쩔 수 없다는 듯 한숨을 내쉬곤 입을 열었다.

"그것은 겉보기일 뿐, 나는 집으로 가지 않는다."

"무슨······?"

뜻밖의 말에 감천형은 눈이 휘둥그레졌다.

"밖으로는 그렇게 말하지만, 실제로는 교외에 조그마한 장원(莊園) 하나를 마련해 두었다. 내게 연락할 일이 있다면 그리 하면 될 것이다. 적들도 내가 설마 낙양에 그대로 남아 있으리라고는 짐작하지 못할 터이니······."

"너무 위험합니다!"

"더 이상은 나를 막지 말아다오."

"사모님!"

"그만 물러가거라."

봉설란은 조용히 눈을 내려감았다.

"······."

감천형은 입을 다물었다.

늘 조용하고 자상하기만 하던 사모였다.

그런데 언제 그런 대비를 해두었단 말인가. 더구나 저렇듯 단호한 모습은 한 번도 본 적이 없다.

　　　　　*　　　　*　　　　*

아침 이슬이 풀잎에 매달려 대롱거린다.

지금쯤 아침 햇살을 영롱히 반사하고 있어야 할 터이지만, 아침 해는 아직까지도 안개에 휩싸여 힘을 쓰지 못하고 있다.

한효월은 굳은 얼굴로 자신의 거처 앞을 서성인다.

'그 정도라면 깨어날 수 있어야 한다……'

신안금조 조건의 맥은 미약했다.

하지만 그런 정도라면 그처럼 혼수상태에 빠져 있지는 않아야 했다. 더구나, 그는 일반인이 아니라 내공을 겸수(兼修)한 무림고수인 것이다.

'역시 뒷머리가 깨진 것이 문제인가?'

그렇다면 큰일이었다.

그가 알던 모든 것을 잃어버릴 수도 있었다.

그처럼 힘들여, 사선(死線)을 넘어왔던 그의 모든 것이 허사가 되어버릴 수 있는 것이다.

"오늘이 지나도록 깨어나지 않는다면 모험을 해볼 수밖에."

생각에 잠겨 있던 그는 길게 한숨 쉬면서 중얼거렸다.

문득 기척을 느낀 한효월이 시선을 돌리자, 굳은 얼굴의 감천형이 자신에게 다가오고 있음을 볼 수 있었다.

"무슨 일이라도?"

그의 기색이 무거운 것을 보자 한효월이 물었다.

"그게……"

감천형이 떨떠름한 기색으로 입을 열었다.

"어쩌면 그게 더 안전할런지도 모르지……"

감천형에게서 말을 전해 들은 한효월이 중얼거렸다.

"그렇게 생각하십니까?"

"그럴 수 있지 않겠나? 비밀만 지켜진다면……. 비슷한 사람을 분장시켜서 화산으로 같이 가도록 하면 이곳에 계시는 게 오히려 더 안전할 수도 있을 것 같군."

"그럴까요?"

힘없이 중얼거리던 감천형이 머리를 저었다.

"요즘 같으면 과연 지난 세월 뭘 했는지 회의만 듭니다. 집안에만 계시던 사모님이 외부에 은신처를 마련하시도록 몰랐다니, 도무지 이건……."

"꼭 그렇게만 생각할 것은 아니지. 여자들의 일이니 그런 것을 어떻게 다 알 수 있겠나? 저들도 그럴 테니 그런 면에서 이 일은 나빠 보이지만은 않는군."

"일단 알겠습니다."

감천형이 고개를 끄덕였다.

한효월의 말에 조금쯤은 가벼워진 기분인 듯했다.

＊　　　　＊　　　　＊

불탄 맹주부의 소식은 이내 세상을 떠들썩하게 했다.

그리고 맹주부에서 피어 오르는 연기는 불길이 잡혔음에도 그날 내내 그치지 않았다.

충천했던 해가 힘을 다해서 서산으로 넘어갈 때까지 그 연기는 세상에다 무림맹주부의 몰락을 알리는 듯 그렇게 끊임없이 피어 올랐다.

그나마 다행인 것은 담장은 성했기에, 밖에서는 맹주부의 참경(慘景)

이 제대로 다 보이지는 않는다는 것. 하지만 고루거각으로 불끈 솟아 있던 취의청 등이 앙상한 잔해로 남아 있는 것이 보이는 것만으로도 세상이 그것을 아는 데에는 충분했다.

하루 종일 눈코 뜰 새가 없었다.

황혼이 드리울 때까지도 바쁘긴 마찬가지.

죽은 사람들을 처리하고 부상자들을 치료하고, 봉문하고 화산으로 떠나기 위한 준비는 그리 간단한 것이 아니었다.

일단 맹주의 집무청이었던 대한각이 어느 정도 정비되어 맹주 대행 진자양은 거기에 자리 잡고서 모든 것을 지휘했다. 대국을 장악하는 것에서도 그는 유감없이 능력을 발휘하여, 누가 봐도 삼사 일은 걸릴 듯하던 준비를 그날로 끝내는 것으로 그가 무공만 강한 것이 아님을 증명해 냈다.

창문으로 붉은 노을 빛이 스며든다.

그럼에도 신안금조 조건은 정신을 차리지 못했다.

한효월은 굳은 얼굴로 신안금조 조건을 내려다보고 있었다.

그의 손에는 노을 빛에 빛나는 금침(金針)이 하나 들려 있다.

그의 눈 아래에는 신안금조 조건이 엎드려 있는데, 그 금침이 가리키고 있는 곳은 바로 신안금조 조건의 뇌호(腦戶)였다.

뇌호라고 하는 혈도는 바로 인체의 가장 치명적인 구개사혈(九個死穴) 중 하나로써 조금만 건드린다면 뇌를 진동케 하여 바로 죽음에 이르게 하는 곳이다.

뇌호는 따로 뇌해(腦海)라고 불린다.

뒷머리의 튀어나온 침골(枕骨)의 바로 아래에 위치한 이 뇌호는 그 이름만큼이나 치명적인 혈도인데, 한효월은 지금 그 자리를 침으로 찌르려는 중이었다.

금침충혈지법(金針衝血之法)!

한효월이 산에서 의학을 연구하면서 만들어냈던 이 금침지술은 침으로 기혈을 조장(助長), 기혈을 충돌케 하여 기사회생(起死回生)의 묘(妙)를 이끌어내는 데 그 근간(根幹)이 있다.

아직은 완성된 것이 아니고 실제로 적용해 본 적도 없었다.

그러나 더 이상 기다릴 수가 없는 입장.

생명에는 지장이 없어 보이던 조건의 상태가 점점 더 악화되었던 것이다. 진자양과 한효월의 진단 결과는 응혈(凝血)이 조건의 뇌를 누르고 있다는 것. 그대로 두면 아예 깨어나지 못할 가능성도 있었다.

더구나 맹주부는 화산으로 옮겨가야 했다.

그 와중에 혼수상태인 그를 덜컹거리는 마차로 화산까지 옮겨간다면, 그건 죽으라는 소리와 마찬가지였다.

그렇게 해서 한효월은 금침충혈지법을 시도하게 되었다.

실제로 사용해 본 적도 없는 방법이라 위험하긴 했지만, 다른 방도가 없었다. 조건의 상태가 시시각각 나빠지고 있었기 때문이다.

맹주부 내에서 한효월을 제외하고는 손을 쓸 사람이 없었다.

의도에 조예가 있던 사람들이 이미 모두 변을 당한 데다가, 그들이 살아 있다고 해서 한효월보다 나으리라는 보장도 없었던 것이다.

이미 몇 개의 금침이 신안금조 조건의 머리에 꽂혀 있었다. 하나같이 건드리기 힘든 대혈들이었다. 경외기혈(經外奇穴)까지 모두가 정말 믿기 힘든 곳.

그 광경을 감천형과 독고경 등이 굳은 얼굴로 지켜보고 있었다.

한효월은 조금 굳은 얼굴로 그들을 한번 바라보고는 망설임없이 그 금침을 신안금조 조건의 뇌호에다 꽂았다.

"지금!"

한효월이 나직이 소리쳤다.

순간, 이미 조건의 명문(命門)에 손을 대고 있던 감천형이 공력을 운기하여 조건의 내부기혈을 움직이기 시작했다. 진기가 물결처럼 조건의 머리로, 뇌호로 몰려갔다.

혼수상태인 조건의 몸이 꿈틀하면서 신음을 흘린다.

찰나, 조건의 머리에 꽂혀 있던 금침 다섯 개 중 각손혈(角孫穴)에 꽂혀 있던 금침이 저절로 솟아 나왔다. 뒤이어 양쪽 천주(天柱) 옆의 경외기혈에 박혀 있던 금침까지 빠져나왔다. 뒤이어 뇌호에 찌른 금침이 흔들거리기 시작했다.

찰나가 영원 같은 순간.

금침이 격하게 흔들리다가 마치 누가 뽑아내듯이 뇌호에서 튕겨져 나왔다. 뒤이어 그 금침이 찔렸던 자리에서 검은 피가 분수처럼 솟구쳤다.

분수와 같은 핏줄기는 반 각가량이 지나서야 원래의 붉은빛을 되찾았다.

"그만!"

긴장된 빛으로 주시하고 있던 한효월이 소리쳤다.

운기하여 기혈을 조건의 머리로 밀어내고 있던 감천형이 손을 거두었다. 그 자리를 대신한 것은 한효월.

그가 혈을 짚자, 흘러나오던 피가 마치 거짓말처럼 멎었다.

한효월은 암암리에 길게 한숨을 내쉬면서 준비된 수건으로 흘러나온 피를 닦았다. 검게 맺힌 응혈이 그 수건에 묻어 나왔다. 그의 이마에는 땀방울이 맺혀 있었다. 얼핏 간단해 보이던 일이 의외로 매우 힘들고 긴장된 순간이었던 모양.

"어떻게 된 것 같습니까?"

한효월이 손을 떼자 감천형이 물었다.

그의 얼굴도 굳어 있었다.

"일단 머리에 고여 있던 응혈은 제거가 된……."

한효월의 말이 채 끝나기 전이었다.

"으으……."

신음이 조건에게서 흘러나왔다.

"조 당주!"

감천형이 소리쳤다.

사람들의 눈길이 조건에게 쏟아졌다.

그가 눈을 떴다.

마치 거짓말처럼.

"……."

조건은 눈을 뜨고서도 멍하니 허공만을 바라보았다.

"조 당주, 정신이 듭니까? 나를 알아보겠습니까?"

감천형이 다시 소리쳐 물었다.

"비, 비인—비인……."

멍하니, 앞을 바라보고 있던 조건이 갑자기 안간힘을 다해 중얼거렸다.

"조 당주! 납니다. 감천형입니다! 내 말이 들립니까? 제 얼굴이 보입니까? 천천히, 천천히 말해 보십시오! 조 당주!"

감천형이 그의 앞에다 얼굴을 들이밀고서 소리쳤다.

"비, 비인—양(貧陽)…… 거, 거기……!'

조건이 안간힘을 쓰면서 손을 허우적거렸다.

눈을 부릅뜨고는 있는데, 감천형이 보이지는 않는 것 같았다.

이마에서 핏줄이 툭툭 불거졌다.

전신에서 경련이 일어나는 것을 보고 한효월이 급히 손을 써 그의 혈도를 눌렀다.

"사람을 알아보는 게 아니야. 그의 뇌를 누르고 있던 울혈(鬱血)이 사라지면서 자신이 알고 있는 것을 알려야 한다는 강박 관념이 발동한 것이지."

조건이 다시 혼수상태에 빠지는 것을 보면서 한효월이 말했다.

"언제 다시 깨어나겠습니까?'

"그건 나도 모르겠군……."

바로 그때, 문밖에서 기척이 들려왔다.

"한 공자의 생각으로는 그가 깨어날 수 있을 것 같으시오?'

진자양이 들어서고 있었다.

"위험한 고비는 넘긴 듯합니다만……."

한효월이 말끝을 흐렸다.

"내일 중으로 출발을 할 예정인데……."

진자양도 말끝을 흐렸다.

맹주부 참화의 소식은 이미 낙양성을 뒤흔들고, 천하무림으로 퍼져 나가고 있었다. 각대문파는 이번 진시황의 장보에 관심이 없을 수 없었다. 구대문파에서도 장보 사건을 조사하기 위해서 고수들을 파견했 었고, 그들 중 몇몇은 이미 참화의 소식을 듣고 맹주부로 달려오기도

했다.

이렇게 시간을 보낼 수 없는 일이었다.

한시가 급한 상태.

*   *   *

달빛이 맑다.

그러나 그 달빛 아래 서성이는 한효월은 결코 맑은 기분일 리가 없다.

그의 뇌리를 가득 채운 것은 조건이 중얼거렸던 단어들.

"빈양, 빈양이라는 것이 무슨 의미일까?"

부족한 빛, 빛이 제대로 들지 않는 곳이라는 뜻일까.

그렇다면 그곳이 어디란 말인가?

시간이 달빛을 가르며 달린다.

구름이 밀려들어 그 달을 가린다.

그렇게 시간이 속절없이 흘러가지만 명쾌하게 답은 나오지 않았다.

황혼녘부터 시작한 고민이 이 시간까지 계속되고 있었다.

문득 인기척을 느낀 한효월이 뒤를 돌아보았다.

독고경이 밤이슬 맺힌 풀잎을 밟으면서 그의 뒤에 서 있다.

달빛을 받은 그녀의 모습은 아름다웠다. 냉오(冷傲)한 모습의 그녀는 그처럼 흑의경장을 하면 더 돋보였다. 겨울 밤, 달빛 아래 핀 눈 덮인 매화[雪梅]를 보는 것 같다고나 할까.

"아직 자지 않았더냐?"

한효월이 그녀를 보자 굳었던 표정을 풀면서 웃었다.

그의 웃음을 보면서 독고경은 뭔가 말할 듯하다가 입을 다문다.

"무슨…… 할 말이 있느냐?"

"아니에요."

그녀는 신형을 돌렸다.

몸을 돌리던 그녀는 문득 등을 돌린 채로 물었다.

"조 당주님은 언제 정신을 차릴 수 있죠?"

"아무도 장담할 수 없다. 금침지술로는 위험을 덜었을 뿐이다. 상태가 좋으면 내일이라도 정신을 차릴 수 있겠지만……."

"알았어요."

그녀는 걷기 시작했다.

뒤도 돌아보지 않고 긴 머리카락을 날리며 그 자리를 떠났다.

사박사박, 낮은 발자국 소리가 그녀의 흔적을 따라 멀어져 간다.

"후우……."

그렇게 사라져 가는 그녀의 뒷모습을 바라보고 있던 한효월은 홀연 의미 모를 긴 한숨을 불어낸다.

쏴아아—

한줄기 바람이 그의 옷자락을 잡고 흔들었다.

달빛은 아직도 맑기만 했다.

*   *   *

"바보……."

독고경은 의미 모를 말을 중얼거렸다.

누구에게 하고 싶은 말인지 모른다.

그저 그렇게 중얼거리면서 입술을 물었을 따름이다.

어릴 때부터 혼자였었다.

엄마는 일찍 돌아가셨고, 아버지는 어린 자신을 돌보기에는 너무나 위대한 사람이었다. 그렇게 홀로 있던 그녀는 남해고도로 가서 바다를 벗삼으면서 검을 만졌다.

그렇게 해서 신검상화(神劍霜花)라는 이름을 얻었다.

서리꽃이라는 말 그대로 그녀는 냉정했고 누구에게도 관심을 두지 않았고 정을 준 적이 없었다. 사부와 사저들이 그녀를 잘 돌봐주었지만 그것뿐 냉오한 그녀의 성정은 여전했다.

그런데 갑자기 흔들리는 마음은 주체할 길이 없다.

그가 자신의 사숙임을 알면서도, 머리로는 이해되지만 가슴으로는 이해가 되지 않았다. 눈만 감으면 그의 모습이 뇌리에서 환영처럼 떠오른다.

그러나 그의 앞에 서면 아무 말도 할 수가 없다.

길게 탄식을 흘린 그녀는 사람들의 눈을 피해 조용히 담을 넘었다.

단서는 자신의 손으로 찾고 싶었다.

그리고 모두에게, 아니, 그에게 자신의 존재를 보여주고 싶었다. 그래서 그녀는 담을 넘었다.

용문기변(龍門奇變)

－의혹이 구름처럼 일다
흑의녀의 신비(神秘)는 후일을 준비하다

용문기변(龍門奇變)

날이 밝았다.

스러졌던 황혼은 새벽빛으로 다시 살아나고 있었다.

그러나 밤새 잠 못 이루고 새벽을 맞는 한효월은 상쾌한 기분으로 그 새벽을 맞이할 수가 없다.

그의 뇌리를 가득 채우고 있는 것은 여전히 조건이 중얼거렸던 단어들.

과연 빈양이라는 것이 무슨 의미일까······.

그의 의문을 뒤로하고 시간은 새벽을 가르며 달린다.

그렇게 시간이 속절없이 흘러가지만 명쾌하게 답은 나오지 않았다.

황혼녘부터 시작한 고민이 이 시간까지 계속되고 있었다.

"거기!"

문득 한효월의 발길이 멎었다.

"비, 비인―양(貧陽)…… 거, 거기……!"

조건이 한 말 중, 거기라는 말은 어딘가 장소를 의미한다.

그렇다면 빈양이란 것은 오히려 간단한 의미일 수도 있었다. 어딘가
빈양이란 이름을 가진 장소가 있을런지도 몰랐다.

당시의 상황을 미루어보아 먼 곳은 아닐 터였다.

바로 그 순간이다.

"사숙!"

감천형의 음성이 들려왔다.

한효월의 앞에 나타난 그의 얼굴은 초조한 빛이 역력했다.

"무슨 일이라도?"

"사매가 사라졌습니다."

"사라지다니? 조 당주의 곁에서 간호하고 있지 않……."

"없어졌습니다."

감천형이 머리를 흔들었다.

"지금 좌 사제가 사모님을 모시고 외부로 나가려다가 사매를 찾았는
데, 없어서 확인해 본 결과, 은밀히 맹주부에서 벗어난 것이 확인되었
습니다. 어젯밤에 나간 것 같습니다."

"밤?"

"삼경이 넘어서 나간 것 같습니다."

"그런……!"

한효월의 안색이 굳어졌다.

그 시간이라면 독고경이 자신을 찾아왔을 무렵이다.

"이 마당에 사매가 그런 철없는 짓을 하다니……."

감천형이 답답한 듯 발을 굴렀다.

"어쩌면 철없는 짓이 아닌지도 몰라."

"무슨?"

한효월의 말에 감천형이 놀라 눈을 크게 뜨고 그를 보았다.

잠시 미간을 찡그렸던 한효월은 불쑥 감천형에게 물었다.

"혹시 낙양 일대에 빈양이란 지명을 가진 곳이 있나?"

"빈양이요?"

"음."

갑자기 감천형의 안색이 달라졌다. 그리고 그는 부르짖었다.

"빈양동(貧陽洞)?!"

"거기가 어디지?"

한효월의 물음도 급해졌다.

*　　　　*　　　　*

낙양은 누대(累代)의 고도(古都)다.

그 오랜 세월은 그냥 이루어지지 않고, 그 세월은 수많은 고적(古蹟)을 낙양성 주변에 이루어놓았다.

용문 또한 그것 중 하나였다.

이수(伊水)의 동서 양안(兩岸)에 위치한 용문석굴은 낙양성 남쪽 40리 지점에 위치한다. 무려 1,354개의 석굴과 785개의 석감(石龕)으로 이루어진 이 용문석굴은 자연적인 것이 아니라 모두가 인공으로 거대한 석벽을 쪼아내어 만들어진 것이다. 북위(北魏) 태화(太和) 19년(A.D.495년)

에 시작된 이 거대한 작업은 송초(宋初)까지 무려 500년 간이란 시간을 두고 이루어졌다. 불상만 대소 10만 존(尊)이라 알려지고, 사방에 널린 비문(碑文)이 3,600건이나 된다고 한다.

그렇게 해서 용문석굴은 운강(雲崗), 돈황(敦煌), 맥적산(麥積山)의 석굴과 함께 중국의 사대석굴 중 하나로 자리매김하게 되었다.

이수의 양안에 위치한 이 용문석굴 내의 거의 모든 저명한 석굴들은 강 서안에 위치해 있었다.

가장 오래된 고양동(古陽洞)을 비롯하여 만불동(萬佛洞), 마애삼불동(磨崖三佛洞), 혜간동(惠簡洞) 등이 모두 여기에 있는 것이다.

이궐(伊闕)이라 이름된 이곳 이수의 양쪽 절벽은 사람을 압도하는 바가 있고, 특히 밤에 본다면 양쪽 절벽이 시야를 가로막아 거대한 문 속으로 들어온 느낌이 들 정도다. 그래서 이곳, 용문은 따로 이궐용문이란 이름으로도 불린다.

쏴아아—

강바람이 세차다.

이수의 찬 기운을 등에 업은 바람은 한효월의 옷자락을 잡아 흔들어 놓는다. 그와 같이 신형을 날리고 있는 감천형의 옷자락도 금방이라도 찢어질 듯이 그렇게 펄럭이고 있었다.

그들의 시야 저 멀리 이궐용문의 모습이 급속히 다가오고 있다. 좀 더 정확히 말하자면 그 무수한 석굴 중 하나가 그들의 목표였다.

"왜 그 생각을 하지 못했었나 모르겠군요. 관제총에 오기 전이라면 당연히 용문을 거쳤을 테니, 조 당주가 무엇을 남겼다면 용문의 빈양동에 남겼을 가능성이 제일 클 겁니다."

감천형이 계속해 말했다.

"말씀대로, 이 일대에 자주 왔었던 사매가 먼저 생각을 하고 이곳에 왔을런지도 모르겠군요. 만약 그렇다면 정말……."

감천형은 머리를 저었다.

만약 그렇다면 그런 중대한 일을 알리지도 않고 이런 상황에서 혼자 움직인 그녀가 답답했던 것이다.

거대한 마애불(磨崖佛)의 모습이 눈에 들어온다.

저곳을 지나면 그들이 목적하는 용문 빈양동이다.

낮보다는 적지만, 이름난 곳인만큼 밤에도 곳곳에 불이 밝혀져 있고, 치성을 드리는 신도들과 불피풍우(不避風雨)하면서 용맹전진하고 있는 승려들의 모습도 끊이지 않는다.

이런 새벽녘이라면 새롭게 찾아드는 사람들로 용문석굴은 새벽을 맞이하게 된다.

빈양동의 모습이 보이기 시작한다.

용문석굴 중에서 빈양동이 차지하는 위치는 작은 것이 아니었다. 그래서 석굴도 하나가 아니고 중동(中洞)과 남북이동을 합하여 모두 세 개나 되었다.

"그럼!"

감천형은 한효월과 눈짓을 교환하고 북동으로 신형을 날렸다.

한효월은 미리 약속했던 대로 남동으로 달려갔다.

좌우에서 조사를 시작하여 중동에서 만날 예정이었다.

남동에 모셔진 것은 중동과 마찬가지로 석가여래본존이다.

새벽녘이라고 해도 동굴 안은 어두웠다.

그 안에서 한 사람이 움직이고 있었다.

한 걸음을 안쪽으로 들어서자 그 기척을 느낀 것인지 그 사람이 눈을 들어 한효월을 쳐다본다. 회색의 승의를 걸친 노승(老僧)이었다. 나이는 고희가 넘어버린 듯하고 체구마저 작달막했다. 노승은 정성스레 불상들을 닦고 있는 중이었다.

중얼중얼 불호를 외면서.

훑어보았지만 별다른 것이 느껴지지는 않는다.

하긴 무엇을 남겼다 할지라도 그렇게 봐서 찾아낼 수 있도록 남겨두었을 리가 없을 터이다. 만약 그랬다면 그가 어찌 천하무림맹의 눈과 귀였던 신기당주일 수가 있었을까.

그 외에는 아무도 보이지 않았다.

그에게 죄송하다는 듯 목례를 해 보인 한효월은 그대로 신형을 날려 그 자리에서 꺼지듯 사라졌다. 빈양중동으로 날아간 것이다.

그가 찰나간에 사라지자, 금방이라도 꺼질 듯한 촛불 같은 노승이 허리를 펴고 손등으로 허리를 두드리면서 중얼거렸다.

"아미타불……."

"……!"

찰나간에 빈양중동에 도달해 막 안으로 들어가려던 한효월의 발걸음이 문득 그 자리에 굳어졌다.

그가 막 중동으로 들어서려는 순간, 좌우에서 삼엄(森嚴)한 검기가 엄습해 왔기 때문이다. 뼈를 깎을 듯한 그 검기는 그가 앞으로 한 걸음만 더 나선다면 발동하겠다고 소리치는 듯했다.

동구(洞口)의 좌우에 회의인 두 사람이 벽에 기대서 있었다. 그들의 나이는 얼핏 중년 정도로 보이는데 신색이 얼음처럼 찼다. 품에는 각기 한 자루의 검을 싸안다시피 하고 있는데 검기는 바로 그들에게서 발출되고 있었다.

고요한 새벽.

새벽의 대기를 뚫고서 어디선가 은은히 들려온 목탁 소리와 독경 소리가 어울린다.

새벽 안개를 휘감고 자리한 수많은 불상들.

그 불상에 떠오른 염화(拈花)의 미소들, 경건한 분위기다.

하지만 이 빈양중동의 입구에는 그 경건함을 침묵으로 난도질하는 살벌한 검기가 날카롭게 숨 쉬고 있었다.

회의중년인 둘은 무심한 듯한 눈빛으로 한효월을 쏘아본다.

가슴에 싸안은 검은 한효월이 한 걸음만 더 다가오면 발동할 만반의 태세를 갖추고 있었다. 검을 뽑기도 전에 이러한 기세를 발출할 수 있다는 것은 그들이 평범한 무인이 아님을 의미했다.

한효월은 걸음을 멈추었다.

그들을 뚫고 들어갈 수는 있을 것이다.

하나, 무력 행사가 능사는 아니다.

그가 걸음을 멈춘 순간에 허물이 벗겨진 살갗을 송곳으로 찌르는 것 같던 검기가 씻은 듯이 사라졌다. 그리고 그 이유가 한효월이 걸음을 멈추었기 때문이 아님은 이내 드러났다.

한 사람이 빈양동에서 천천히 걸어나오고 있었던 것이다.

검은 면사로 얼굴을 온통 가렸다.

검은 비단으로 된 배자(褙子)를 걸친 그 사람은 일신에 온통 검은색 옷을 입었다. 심지어는 당혜(唐鞋)까지도 검다. 그리 크지 않은 키지만 왕가(王家)의 귀부인과 같은 귀티가 역력하다.

그녀의 뒤에서는 그녀를 부축하듯 시녀 둘이 따르고 있었다.

하지만 흑의귀부인은 그녀들의 부축을 받지 않고 스스로 걸어나오고 있었다.

"……."

흑의 면사여인은 걸어나오다가 한효월을 발견하고는 잠시 주춤 그 자리에 걸음을 멈춘다.

둘의 시선이 허공에서 마주쳤다.

그것은 일순간, 그녀는 다시 걸음을 옮겼다.

한효월을 향해 걸어나오는 꼴이다.

그녀가 나오자 그림자처럼 회의중년인 둘이 그녀에 앞서 움직이기 시작했다. 그들이 움직이는 순간, 검기가 다시 한효월을 향해서 쏘아왔다. 이번에는 검의 손잡이[劍柄]를 잡은 상태라 단순한 위협이 아니었다.

일촉즉발(一觸卽發)!

찰나가 영원 같은 순간, 한효월은 옆으로 물러났다.

그녀가 누군지도 모르는 상태에서 굳이 충돌을 자초할 이유가 없었기 때문이다. 더구나, 상(喪)을 입고 있는 듯한 그녀의 행색은 일반 강호인의 것이 아니었다.

당시에는 복식에 엄격한 제한이 있어서 평민은 결코 마음대로 아무런 옷이나 입을 수가 없었다.

무림인으로서 굳이 관부와 충돌하는 것은 오래전부터 내려오는 금기였다. 산에서 내려온 지 얼마 되지 않았지만, 한효월도 그 정도는 알고 있었다.

게다가 굳이 그 앞을 가로막아야 할 만한 이유도 없는 것이다.

회의중년인들은 한효월이 움직일 수 있는 방위에서 더 이상 전진하지 않았다. 흑의 면사여인이 시녀들과 함께 조금 떨어진 곳에 대기하고 있는 사인교자(四人轎子)에 이를 때까지.

그리고 그들은 훌훌 몸을 날려 교자와 함께 그곳을 떠나갔다.

전혀 남의 눈을 거리끼지 않는 모습이다.

"누굴까?"

묘한 눈길로 아침 안개 속으로 사라지는 교자를 바라보고 있던 한효월의 안색이 찰나간에 급변했다.

코끝을 스치는 피비린내!

그의 신형이 거꾸로 곤두박질치듯이 회전하면서 방금 흑의 면사여인이 나온 빈양중동으로 날아 들어갔다.

빈양중동에 모셔진 것도 석가모니 본존불이다.

그런데 그 옆으로 어둠 속에 쓰러진 흑의인들의 모습이 보이는 것이 아닌가.

하나둘…… 얼핏 봐도 대여섯은 넘는 것 같았다.

왕가의 귀부인으로 보인 여인이 떠나간 곳에서 시체라니!

바로 그 순간, 한효월의 안색이 돌변했다.

흑의인 한 사람이 그 석가상의 뒤에 우뚝 서 있음을 발견했던 것이다.

놀랍게도 창백한 얼굴의 그녀는, 바로 그가 찾고 있던 독고경이었다.

"사질녀!"

한효월의 외침에 독고경은 희미한 눈빛으로 그를 보는 듯했다.

그것이 끝이었다.

그녀의 신형이 허물어지듯이 쓰러졌다.

"어떻게 된 일이냐?"

몸을 날려 쓰러지는 그녀를 부축한 한효월이 소리쳐 물었다.

그러나 그녀에게서 대답은 들려오지 않았다.

무너지듯 내리깔리는 눈까풀을 들어 한효월을 쳐다볼 뿐, 백납처럼 창백한 얼굴에 형용키 어려운 흔들림이 보이는 눈빛.

그러고는 그만이었다.

한효월의 팔에 축 늘어진 그녀의 몸무게만 눌려올 뿐. 그녀는 더 이상 눈을 뜨지 않았다.

그때였다.

갑자기 그의 뒤에서 일진 격투 소리가 들려왔다.

한효월이 굳은 표정으로 바깥을 쳐다보는 순간에 한 사람이 석굴 앞에 모습을 드러냈다.

"사질?"

한효월이 중얼거렸다.

나타난 것은 감천형이었다.

그의 손에는 선혈이 뚝뚝 흘러내리고 있는 그의 패도가 들려 있었다.

"경아입니까?"

감천형이 바람처럼 그의 곁으로 날아왔다.

"괜찮아. 조금 다치긴 했지만 별문제는 없어 보이는군. 그런데……?"

한효월의 말에 감천형은 안도의 한숨을 내쉬면서 주위를 둘러보다가 미간을 찡그렸다. 바닥에 쓰러진 흑의인들을 발견한 것이다.

"놈들이 나타났습니다. 여기에도……?"

"아니, 그들은 내가 나타나기 전에 이미…… 잠시 맡아주게."

말과 함께 한효월은 그녀를 감천형에게 넘겨주고는 번개처럼 그 자리에서 사라졌다.

새벽 안개는 여전하다.

시력을 집중하여 주위를 살펴보았지만 보이는 것은 없었다.

그가 찾는, 좀 전에 떠난 사인교자의 모습은 그새 어디로 가버린 것인지 그의 안력으로도 보이지 않았다.

"누구였을까?"

한효월이 중얼거렸다.

고귀(高貴)한 신분의 여인일 수도 있었다.

얼핏 본 것이지만 그녀의 옷차림은 일반인이 하기 힘든 것이었다. 명대에는 복식(服飾)에 관한 규제가 대단히 엄격하여 평민은 허락된 것 외에는 색깔도 마음대로 선택할 수가 없었고, 차림새는 더 더욱 그러했었다.

그렇기에 고귀한 신분을 지닌 여인이 호위 무사를 대동하여 기도를 하거나, 고인(故人)의 명복을 빌러 온 것이라고 생각을 했었다.

그러나 막상 빈양동 내부에서 벌어진 일은 그의 상상을 여지없이 무너뜨리기에 족했다.

피를 흘리며 쓰러진 사람들.

거기 벌어진 참경(慘景)은 일개 부녀자가 태연히 볼 만한 것이 아니었다. 그럼에도 그녀는 침착했고, 게다가 한효월의 판단에 따르면 빈양동 내의 일은 그를 가로막았던 중년 검수들이 한 일이 아니었다.

더구나 잠시 마주쳤던 그 눈빛.

비록 면사를 가운데 두고 있긴 했지만 조용하고 침착한 그 눈빛은 결코 평범한 사람의 것이 아니었다.

만약 저 흑의인들을 쓰러뜨린 것이 그녀의 짓이라면…….

"사숙!"

뒤에서 감천형의 음성이 들려왔다.

독고경을 안은 그가 서 있었다.

"안에 있는 자들은 제천교도가 맞습니다. 놈들의 신패(信牌)가 있었습니다. 모두 가공할 내경(內勁)에 내부가 으스러져 즉사했군요. 사매의 솜씨가 아닙니다."

"경아는?"

"한바탕 악전을 벌이다가 뭔가 심한 충격을 받고 혼절한 것 같은데, 괴이하게도 깨어나질 않습니다. 지난번과 비슷한 증상인 듯합니다."

한효월은 그녀의 맥을 짚었다.

기혈의 움직임이 난마(亂麻)와 같다.

"혼수상태로군……."

한효월이 미간을 찡그린 채 중얼거렸다.

그들의 마음은 무거웠다.

그러나 주위에서 은은히 들리는 목탁 소리와 독경 소리는 경건하기만 했다.

격렬한 악전(惡戰).

그리고 어떤 구원의 손길?

아니면 심한 충격을 받은 상태에서 한효월을 보자 그간의 긴장이 풀려 그대로 쓰러져 버렸다?

그럼 그 충격을 준 사람은, 그녀에게 상처가 아니라 혼수상태에 빠질 만하게 충격을 준 사람은 누구일까. 지금으로써는 좀 전에 떠나간 흑의귀부인 외에는 생각할 수가 없었다.

대체 무슨 일이 있었던 것일까?

"저 혼자 돌아가란 말씀이십니까?"

감천형이 놀란 눈으로 되물었다.

"그럼 어쩔 수 없잖나. 기혈의 움직임으로 봐서 금방 깨어날 상태는 아니야. 그리고 조금쯤은 쉬게 해주는 게 그녀를 위해서 좋을 테고. 언제 적이 나타날지 모르는 마당에 혼수상태인 사람을 그대로 데리고 있을 수도 없는 일이 아닌가?"

한효월의 말은 구구절절이 옳다.

"하지만 경아가 뭘 알아냈다면……."

"그럼 다시 찾아오면 되겠지. 그동안 나는 여기서 조 당주의 흔적을 조사하고 있을 테니까."

"알겠습니다."

감천형은 고개를 끄덕였다.

독고경이 남자라면 품속을 뒤져서라도 뭔가를 찾아보겠지만, 그럴 수도 없는 일이니 일단 그녀를 이곳에서 떠나게 하는 게 옳았다.

그가 떠난 다음에 한효월은 신중하게 빈양동을 조사하기 시작했다.

당연히 독고경이 있던 그 중동에서부터 조사는 시작되었다.

신중하게 살펴보자, 여러 곳에서 치열한 격전의 흔적이 발견되었다. 곳곳에 묻어 있는 핏자국.

그 흔적으로 미루어보아 싸움은 밖에서부터 안으로 이어진 것이 분명했다. 아마도 독고경이 세불리하여 안으로 쫓겨 들어온 것으로 짐작이 되었다. 그렇게 이어졌던 흔적에 돌연 변화가 일었다. 독고경이 있던 불상을 중심으로 다가서던 발자국들이 어지러워지는가 싶더니 다시 입구 쪽을 향하고 있었던 것이다.

그 발자국들은 별로 움직이지도 못하고 끝이었다.

새로 나타난 적을 감당하지 못하고 단숨에 괴멸되어 버렸다는 의미다.

그것을 증명하듯, 그 발자국의 주인들은 비칠거리며 뒤로 넘어간 모습이 역력하다. 그리고 그중 몇은 강력한 충격에 날아가 맞은편 벽에 패대기쳐지듯이 부딪쳤다가 떨어져 내려 널브러져 있었다.

"이런 정도라면 대단한 고수로군……."

상황을 판단해 낸 한효월이 부지중에 신음을 흘렸다.

독고경을 포위 공격하던 자들은 새로 나타난 사람에게 제대로 반항도 하지 못하고 괴멸되었다.

그러한 위력을 보인 사람이 방금 한효월과 만났던 여인이라면, 더욱 그 정체가 궁금했다.

……

시간이 흘렀다.

주변은 물론, 빈틈 하나하나를 세심히 조사했지만 잡다한 것 외에는 다른 아무것도 발견해 낼 수가 없었다.

시간이 흐름에 따라 한효월의 안색이 점점 더 굳어졌다.

설마, 누군가가 이미 그것을 찾아갔다는 것인가?

자꾸만 그 흑의의 면사녀가 떠오르는 것은 공연한 생각일까.

마침내 더 이상 찾기를 포기한 한효월은 문득 인기척을 느끼고 시선을 돌렸다.

한 사람이 입구에서 안을 들여다보고 있었다.

"아미타불…… 죄업(罪業)이로군, 업이야……."

목을 빼밀고 안을 살펴보던 그는 머리를 절레절레 흔들더니, 이내 주절주절 독경을 시작한다. 안으로 성큼성큼 걸어 들어오면서.

"나무동방(南無東方) 해탈주세계(解脱主世界) 허공공덕(虛空功德) 청정미진(清淨微塵) 등목단정(等目端正) 공덕상(功德相)이라……."

조금 전에 한효월이 옆의 빈양북동에서 보았던 그 노승이었다.

"쯧쯔…… 이렇듯 갈 것을 무에 그리 할 일이 많다고 칼들을 들고 설친단 말인고? 아미타불, 아미타불…… 나무관세음보살."

노승은 한효월이 보이지도 않는 듯 죽어 있는 흑의인들에게 다가가서 그들의 부릅뜬 눈을 감겨주었다.

조용하고도 정성스러운 손길이었다.

그 모습을 한효월은 묘한 눈길로 바라보고 있었다.

새벽.

해가 떠오르는 중이라고는 하지만 석굴 안은 아직도 어두웠다.

그 어스름 속에 피비린내가 번지는 빈양동 내부의 정경(情景)은 자못 참혹했다. 그러나 노승에게서 겁을 내거나 저어하는 기색은 찾아볼 수 없었다. 그는 연신 불호를 외면서 죽은 흑의인들의 눈을 감겨주고 있을 따름이었다.

그리고 그는 흑의인들을 석실 바닥에 가지런히 정돈했다.

석실 안에서 들리는 것은 그의 독경음과 흑의인들이 바닥에 끌리는 소리.

한효월은 조용히 서서 그 광경을 보고 있었다.

"보기완 다르게 무정하군……."

무서운 타격을 받고 날아가 보살입상에 뒷머리를 받고 즉사한 마지막 흑의인을 질질 끌고 나와 다른 흑의인들과 함께 뉘어놓은 노승이 손등으로 툭툭, 허리를 두드리며 일어나면서 한 말이다.

그가 눈을 꿈벅거리면서 한효월을 보고 있었다.

"그들을 죽인 것은 제가 아닙니다."

한효월의 대답에 노승은 머리를 절레절레 흔들었다.

"누가 죽였든, 사람이 죽고 나면 모든 은원은 사라지는 법. 이들의 마지막 가는 길에 손을 나누어준다고 해서 무에 잘못될 일이 있을꼬?"

그의 말에 한효월은 미미하게 고개를 숙였다.

"마음이 넉넉하질 못해서…… 죄송합니다."

그러자 노승은 한효월을 보면서 사람 좋게 웃어 보였다.

"조급하다 하여 마음 먹은 대로 되지 않는 것이 삶이니, 둘러가는 길이 오히려 더 빠를 수도 있을게요. 아미타불……. 이 늙은이를 잠시 도와주지 않겠소? 시신들을 여기에 이대로 버려둘 수는 없으니……."

한효월은 노승에게 포권하여 보였다.

"도와드렸으면 좋겠지만 화급한 일이 있어서…… 대신 아래로 내려가서 사람들을 올려보내 도와드리도록 하겠습니다."

그 말과 함께 신형을 돌리던 한효월은 문득 걸음을 멈추고 노승을 본다.

"혹시 좀 전의 그 부인을 아십니까?"

한효월의 물음에, 노승은 눈썹을 꿈틀하더니 피식, 웃었다.

"석굴을 지키며 사는 늙은 중이니 많은 시주들을 볼 수밖에. 하나 방금 본 것도 기억이 나지 않는 판에, 그 많은 사람들을 어찌 다 기억할 수가 있겠소? 쯧쯧……."

그가 고개를 절레절레 흔들자, 한효월이 다시 물었다.

"대사의 명호(名號)는 어찌 되십니까?"

그의 물음에 노승은 가벼이 웃었다. 그에 따라 깊게 패이는 주름이 세월의 무게로써 그의 얼굴을 자애하게 만든다.

"이 늙은 중의 이름을 알아 뭘 하겠소? 오늘의 나는 어제의 내가 아니며, 또한 내일의 내가 아닐진대……. 전생의 나는 뱀이었을 수도 있고, 나비였을 수도 있소. 아니, 지금 소시주의 앞에 서 있는 나는 어쩌면 소시주의 꿈속에 나타난 것일 수도 있겠지. 이 늙은이가 과연 내일 무엇이 될지 누가 알겠소? 그런 허울을 알아봤댔자 무슨 의미가 있겠소?"

휘황한 말인 듯하지만 그 말속에는 묘한 현기(玄機)가 서려 있는 듯했다. 마치 장자(莊子)의 한 구절을 읊조리는 듯하다.

한효월은 여전히 침착한 어조로 대꾸했다.

"사람이 바뀐다 한들, 어찌 그 본신(本身)이 바뀌겠습니까?"

잠시 말없이 그를 바라보던 노승은 문득 파안대소했다.

"본신, 본신이라……. 과연 언제의 내가 본신일꼬? 굳이 그렇게 알고 싶다면 그냥 무명(無明)이라 부르면 되겠구료."

무명이란 진여(眞如)가 한결같이 평등함을 알지 못하고 현상의 차별적인 모습에 미혹되어 온갖 번뇌와 망상의 근본이 됨을 의미한다.

하필이면 왜 그런 이름일까.

"무명?"

한효월은 부지중에 그 이름을 되뇌었다.

무명(無名), 이름없음도 아니라…… 무명(無明)이란 건가?

묘한 느낌이긴 했지만 그렇다고 계속 여기에 있을 수는 없는 일이었다. 그는 가능한 빨리 맹주부로 돌아가 봐야 했다. 독고경이 그렇게 된 것에는 까닭이 있을 것이고, 그것은 분명히 신안금조 조건이 남긴 물건과 관련이 있을 것이기에.

바로 그 순간, 한효월은 노승의 눈에 놀람의 빛이 떠오름을 보았다.

"소시주! 조심하시오……!"

노승이 다급히 소리쳤다.

그가 채 소리치기도 전에 무서운 힘 한줄기가 한효월의 등 뒤에 도달했다.

그것은 기척도 없다가 돌연 나타나 한효월을 덮쳤다.

세상에서 가장 무서운 것은 보이지 않는 창(槍)이다.

암습(暗襲)은 느끼기 전에 날아든다.

그리고 그것을 느꼈을 때는 이미 상황이 종료된 다음이기에 더 이상 어떻게 해볼 방법이 없게 된다. 더구나 지금 한효월의 등 뒤에서 다가온 암격(暗擊)은 가장 무서워 그의 등 뒤에 이르기 전까지는 살기조차 일지 않았다.

어떤 경우에도 상대를 죽이고자 한다면 살기(殺氣)가 일어난다.

그렇기에 고수는 위험을 직감할 수 있다.

그러나 살기조차 감추는 암습자라면 그 무서움은 공포스러울 수밖에 없는 것이다.

한효월을 공격해 온 것이 바로 그러한 자였다.

그를 공격한 것은 두 자 한 치가량의 묘한 생김을 한 검이다.

공기의 파동조차 느껴지지 않게 조용하고도 빠르게 다가온 그 필살의 일검은 한효월에게서 묘한 움직임이 일자 돌연, 무섭게 **빨라졌다.**

그 속도는 말 그대로 전광석화(電光石火)!

노승이 위험이라고 소리치는 순간에 이미 한효월의 등을 꿰뚫고 있을 정도였다.

하나, 그것은 착각이었다.

한효월은 위기의 순간에 격렬하게 앞으로 엎어졌다.

뒤를 돌아보거나 다른 움직임을 보였다면 그는 그 놀라운 속도의 일검을 결코 피할 수가 없었을 터였다.

그렇지만 그는 그러지 않았다.

검이 그의 등을 꿰뚫는 대신 허공을 찌르는 그 순간에 그는 거의 땅에 처박히던 신형을 뒤집었다. 등이 거의 땅바닥에 닿을 지경이다.

그러자 암습자를 볼 수 있었다.

검은 복면을 한 자.

전신을 온통 검은빛으로 휘감은 자.

신발까지도 검은빛이었다.

그는 필살의 일검이 허탕을 치자 경악했다.

하지만 그의 능력은 과연 대단하여 검이 허공을 찌르는 순간에 이미 손목을 움직여 그 검으로 아래를 갈라냈다. 그의 검은 그렇게 빨리 움직이기 위하여 그렇듯 짧았던 것이다.

스파앗!

한효월의 몸이 그대로 두 쪽이 나고 말았다.

하나 그 또한 착각.

한효월의 신형은 이미 그 자리에서 한 자가량을 이동하여 벌떡 일어서고 있었던 것이다. 그것은 복면괴인의 일검이 변초(變招)하여 땅바닥을 가른 것과 거의 동시라 해도 좋았다.

검이 석굴의 바닥을 찌르기 직전, 복면괴인은 급격히 숨을 들이키면서 이미 검을 회수하면서 일어서는 한효월을 전광과도 같이 베어갔다.

정말 놀라운 운검(運劍)이라 하지 않을 수 없었다.

찰나, 한효월이 한 손을 쳐들었다.

쏴악!

그에게서 질풍신뢰와도 같은 일장이 쏟아져 나갔다.

그 일장은 놀랍게도 자신을 베어오던 괴검(怪劍)을 땅! 소리와 함께 두 동강이 내버리면서 그대로 뻗어 나가 흑의복면인의 가슴을 쳤다.

펑!

"으와악!"

흑의복면인의 입에서 처절한 비명이 터져 나왔다.

그의 신형이 태풍에 휘말린 가랑잎과 같이 훌쩍 날아올랐다 석굴 밖으로 튕겨져 나갔다.

한효월은 조금도 쉬지 않고 바람처럼 그를 쫓아 밖으로 날아갔다.

정말 놀랍기 이를 데 없는 움직임.

모든 일은 긴 듯했지만 실제로 암습한 흑의복면인이 한효월의 일장에 날아가 버린 것은 노승이 소리친 것과 거의 같은 순간일 정도로 신속무비하였다.

밖으로 날아 나온 한효월은 땅바닥에 쓰러진 흑의복면인을 살펴보았다.

그는 널브러진 채로 조금도 움직이지 않았다.

한효월의 일격에 이미 심맥이 끊어져 즉사한 다음이었다.

"손을 너무 과하게 썼구나."

한효월이 신음했다.

강도를 조절할 만큼 여유로운 상황이 아니었다.

"아미타불……."

그를 따라 나온 노승이 그 광경을 보면서 연신 불호를 외었다.

또 하나의 주검이 늘었다.

그 주검을 바라보고 있던 한효월은 무거운 표정으로 몸을 일으켰다.

그가 벗긴 복면 속에서 드러난 것은 사십 대 장한의 얼굴.

그러나 푸르스름한 빛을 띤 그의 얼굴은 방금 죽은 사람의 것이 아닌 듯 섬뜩해 보였다. 아직 가슴에 온기가 남아 있지만 그를 살린다는 것은 불가능한 일이다.

품속을 뒤졌었다.

아무것도 없었다.

마치 망각의 저편에서 불쑥 뛰쳐나온 사람인 양, 그의 품속에서 그가 누구인지를 유추할 만한 것은 철저하게 아무것도 없었다.

그 복면인의 수중에는 반 토막의 검이 쥐어져 아침 햇살에 빛을 뿌린다.

"역시 그들이란 건가?"

한효월은 잠시 미간을 찡그렸다.

그의 뇌리에는 지난번에 그를 공격했던 복면인이 떠오르고 있었다.

요광성주와 함께 나타났던 자, 가마 속에 있다가 그를 공격했던 그 복면인. 그의 움직임도 이자와 유사했었다.

이 복면인이 제천교도라면, 그들이 이미 이 일대에 퍼져 있다는 뜻.

대체 무엇 때문에 그들은 여기에 온 것일까?

문득 한효월의 안색이 굳어졌다.

"설마?!'

설마 그들도 신안금조가 남긴 것을 찾아서 여기에 온 것이란 말인가?

한효월은 연신 불호를 외는 노승을 향해 가벼이 고개를 끄덕여 보인 다음에 그 자리에서 사라졌다. 절정에 달한 신법. 그의 사문에서 전하는 경공 절기(絶技)인 비운축전이었다.

쏴아아……

독경 소리에 어우러져 저 멀리 이수의 물소리가 들려온다.

"아미타불……."

한효월이 사라지고 잠시 시간이 흐른 어느 순간인가, 노승은 길게 불호를 흘려낸다.

그의 자애했던 얼굴은 어딘지 모르게 굳어져 있는 듯했다.

"아미타불, 아미타불…… 겁난(劫亂)이로고. 겁난이야……."

그의 무겁고도 긴 탄식이 저 멀리에서 들려오는 이수의 물소리에 묻혀 사라져 갔다.

*   *   *

"흐으윽……."

신음이 흘러나온다.

그 지독한 공포, 그 끔찍한 기억들.

앙다문 이. 턱이 부서져라 꽉 다문 이빨 사이를 비집고서 다시금 신음이 흘러나온다.

"주, 죽일 놈들……."

조건, 신안금조 조건은 이를 갈았다.

진땀이 전신을 적신다. 그보다 더한 소름이 온몸 구석구석을 전율로 떨리게 한다.

이 처절한 배신감을 무엇으로 가라앉힐 수가 있단 말인가.

뿌연 기억 저 멀리 거대한 사람의 그림자 하나가 아련히 드러난다.

평생을 통해 유일하게 존경했던 존재.

점차 뚜렷이 드러나는 그 모습은 건곤무적 독고해.

건곤무적 독고해는 물끄러미 그를 바라보다가 무거운 얼굴로 그에게서 시선을 돌린다. 그리곤 그에게 등을 보이며 천천히 멀어져 간다.

희뿌연 안개가 그를 감싸며 흐려진다.

"매, 맹주님……. 맹주……!"

그가 사라지는 것을 본 신안금조 조건은 안간힘을 쓰면서 손을 뻗었다.

그러나 그는 무정히 사라져 버렸다.

돌아보지조차 않고.

"맹……!"

안간힘을 쓰던 신안금조 조건은 번쩍 눈을 떴다.

희뿌연 어둠이 눈으로 쏘아 들어온다.

어딘지 알 수 없다.

그러나 식은땀으로 범벅이 된 그는 벌떡이는 가슴을 조용히 가라앉히며 이내 자신을 수습했다.

　무림맹의 신기당주는 그냥 된 것이 아니었다.

　그는 냉철하고 지적인 사람이었다. 강인한 정신력과 판단력을 가지지 않았다면 그러한 자리에서 수십 년을 지내면서 천하무림의 동태를 파악할 수가 없었을 것이기 때문이다.

　하나하나 상황이 정리된다.

　한 사람을 만나 구원을 받았던 것까지 기억이 되살아났다.

　'여기는……'

　그는 자신이 움직이기 거북한 상태임을 경각하고는 누운 채로 조용히 주변을 살피기 시작한다.

　비몽사몽간에 감천형을 본 것도 같다.

　그렇다면 여기는 맹주부란 말일까?

　그때 한 사람이 소리도 없이 안으로 스며 들어오는 것을 그는 보게 되었다. 문으로 들어오는 것이 아니라 천장에서 한 덩이 솜처럼 조용히 떨어져 내리는 것을.

　자신을 노려보고 있는 그가 복면을 하고 있음을 본 신안금조 조건은 정신이 번쩍 들었다.

　'자객?!'

＊　　　　＊　　　　＊

　"빌어먹을!"

　침착하고 냉정하여 감정을 얼굴에 드러내지 않는다는 좌백.

　그가 참지 못하고 이를 갈았다.

참고자 해도 참을 수가 없었다.

남의 눈을 피해 사모님을 호송해야 하다니. 가는 길도 가슴이 터질 듯했다. 그러나 이렇게 터덜터덜 돌아가는 길은 침착한 그의 성격으로서도 미칠 것만 같아 참기가 힘들었다.

대체 이게 무슨 꼴이란 말인가?

봉설란을 호송한 그는 치미는 격정을 참지 못하고 미친 듯 달려서 맹주부로 향했다.

경공에 뛰어난 점이 있는 그가 전력을 다하자 바람이 사납게 갈라졌고 이내 맹주부가 그의 눈앞으로 다가왔다.

어차피 은밀히 떠난 맹주부였다.

그는 소리없이 담을 넘었다.

미리 약속해 둔 곳이라서 그곳을 경비하고 있던 호맹위사는 좌백의 모습을 확인하고는 그의 통과를 묵인했다.

맹주부로 돌아온 그는 급히 한효월의 거처로 향했다.

사매가 어떻게 되었는지 궁금했던 것이다.

사숙도, 사형도 없었다.

사매는 아직 돌아오지 않았다.

'정말 무슨 일이라도 생긴 것이란 말인가?'

가슴이 답답해 깊이 심호흡을 하면서 서성이던 그의 신형이 문득 뚝, 멎었다.

무엇인가 이상한 소리가 한효월의 거처 안에서 난 듯했기 때문이다.

좌백의 눈빛이 긴장으로 물들었다.

발끝이 땅을 누르는 순간에 그의 신형이 무섭게 문으로 날아갔다. 밖의 경비에도 이상이 없었다. 그러므로 무슨 일이 생겼을 리는 없겠지만 설마…….

혹시라도 몰라서 문을 걷어차는 일은 하지 않았지만 그가 내력으로 문을 슬쩍 밀자 문고리가 찰나간에 뚝, 부러지면서 문이 활짝 열렸다.

"……!"

그렇게 안으로 들어선 좌백의 안색이 흙빛으로 굳어졌다.

놀랍게도 복면을 한 자객 하나가 신안금조 조건을 향해 덮쳐 가고 있었던 것이다.

더욱이 그의 눈을 의심케 한 것은 신안금조 조건이 정신을 차리고 그 자객을 향해 베고 있던 베개를 집어 던졌다는 것. 그가 들었던 소리는 바로 그 던진 베개를 자객이 쳐낸 것이었으니 좌백이 안으로 달려 들어온 것이 얼마나 빨랐던가는 짐작하고도 남음이 있다.

"감히!"

좌백이 노호하면서 손을 휘둘렀다.

섬광이 벼락처럼 날았다.

그가 느닷없이 나타나자 복면의 자객은 움찔했다.

그 찰나간에 섬광이 그에게 날아들었고, 좌백은 이미 그의 눈앞에 날아들고 있었다. 놀랍도록 빨랐다.

하지만 그럼에도 그가 신안금조 조건을 공격함을 완전히 막아낼 수는 없었다.

그의 일장은 신안금조 조건을 쳤다…….

*   *   *

맹주부, 한효월의 거처.

사람들은 맹주부 전체에서 바쁘게 움직이고 있었다.

그러나 한효월의 침상에 누운 채 가쁜 숨을 몰아쉬고 있는 신안금조 조건을 내려다보고 있는 사람들의 얼굴은 납덩이처럼 굳은 채였다.

호전되어 가던 조건의 안색은 백지장과 같았고, 그의 입에서 흘러내린 핏자국은 아직 역력했다.

"자결을?"

"그렇습니다."

좌백이 한효월의 물음에 일그러진 얼굴로 답했다.

"순찰을 돌던 제가 이상을 발견하고 방 안으로 들어왔을 때, 놈은 조당주를 죽이려 하고 있었습니다……."

발각된 자객은 조건을 공격했고, 그 공격을 좌백이 막아냈지만 그는 결국 도주하다가 막히게 되자 스스로 죽음을 택하고 말았다는 것이었다.

그처럼 경계를 하고 있었음에도 맹주부에 자객이 마음대로 든다는 것은 정말 답답한 일이 아닐 수 없었다.

"쉽게 깨어나기 힘들 것 같습니다."

한효월이 굳은 얼굴로 진맥하는 것을 지켜보던 감천형이 입을 열었다.

"그렇군……."

한효월이 머리를 끄덕이면서 손을 떼었다.

감천형의 말은 틀림없었다.

신안금조 조건의 상태는 아주 위중했다.

이제 누구도 그가 다시 깨어날 수 있으리라고는 장담할 수 없다.

그 말은 그의 입을 통해서 그가 알리고자 했던 말을 다시 들을 가능성이 거의 없다는 뜻이기도 하였다.

　　"사질녀는?"

　　생각에 잠겨 있던 한효월이 물었다.

　　"사모님의 거처에 있습니다."

　　좌백이 대답했다.

　　"사모님께서는 안가로 옮기셨습니다."

　　감천형이 말했다.

　　그 말은 봉설란의 거처가 비었다는 뜻이다.

　　"기어코 가셨다는 거군."

　　"그렇습니다. 사모님을 호송하기 위해서 좌 사제가 자리를 비웠다가 이런 변이……."

　　감천형이 신음을 흘렸다.

*　　　*　　　*

　　사람들이 바쁘게 움직이고 있었다.

　　모든 사람들은 오늘 맹주부를 떠나 화산으로 간다.

　　바쁘지 않을 수 없었다.

　　그들의 얼굴은 무겁고도 긴장이 된 상태였다.

　　그러나, 아취소축에 당도한 그들은 창백한 얼굴로 서 있는 진자양을 보게 되었다.

　　거기에 있어야 할 독고경.

　　침상에 고이 누워 있어야 할 그녀의 모습이 보이지 않았다.

"……."

한효월과 감천형의 눈길에 진자양은 상기된 얼굴로 입을 열었다.

"면목이 없소."

그의 뒤로는 서너 명의 화산 제자들이 창백한 안색으로 머리를 떨군 채로 무릎을 꿇고 있었다.

"무슨…… 일입니까?"

"영애(令愛)가 사라졌소."

내심 불길했던 감천형의 안색이 돌변했다.

"무슨 말씀입니까? 사라지다니? 사매가 말입니까?"

"그렇소. 나도 방금 보고를 받고 달려왔는데, 어떻게 된 셈인지 영애가 감쪽같이 사라졌소."

"그, 그런 말도 안 되는 일……!"

감천형은 진자양을 밀어젖히듯이 황급하게 침상으로 달려갔다.

그녀를 덮어주었던 이불이 흐트러져 있었다.

"조사를 해봤는데, 납치가 된 것 같지는 않소."

그의 뒤에서 진자양이 말했다.

"납치가 아니라면 스스로 나갔다는 겁니까?"

"장담은 할 수 없소. 하지만 바깥을 지키고 있던 제자들의 말로는 누구도 안으로 들어간 사람은 없었소. 이곳에 비밀 통로가 없다면 흔적도 없이 안으로 들어가서, 더더구나 사람을 납치해서 사라진다는 것은 불가능한 일이오."

"……."

한효월과 감천형은 서로를 바라보았다.

잇단 변고.

뭐라고 입이 떨어지지를 않았다.

밀어젖혀진 이불.

그 이불의 흐트러진 모습은 분명히 침상에 누웠던 사람이 이불을 젖히면서 일어날 때의 것으로 보였다. 다른 사람이 이불을 젖히고 늘어진 사람을 안아 일으키려면 결코 저런 형태는 아닐 터이다.

"다른 통로가 있나?"

한효월이 감천형에게 물었다.

"제가 알기로는 없습니다."

…….

무거운 침묵이 강물처럼 방 안을 흘렀다.

"정신을 차렸었던가?"

문득 한효월이 물었다.

"아닙니다. 혼수상태에 빠져서 아무리 해도 깨울 수가 없었습니다. 그래서 일단 사매를 안치하고 장내의 일을 처리하고 있던 중이었습니다."

"뭣들 하느냐? 당장 나가서 찾아보지 않고!"

진자양이 눈을 부릅뜨고서 냉엄히 소리쳤다.

맹주부가 발칵 뒤집혔다.

해는 이미 중천에 떠올라 있는 듯했다.

한효월은 봉설란의 거처인 아취소축의 화단에서 서성거리고 있었다. 이 아름다웠던 화단도 몇 차례의 변고를 겪으면서 엉망이 되었다.

그는 천천히 손을 쥐었다 폈다 하고 있었다.

다른 사람이 보면 그냥 답답하니까라고 생각할 터이지만, 지금 그는 천기(天機)를 짚어보는 중이었다. 천기라면 거창하지만 이 손가락으로 짚어가는 천간지지(天干地支)는 간단한 예측에는 의외로 신통한 효력을 발휘한다.

"놀람은 있되, 화(禍)는 없을 것 같군……."

한참 만에 그가 중얼거린 말이다.

그런데, 갑자기 기이한 소리가 들리더니 뭔가 흰빛이 번개처럼 한효월을 향하여 날아들었다.

놀란 빛이 한효월의 얼굴에 떠올랐다.

느닷없이 한효월에게 날아든 것은 어떤 습격이 아니었다.

"찍찍……!"

한효월의 품으로 날아들어 묘한 울음을 토하는 것은 작은 다람쥐였다. 아니, 비슷하게 생겼지만 다람쥐가 아니었다. 꼬리가 조금 더 넓게 퍼졌고 몸체가 더 작은 데다가 약간 길었고 얼굴 생김도 달랐다. 게다가 전신이 백설처럼 흰 데다 검은 선 두 가닥이 머리에서부터 꼬리까지 길게 뻗어 있어, 그야말로 귀엽기 이를 데 없는 모습이다.

"소백(小白)?"

품에 파고든 그놈을 본 한효월이 놀라 중얼거렸다.

한효월이 아는 척하자 놈은 코끝을 찡긋거리면서 그의 가슴에다 얼굴을 비벼댄다. 착착 감기는 것이 귀엽고 앙증맞기 이를 데 없다.

"아니, 성아는 어디 가고 너 혼자 온 거냐?"

그 말을 알아듣기라도 하는 듯이 소백이라 불린 놈은 발딱 고개를 들었다. 그 흑요석 같은 눈에 다급한 빛이 떠올랐다.

"찍찍!"

소백은 입으로 한효월의 가슴팍 옷을 잡아당기더니 폴짝, 뛰어 바람처럼 앞으로 쏘아갔다. 마치 시위를 떠난 화살과 같아서 흰 그림자가 번뜩인 듯하더니 이내 종적이 사라져 버릴 정도였다.

놀랍도록 빨랐다.

"어딜 가려는 거냐? 돌아와!"

한효월이 소리쳤다.

다시 바람처럼 소백이 한효월에게로 돌아왔다.

어떤 절정고수의 신법에 못지 않게 빨랐다. 빠를 뿐만 아니라 도약력도 놀라워서 한효월의 품으로 뛰어오르는 게 아주 간단했다.

"성아에게 무슨 일이 생긴 거냐?"

그 말을 알아듣는 듯 소백은 다시 고개를 급하게 끄덕인다.

안절부절하지 못하는 폼이 누가 봐도 뭔가 급한 일이 있음을 알아볼 수 있을 정도였다.

원래 이 소백이란 놈은 담비[貂]의 일종이다.

하지만 풍초(風貂)라고 하는 아주 희귀한 혈통을 이어받아 몸체는 작지만 움직임이 바람처럼 빨랐다. 거기에 발톱과 이빨이 날카로워 호랑이라 할지라도 당할 수가 없을 정도였다.

뿐인가?

영리하기 짝이 없으니 산속에서 한효월과 살면서 외로웠던 유성은 이 소백을 가족처럼 사랑해서 늘 품고 다녔었다. 놈의 유일한 단점은 지독하게 게으르다는 것인데, 이처럼 다급한 것은 그 주인인 유성에게 무엇인가 심각한 일이 일어났다는 뜻에 다름이 아니다.

그렇지 않아도 유성의 연락이 너무 늦어서 걱정하고 있던 한효월이다.

"성아가 어디 있는지 알고 있느냐?"

"찍!"

뭔 잔말이 그렇게 많냐는 듯, 소백이 코끝을 찡그렸다.

그가 미적거리는 게 슬슬 열받는 듯 작은 코끝 주변의 수염이 연신 실룩거리는 게 귀엽기 이를 데 없다. 그러나 놈이 한번 화나면 단숨에 호랑이라도 눈알을 뽑아버릴 정도로 성질이 더러운 걸 누가 알랴.

"알았다! 먼저 할 일이 있으니 이리 오너라."

한효월은 다시 몸을 날리려는 소백의 등덜미를 잡아채서 아취소축으로 돌아갔다.

찍, 찍!!

소백이 놓으라는 듯 전신을 바둥거리며 앙탈을 했다.

"알았지? 거기 누워 있던 사람이 어디로 갔는지 찾아봐."

한효월은 독고경이 누워 있던 자리의 냄새를 소백에게 맡게 했다.

코끝을 쫑긋거리면서 한효월과 침상을 바라보던 소백은 어쩔 수 없다는 듯이 찍, 하는 소리와 함께 침상 위로 올라갔다.

놈은 잠시 냄새를 맡아보더니 이내 창문을 통해서 바람처럼 밖으로 뛰쳐나갔다.

그리고는 직선으로 뒤편에 자리한 가산(假山)을 향해 달렸다.

가산에는 초목이 무성했다.

규모도 그리 작지는 않지만 이미 한 번 수색을 한 곳이다.

그러나 한효월은 가산에 들어서자 순간적으로 소백의 종적을 놓쳐버리고 말았다.

"소백? 어디 있느냐?"

한효월이 소리쳤다.

"찍! 찌……."

커다란 고목(古木), 하늘을 가릴 듯 높다란 그 나무 뒤에서 소백이 꼬리를 흔들고 있었다.

한 사람의 어깨에 자랑스러이 앉아서.

"경아!"

한효월은 독고경의 앞에 한쪽 무릎을 꿇으며 그녀를 불렀다.

정말이었다.

하늘을 가릴 듯 거대한 가지를 벌리며 자리한 그 고송(古松)의 밑둥에 기대앉아 고개를 떨구고 있는 것은 사라졌던 독고경이었다. 장정 둘이 팔을 벌려야 맞잡을 수 있는 둘레를 가진 고송의 아래 부분에는 제법 큼직한 구멍이 나 있고, 그것은 무성한 수풀에 가리워 있어서 그 풀을 헤치지 않는다면 볼 수가 없는 구조였다.

게다가 가산의 조경을 위한 바위들까지 주변에 널려 있으니 수색을 했다고 해도 발견하기 힘들었던 것이 당연해 보였다.

한효월의 부름에도 독고경은 눈을 뜨지 않았다.

당연했다.

그녀는 여전히 혼수상태였던 것이다.

손을 내밀어 그녀의 맥을 짚은 한효월은 그녀의 기혈이 혼란스럽기만 할 뿐, 별다른 이상은 없어 보임을 알고 내심 안도의 숨을 내쉬었다. 그 다음에 그가 한 일은 그녀의 발을 보는 것이었다.

신발을 신지 않은 그녀의 작은 발은 흙투성이였다.

그것은, 그녀가 납치당한 것이 아님을 의미했다.

납치되지 않았다는 것은 스스로 걸어나왔다는 것.

그런데 왜 여기에 있는 것일까?

그때, 한효월의 움직임이 심상치 않다는 보고를 받았던 것인지 감천형이 다시 달려왔다.

자는 듯 누워 있는 독고경을 본 감천형은 놀라 입을 딱 벌렸다.

"이게 어떻게 된 겁니까?"

"별 이상은 없는 듯하니, 데려다 안정을 취하게 하고 잘 돌봐주도록 해. 깨어나는 대로 상황을 알아보고……."

"어디 가시려고?"

"급히 가봐야 할 것 같아."

한효월은 간단하게 유성의 일을 감천형에게 이야기했다.

"그렇다면 혼자 가서는……."

"아니, 나 혼자 가겠네. 화산으로 출발은 언제하지?"

"곧 할 것 같습니다. 원래는 사모님을 호송한 다음, 바로 할 예정이었는데 사매 때문에 늦어진 거지요. 하지만 사매를 찾은 이상 더 늦출 이유가 없겠지요. 그러나……."

"더 이상 시간을 끌 필요 없어. 출발하게. 필요하면 내가 연락하지. 뭔가를 알아내면 내가 가든지 아니면 사람을 시켜서라도 화산으로 연락을 할 테니까. 아, 그리고 혹시 깨어나거든 상황을 잘 알아보게. 지금 현재로서는 조 당주가 알아낸 일을 아는 건 사질녀뿐일런지도 몰라."

"알겠습니다."

더 이상 다른 뾰족한 수가 있을 리 없다.

감천형은 황급히 떠나는 한효월을 전송해야 했다.

대체 왜 그녀가 제정신이 아닌 상태에서 몽유병 환자처럼 자리를 떠나 여기에 이렇게 숨어 있는지 첩첩이 의문은 남았다.

이제부터 그것을 알아봐야만 할 터이다.

하지만 감천형은 한효월을 전송하느라고 미처 보지 못했다.

독고경.

그녀가 눈을 뜨고 떠나는 한효월의 뒷모습을 바라보는 것을.

명부음희(冥府陰姬)

―궁장미부를 만나다
제천교의 음모(陰謀)는 천하를 떨게 하다

명부음희(冥府陰姫)

한효월은 소백을 따라 망산에 이르렀다.

유성에게 무슨 일이 있지 않다면 결코 소백을 보냈을 리가 없다.

더더구나 아무런 전갈조차 없이.

그렇기 때문에 그의 발걸음은 더욱 급했다.

겉보기로는 여전히 망산의 모습은 절가(絕佳)하다.

하지만 망산으로 들어서는 순간에 한효월은 이미 무엇인가 모를 살기가 산 가득 감돌고 있음을 느낄 수 있었다.

간혹 보이는 사람들의 모습에서도 긴장이 느껴졌다.

산중에 이르자 소백이 한효월의 품속에서 훌쩍 뛰쳐나가서 빛살처럼 달리기 시작했다. 대낮임에도 울창한 숲은 저녁때처럼 어두컴컴했고, 소백은 그 가운데를 가로질러 달렸다.

쓰러져 있는 사람의 모습이 보였다.

엎어진 그에게서는 검붉은 피가 바닥으로 흘러나와 굳어 있다. 이미 죽은 지 한참 되었음을 바로 알 수 있었다. 시체는 그것뿐만이 아니었다.

그것이 시작이었다.

숲 속으로 전진함에 따라 시신들의 모습이 계속 나타났다.

얼핏 봐도 줄잡아 대여섯 구의 시신이 숲에 쓰러져 있었다. 그처럼 달려가는 소백의 뒤를 따르는 한효월의 눈에 보인 시신의 숫자가 그러하니, 주위를 살펴본다면 더 있을런지도 몰랐다.

"으악!"

갑자기 처절한 비명이 들려왔다.

소백이 사라진 숲 속.

한효월의 신형이 찰나간에 사라졌다.

질풍처럼 한 사람이 숲을 뚫고 사라졌다.

한효월이 그 자리에 당도했을 때는 그렇게 흔들린 나뭇가지의 남은 움직임을 볼 수 있을 따름이었다.

대신 그가 본 것은 그 자리에 쓰러져 있는 시신.

40대로 보이는 흑의장한은 목뼈가 부러져 내동댕이쳐지듯이 거꾸러져 있었다. 타격으로 목이 부러졌는지, 어떤 힘에 의해 튕겨져 나가다가 목이 부러진 것인지 쓰러진 그의 목은 괴이한 각도로 꺾어져 있었다.

살펴보지 않아도 즉사임을 곧 알 수 있을 정도였다.

"소백!"

번개처럼 주위를 쓸어본 한효월이 소리쳤다.

"찍!"

소백의 대답은 뜻밖에도 한효월의 머리 위였다.

고개를 들어보니, 소백은 하늘을 가리며 솟아 있는 거목의 무성한 가지 틈에서 한효월을 내려다보고 있었다.

"여기냐?"

4, 5장가량의 높이인 그곳으로 한효월은 구름처럼 신형을 날려 올라서면서 소백에게 물었다.

묘한 곳이었다.

10장 이상의 거목들이 줄줄이 늘어선 곳. 그 나뭇가지들이 엉긴 이곳은 마치 공중에 뜬 그물과 같아서 다른 사람들의 눈에 잘 띄지 않을 뿐더러 사방이 한눈에 내려다보이는 곳이었다. 숨어서 사방을 감시하기에는 더 이상 적합한 곳이 없을 정도였다.

"찍! 찍찍!"

소백이 다급히 머리를 흔들어댔다.

코를 쫑긋거리면서 당황스럽게 왔다 갔다 하는 품이 이곳에서 기다렸어야 할 유성이 사라진 것에 대해서 당황하고 있음이 역력하다.

"성아가 여기 있었더냐?"

한효월은 다시 물었다.

"찍!"

소백이 머리를 끄덕였다.

잠시 주위를 살펴보자, 유성이 나무에 기대 있었던 흔적을 발견할 수 있었다. 그리고 그 자리에 묻어 있는 핏자국.

"상처를 입었던가?"

한효월의 안색이 굳어졌다.

하긴 움직일 수 있는 상태라면 군이 소백을 보내지 않았으리라.

그날 나타났던 사명사자의 뒤를 따라 그가 어디로 가는지 알아보고 오는 일이라면, 유성이 조심만 했다면 위험에 빠질 일은 없었을 터이다. 하지만 지금의 상황으로 보면 심각한 상태임이 분명한 듯했다.

"성아를 찾아갈 수 있겠느냐?"

한효월이 사방으로 왔다 갔다 하면서 코를 쫑긋거리고 있는 소백을 보면서 물었다.

"찍!"

답변은 늘 같다.

하지만 그 답변의 의미를 보여주듯이 소백은 꼬리를 한바탕 휘둘러 보이더니 대뜸 아래로 신형을 날렸다.

아래로 뛴 소백의 모습은 신기했다.

꼬리를 쫙 펴자, 그 돌돌 말렸던 꼬리가 넓게 펴지면서 마치 공중을 유영하듯이 꼬리를 흔들어서 방향을 잡으며 날아가고 있었던 것이다.

*   *   *

"제기랄!"

유성은 신음했다.

이를 악물었지만 가슴이 찢어져 나가는 것만 같다.

목이 탔다. 억제하려고 하지만 할 수가 없었다. 하긴 가슴에다 연달아 삼 장이나 얻어맞았으니 이 정도로도 가상했다. 그 빌어먹을 놈이 찌른 검이 오른쪽 어깨를 가르고 지나갔지만 뭐 팔이야 움직일 수 있었다. 피하는 것이 조금만 늦었더라면 어깨가 아예 날아갔을 테니 그나마 불행 중 다행이다.

그러나 위험은 아직 끝난 것이 아니었다.

유성은 입가로 흘러내리는 핏물을 손등으로 닦아내면서 뒤를 돌아보았다.

삼천(森天).

나무가 하늘을 가린 마당이니, 사방이 어두컴컴해 시야를 분간하기 힘들었다. 그러나 방금 그가 은신했던 곳으로 추적해 온 자들이 그 어둠 속에서 지금도 자신의 흔적을 따라 움직이고 있을 것임은 분명했다.

"징그러운 놈들…… 뭐 먹을 게 있다구 이 어르신을 그렇게 따라다녀?"

그 와중에도 투덜거리던 유성의 안색이 갑자기 돌변했다.

뒤를 돌아보면서 조심스럽게 움직이고 있던 그의 앞쪽으로 뭔가 괴이한 기운을 느꼈던 까닭이다.

섬뜩하다고나 할까?

자세를 낮추면서 신형을 튼 유성의 얼굴이 굳어졌다.

정말 한 사람이 그의 등 뒤에 바람처럼 조용히 서 있었다.

묘한 향기가 흐른다.

희다 못해 창백해 보이는 얼굴.

그러나 그 얼굴은 옥과 같이 맑아서 기이한 아름다움으로 빛난다.

몇 살이나 되었을까?

20대로 보이긴 하지만 묘하게도 나이를 짐작하기 힘들었다.

여인이다, 그것도 아주 처염(悽艶)하게 아름다운 여인.

그녀는 이 숲과는 어울리지 않게 궁장(宮裝)을 했다. 일반 무림인이나 여염집 여자가 아니라는 뜻이다. 그것을 증명이라도 하듯이 그 옆으로는 두 명의 궁장 하녀가 따르고 있다.

하지만 산책이라도 한다고 생각하기엔 너무 깊은 산중이다.

그렇다고 이 부근에 참배할 만한 절이나 도관(道觀)이 있는 것도 아닌 바에야……

유성이 그녀를 발견하고 주춤, 한 걸음 물러서는 순간에 그의 뒤쪽으로 날카로운 호각 소리가 들려왔다.

"망할!"

한쪽 가슴을 움켜쥔 유성의 얼굴이 일그러졌다.

한 걸음을 떼면서 그는 궁장미부인을 향해서 다급히 말했다.

"어서 여기에서 피하십시오. 흉악한 자들이 오고 있습니다."

말과 함께 그는 그 자리를 떠나려 했다.

"그들에게 쫓기고 있나요?"

그를 붙든 것은 조용한 여인의 음성.

궁장미부인이 유성을 향해 입을 열어 묻고 있었다.

그녀가 입을 열자, 귀에 걸린 귀걸이가 서로 부딪치면서 맑은 옥 소리를 울려냈다.

"그렇습니다만……"

궁장미부를 보는 유성의 얼굴에 의혹의 빛이 스치고 지나갔다.

백옥처럼 흰 궁장미부의 얼굴에 묘한 웃음이 출렁거리며 피어났다.

"그들이 누군지는 모르지만, 걱정할 것 없어요. 감히 명부곡(冥府谷)에 허락도 없이 침입한다면 살아 돌아갈 수 없을 테니까요."

그녀가 웃음을 떠올리자, 나이 어린 유성조차도 가슴이 떨릴 풍정(風情)이 서린다. 한 여인의 얼굴이 저렇듯 웃음 한 번에 고혹스럽게 변할 줄이야 상상도 하지 못할 일.

그러나 그것보다 유성의 심기를 건드린 것은 여인의 말이다.

"명부곡? 이곳이 말입니까?"

"그래요. 이곳이 어딘지 몰랐던 모양이군요?"

그녀의 말에서 유성은 일이 고약하게 되었음을 직감한다.

견문이 넓지 못해서 어딘지는 모르겠지만 출입을 불허하는 강호상의 금지(禁地)에 들어섰음을 알았기 때문이다. 이 금지라는 곳은 각자가 정해놓은 금지 구역이니, 상대와 싸우기를 작정하지 않은 이상, 함부로 침범하지 않는 것이 불문율이다.

"죄송합니다. 저는 쫓기느라고 이곳이 어딘지도 모르고……."

유성의 얼굴에 당황이 떠오름을 보면서 궁장미부는 기품있게 웃었다.

"사냥꾼도 품으로 뛰어 들어온 사슴새끼는 잡지 않지요. 남에게 쫓겨 들어온 사람을 함부로 대할 경우없는 사람은 아니에요. 소혼(消魂), 나가서 저들을 쫓아버려라."

"예."

두 시녀가 날듯이 허리를 굽혔다.

그녀들이 움직이기 전이다.

날카로운 휘파람 소리와 함께 흑의인 두 사람이 질풍처럼 장내로 들이닥쳤다.

"으하하…… 이 쥐새끼 같은 놈! 겨우 여기까지 왔더냐?"

흑의인 하나가 음산하게 소리쳤다.

그의 신수가 평범하지 않음은 이미 나타날 때의 신법으로 증명이 된 바 있었다.

"원 망할, 정말 지겨운 놈들이네……."

일그러진 유성의 말은 더 이상 이어지지 않았다.

"감히 여기가 어디라고 함부로 침범한단 말인가?"

궁장미부가 차갑게 소리쳤던 까닭이다. 웃을 때는 그렇게 풍정 어리던 얼굴이 차가워지자 한 겹 살얼음이 낀 듯했다.

"낭랑(娘娘)! 저놈은 본 교의……!"

흑의인 하나가 궁장미부의 말에 황급히 입을 열었다.

"누구나 허락없이 명부곡에 침범하면 죽는다."

궁장미부가 내뱉듯 중얼거렸다.

그리고 그녀가 손을 쳐들자 돌연 흑의인 둘이 목을 움켜잡았다. 부릅뜬 눈이 퉁방울처럼 금방이라도 튕겨져 나올 듯했다. 마치 보이지 않는 손이 허공을 격하고 뻗어 나가 그들의 목을 움켜잡은 듯한 모양이었다.

"크, 크윽! 이런 짓을……."

"나, 나, 낭……."

그들은 버둥대며 안간힘을 썼지만 더 이상 말을 잇지 못했다.

두 명의 시녀가 나비처럼 날아들어 그들의 가슴에 비수를 꽂았던 것이다. 비수는 정확하게 심장요혈을 파고들어 그들은 더 이상 고통을 느낄 여가도 없었다.

"그들을 흔적없이 처리하고 관문(關門)을 발동해라."

"예, 부인."

찰나간에 흑의인 둘을 쓰러뜨린 시녀 둘이 납신 허리를 굽혔다.

그녀들에게 명령을 내린 궁장미부는 유성을 돌아보았다.

"저들의 주인이 찾아온다면 박절하게 대할 수 없으니, 우선 이곳을 피하도록 해요."

"저, 저는……!"

유성이 어떻게 말을 하기 전에 궁장미부는 그 옥 같은 얼굴에 웃음을 떠올렸다. 그리고 손을 들어 유성의 손을 잡았다. 그녀가 전혀 아무런 거리낌 없이 자신의 손을 잡자 유성은 당황해 말을 맺지 못했다.

"아무런 걱정 할 것 없어요. 해롭게 하지 않을 거니까."

그 말을 끝으로 유성은 갑자기 전신이 내려앉는 것을 깨달았다.

두 다리의 힘이 풀리고 정신이 까마득하게 멀어졌다.

"무, 무슨 짓을……."

안간힘을 다해 앞으로 일장을 쳐내려고 했지만 그것은 마음뿐, 그는 그만 정신을 잃고 쓰러지고 말았다.

코끝을 스치는 향기를 느끼면서 그것이 잘못된 원인임을 알았지만 이미 늦었다.

*　　　*　　　*

묘한 느낌이다.

전신이 둥둥 허공에 떠 있는 것 같고 한없이 편안하기도 했다.

그는 삼 일 밤낮을 쫓겼다.

악전의 연속이고 순간순간이 죽음과 맞닥뜨리는 위기였다. 자칫 잘못했더라면 이미 숨을 쉬지 못했으리라. 그만큼 중상을 입은 상태였었다.

그런데 이런 편안함이라니!

"내가 죽은 건가?"

생각을 굴리던 유성은 천근처럼 무거운 눈까풀을 밀어 올렸다.

몽롱한 가운데 사물이 희미하게 눈으로 밀려 들어온다.

시야에 들어오는 광경은 뜻밖에도 화려했다.

무슨 궁중(宮中)에 들어와 있는 듯했고, 그가 누운 곳도 푹신한 침상. 유성이 한 번도 누워본 적이 없었을 만큼 푹신한 곳이었다. 좌우로 늘어진 매미 날개와 같은 경사 휘장…… 은은한 향(香)이 감도는 실내.

"정신을 차렸군요?"

영롱한 음성이 그의 귓전을 두드렸다.

앞서 봤던 두 시녀였다.

그녀들이 그를 내려다보고 있었다.

"여기는?"

유성이 일어나려고 하자 한 시녀가 그의 가슴을 눌렀다.

"아직. 아직 일어나지 말아요. 상처가 이제 겨우 아물었거든요?"

그녀의 손이 누르는 감촉이 이상함을 느낀 유성은 갑자기 안색이 돌변했다. 전신에 실오라기 하나 걸치지 않았을 뿐 아니라, 그 모습 그대로 그녀들의 앞에 누워 있음을 알았기 때문이다.

"무, 무슨 짓이오?"

유성은 혼비백산해서 소리쳤다.

"뭐긴요? 상처 치료하느라 옷을 벗긴 거지요."

시녀 하나가 웃으며 눈을 흘겼다.

별로 햇볕을 보지 않은 듯 창백한 얼굴은 그늘져 보이지만 두 눈에 서린 풍정은 가슴이 떨릴 정도였다. 더구나 옥 같은 손으로 그의 가슴을 누르고 있음에랴.

어지간한 유성이었지만, 여자와 별로 접하지 않은 그인지라 당황할 수밖에 없었다. 게다가 움직이려고 하자, 손가락 하나 움직일 수 없음을 깨닫자 더욱 당황했다.

바로 그 순간 꾸짖는 소리가 들려왔다.

"버릇없이 무슨 짓들이냐?"

그 궁장의 미부(美婦)였다.

그녀가 나타나자 시녀들은 황급히 허리를 굽혀 보이고는 사라졌다.

미부는 천천히 유성을 향해 다가왔다.

무슨 꿈을 꾸는 것 같았다.

희미한 시야에 나타난 그녀의 모습은 말 그대로 구름 속을 거니는 선녀와도 같이 보였다. 너울거리는 붉은빛 경사를 입고서 다가서는 그녀의 모습은 아름답다는 말로는 표현이 불가능했다.

그녀는 넋을 잃고 자신을 바라보는 유성의 머리맡에 살짝 기대앉았다.

기이한 향기가 코끝을 스친다.

"본 곡의 요상대법(療傷大法)은 상처를 급속하게 낫게 하지만, 한 가지 단점이 있어요. 상처를 치료하는 동안 피시술자가 몸을 움직이면 안 된다는 거죠. 그러니 이상하게 생각하지 말아요."

그녀가 내려다보고 이야기하자 유성은 가슴이 뛰고 얼굴이 붉어졌다.

"그, 그러나 이렇게 벗겨……."

"어차피 사람이 태어날 때부터 옷을 입는 건 아니죠. 상처 회복을 위해서는 어쩔 수 없는 일이에요. 이런, 진땀이 나는군요?"

미부가 나직이 웃더니 부드러운 손을 들어 유성의 이마에 송골송골 돋은 땀방울을 닦아주었다.

"정히 그렇게 마음에 걸리면 내 옷이라도 덮어주죠."

말과 함께 그녀는 입고 있던 경사나의(輕紗羅衣)를 끌어내리듯 벗어 유성의 몸을 덮어주었다. 매미 날개와 같은 천 몇 겹으로 된 그 옷을 벗어버리자 놀랍게도 궁장미부의 전신은 알몸이 되어버리고 말았다.

믿을 수 없게도 그 옷 아래로는 가슴을 가린 붉은 천 조각 하나와 비소(秘所)를 가린 또 하나의 천 조각이 남아 있을 뿐이었다. 그 육감적인 몸매를 가리는 것은 그 외에는 아무것도 없었다.

"......!"

유성은 놀라 눈을 크게 떴다가 감아버리고 말았다.

그러나 그는 오래 눈을 감고 있을 수가 없었다.

무엇인가 뜨거운 불길 같은 것이 자신의 입술을 눌러왔기 때문이다.

크게 눈을 뜬 그의 눈에 자신을 바라보면서 웃고 있는 궁장미부의 눈이 들어왔다. 그녀는 그의 입에다 입술을 맞추고 있었다.

그녀는 풍정이 가득한 눈빛으로 그의 눈을 내려보면서 웃음 지었다.

"이제부터 당신의 상처를 치료하겠어요……."

말과 함께 그녀는 유성의 입술을 탐닉했다.

그리고 손을 뻗어 유성의 가슴을 부드럽게 쓰다듬었다.

"으윽!"

유성의 얼굴이 일그러졌다.

그녀의 손이 그의 배를 타고 천천히 아래로 미끄러져 내려갔기 때문이다. 그리고 그녀의 손은 유성의 중심을 희롱하기 시작했다.

"이, 이 파렴치한…… 당장 손을 치우지 못해!"

유성이 고개를 도리질하면서 소리쳤다.

진땀으로 범벅이 된 그의 얼굴은 홍시와 같이 붉어져 있었다. 다급하고 당황하여 가슴이 벌떡벌떡 뛰었다.

궁장미부가 깔깔 웃어댔다.

"정말 싫은가?"

그녀는 웃음기 어린 얼굴로 유성을 바라보면서 말했다.

"정말 싫다면 네 손으로 나를 밀어내 봐. 그럼 요상(療傷)은 여기서 끝내는 것으로 하지."

"이, 요부(妖婦), 무슨 소릴 하는 거냐? 나를 움직이지⋯⋯!"

소리치던 유성은 문득 자신의 손이 움직일 수 있음을 느꼈다.

"사랑스런 동생, 넌 자유야! 이제부터 뭐든 네 마음대로 할 수 있어. 나까지도 말이야⋯⋯."

그녀가 유성을 내려다보면서 교태롭게 눈웃음쳤다.

"이 더러운!"

격노한 유성은 움직일 수 있음을 느끼자 격렬하게 손을 휘둘러 미부를 쳤다.

미부는 그의 일장을 피하지 않았다.

오히려 웃으며 그의 일장을 가슴으로 맞았다.

유성의 일장은 그녀의 풍만한 가슴을 쳤다.

부지간에 그녀의 가슴을 친 유성은 형용하기 힘든 기괴한 느낌에 전신이 떨렸다. 그녀가 피하지 않을 것은 의외였다. 하지만 그 순간에 자신이 진기를 끌어올릴 수 없다는 것을 알았다.

진기가 실리지 않은 그의 일장은 허공을 휘저어 그녀의 가슴을 치면서 그녀의 가슴 가리개를 풀어냈을 뿐이다. 출렁, 풍만한 젖무덤이 물결치면서 그의 눈앞에 아낌없이 드러났다.

"이, 이⋯⋯!"

유성의 얼굴이 심하게 일그러졌다.

거기까지가 한계였다.

그녀의 가슴을 친 유성은 그 순간, 가슴속에서 용광로와도 같은 열기가 들끓어 오름을 느꼈다. 억제하려고 해도 억제할 수 없는 가공할 불길.

그것은 욕정(欲情)이었다.

혈기방장한 열일곱의 나이.

무엇을 어떻게 해야 할지 모르는 동정의 소년이지만, 본능은 고함지르고 있었다. 알려주지 않아도 그의 본능은 어떻게 해야 하는지 느끼고 있는 듯했다.

유성은 움켜쥐었던 주먹으로 그녀를 치는 대신, 그녀의 몸을 얼싸안았다.

깔깔깔…….

요기로운 웃음을 터뜨리면서 그녀가 그에게 안겨들었다.

전신이 함몰되는 듯했다.

여체가 그처럼 부드럽고, 그처럼 놀라운 위력을 가지고 있음을 유성은 미처 알지 못했다.

움켜쥔 손아귀에 넘쳐흐르는 젖가슴의 탄력…….

백옥처럼 빛나는 나신에 부서지는 희미한 빛줄기.

마치 어린아이처럼 여체의 가슴에 얼굴을 파묻은 유성은 전신을 여인에게 밀착했다. 그러나 여인은 다리를 벌리지 않았다. 육체의 문을 모조리 열어놓고도 실제로는 아무것도 할 수 없게 된 유성은 허겁지겁 떨리는 손을 뻗어 그녀의 마지막 보루를 벗겨내려고 했다.

그 손을 여인이 잡았다.

"당신은 누구죠?"

"나, 난…… 유성."

유성은 허겁지겁 대꾸하고는 그녀의 손아귀에서 손목을 틀어 손을 빼고는 그녀의 마지막 보루를 잡아당겼다.

급한 마음이니 제대로 벗겨질 리가 없다.

그녀는 풍만한 둔부를 움직여 그 손길에 응하면서 다시 물었다.

"누구의 명령에 따라 움직이지?"

"그, 그건……."

유성이 주춤했다.

그 와중에도 유성이 주춤거림을 보자 그녀의 눈에 놀람의 빛이 떠올랐다. 그럴 수밖에 없는 것이 천하없는 사람이라고 할지라도 지금 상황에서는 발정한 미친개와 같을 수밖에 없는 까닭이다.

방 안을 흐르는 향기는 평범한 것이 아니었다.

이미 복용시킨 환락단(歡樂丹)은 방 안에 흐르는 인혼향(引魂香)과 어우러져 제아무리 성인군자라 할지라도 색마로 만들어 버리고 만다. 더구나, 그녀는 눈짓 하나로 사람을 노예로 만들어 버릴 수 있는 미공(媚功)을 익힌 몸이었다.

그런데, 이 새파란 어린애가…….

궁장미부는 놀람을 뒤로하고 손을 움직여 유성의 입술을 살며시 물었다. 그녀의 입에서 진한 향기가 뿜어져 나왔다. 동시에 그녀는 옥과 같은 다리를 움직여 유성의 건장한 다리를 감았다.

그 바람에 마지막 한 겹의 헝겊이 벗겨져 나가자 유성은 거의 미칠 지경이 되어버렸다.

"어맛, 뭐가 그리 급해?"

선불 맞은 황소처럼 그가 달려들자, 궁장미부는 깔깔 웃었다.

그러나 그를 밀어내는 게 아니라 오히려 감싸 안아버리니 유성은 이미 불기둥과 같이 되어버렸다.

"누구지? 누가 너를 움직이고 있는 거야?"

허둥거리는 유성의 몸짓을 교묘하게 피하면서 미부가 다시 물었다.

그녀의 입에서는 사향 내음이 났다.

그것은 가공할 위력을 가지고 있어서 한효월의 아래에서 훈도(訓導)를 받아 심지견정(心志堅定)한 유성조차도 이제 더 이상은 저항할 수가 없었다.

"고, 공자…… 우리 공자를 따라서!"

다급히 부르짖은 그는 사납게 미부를 덮쳤다.

그 힘이 하도 강렬하여 미부는 그만 그를 놓치고 말았다.

"아!"

나직한 비음이 그녀의 입에서 새어 나왔다.

한몸이 되어버리고 만 것이다.

폭풍이 일기 시작했다.

그렇게 미친 듯 허덕이는 유성의 귀에 은근한 음성이 다시 들려왔다.

"물건은 어디 있지?"

"무, 무슨 물건……."

미부가 가쁜 숨을 그의 귀에다 불어넣으며 다시 물었다.

"네가 가져간 것…… 그 장보도 말이야."

"그, 그건……!"

문득 유성의 움직임이 둔해졌다.

굳은 얼굴.

검미가 찡그려진 것을 보자 미부는 놀라지 않을 수가 없었다.

'이 나이에 이런 정력(定力)이라니 대단하군……. 하지만 네가 어찌 나의 품을 벗어날 수 있겠느냐?'

미부는 냉소를 떠올리며 미끈한 다리로 유성의 전신을 휘감았다.

그녀의 움직임에 유성의 뇌리는 하얗게 비어버리고 말았다. 아무것도 생각조차 나지 않았다.

"어디 있지? 너의 공자에게 가져간 건가? 그는 어디 있어?"

미부가 훈풍처럼 속삭였다.

"그건, 그건……."

그때였다.

갑자기 바깥에서 놀람에 찬 비명과 앙칼진 고함 소리, 이어 펑펑! 하는 굉음이 잇달아 들려오는 것이 아닌가.

"나, 낭랑!"

다급한 외침과 함께 소혼이란 시녀가 달려 들어왔다.

"무슨 일이냐?"

미부가 미간을 찡그렸다.

유성과 정사를 나누고 있음에도 그녀는 태연했다. 조금도 부끄럽지 않다는 듯이.

그러나 그 답은 시녀가 하지 않았다.

"나를 막는 자는 모두 죽는다!"

낭랑한 음성이 바로 뒤이어 들려왔던 것이다.

동시에 비명과 함께 몇 사람이 한꺼번에 날아들어 시녀 소혼과 함께 땅바닥에 나뒹굴었다.

그리고 흰빛이 무서운 기세로 정사를 벌이고 있는 미부에게로 덮쳐 갔다.

"감히!"

날카로운 질타와 더불어 유성의 밑에 깔려 있던 미부가 유성을 밀어 던지면서 은어와 같은 손을 들어 일격을 쳐냈다.

뼈도 없어 보이는 손에서 한줄기 음유(陰柔)한 경력이 일었다.

"캬악!"

백광에서 기성이 터지며 흰빛이 번개처럼 뒤로 물러났다.

그토록 빠르게 물러난 것을 본 미부의 얼굴이 괴이하게 변했다.

자신을 덮친 것이 겨우 한 마리의 흰 다람쥐임을 발견한 까닭이다.

하지만, 그것은 잠시.

백의유생 한 사람이 천천히 안으로 걸어 들어오고 있음을 발각한 미부는 천천히 몸을 일으켜 앉으며 그를 쏘아보았다. 전라임에도, 그 드러난 풍만한 가슴을 출렁이면서도 전혀 거리낌이 없는 태도였다.

"옷을 입는 게 어떻겠소?"

유생, 한효월이 미간을 찡그리면서 입을 열었다.

침착한 태도였지만, 그녀의 나신을 정시(正視)하지는 못했다.

그 모습을 보자 미부는 흐트러진 머리카락을 쓸어 올리면서 웃음을 떠올렸다.

"내 모습이 보기 싫은가요?"

그녀의 나신은 눈부셨다.

풍만하면서도 흰 그녀의 나신은 더할 곳도, 뺄 곳도 없을 정도로 완벽하고도 아름답게 만년등 아래에서 뿌연 빛을 뿜고 있었다.

그녀의 나신을 차마 볼 수 없는 듯 외면했던 한효월은 그녀가 그처럼 뻔뻔하게 나오자, 미간을 찡그렸다.

"보지 않았다면 믿지 못할 일. 명부음희(冥府陰姬)가 이런 탕부(蕩婦)라니…… 정말 당신이 그 명부음희란 말이오?"

그의 중얼거림에 꽃이 만발한 화원처럼 활짝 피었던 미부의 얼굴이 찬 서리가 내린 듯 서늘하게 굳어졌다.

순식간에 전혀 다른 사람이 된 듯한 모습.

"나를 아나?"

"당신이 지난날의 명부음희라면……."

그러자, 미부는 문득 다시 웃음을 떠올리면서 한쪽 다리를 천천히 세웠다. 미끈한 동체가 흔들리면서 만년등의 불빛을 받아 더욱 육감적으로 빛난다. 뿐만 아니라, 그렇게 자세를 바꾸자 내밀한 곳이 은은히 드러나 가슴이 떨릴 유혹이 인다.

"나를 안다면……."

"당신은 늘, 그렇게 옷을 벗고 사는 거요?"

잠시 그녀의 나신을 바라보던 한효월이 침착히 입을 열어 그녀의 말꼬리를 잘랐다.

미부의 얼굴이 묘하게 일그러졌다.

그녀는 그냥 움직인 것이 아니었다.

지난 십여 년 간을 고련한 명부환희공(冥府歡喜功)의 정수(精髓)가 그녀의 몸짓 하나하나에 녹아 있었다. 평범한 자라면 이미 제정신을 잃고 달려들었어야 할 가공할 미태(媚態)가 거기 깃들어 있는 것이다.

그런데 저 말은…….

"당신은 당신을 스스로 아름답다고 느끼고 있소?"

한효월은 머리를 저었다.

"내가 보기에 당신은 추악한 탕부에 불과하오. 당신이 그처럼 자부

하는 그 몸뚱이는 더러운 고깃덩이일 뿐이오. 영혼을 잃어버린 몸뚱이가 무슨 의미가 있겠소?"

미부의 눈가에 살기가 일기 시작한다.

"호호호…… 그런가? 그렇다면 이 고깃덩이를 어떻게 할 거죠?"

그녀는 웃으며 몸을 일으켰다.

그녀가 옥각을 뻗어 한 발을 침상 아래로 내려놓자, 인상을 쓰고 그녀를 노려보던 소백은 훌쩍 몸을 날려 정신을 잃고 있는 유성에게로 달려갔다.

출렁거리는 풍만한 가슴을 앞으로 내밀고 미부는 한효월에게로 다가왔다.

조금도 망설임없는 태도.

깎아내린 듯 아름다운 배와 잘록한 허리, 풍만하게 벌어진 둔부와 눈처럼 희디흰 허벅지가 만나는 그 신비로운 그늘까지 모든 것들이 다 드러나 있음에도 그녀는 한효월에게 보라는 듯 그렇게 한 걸음, 한 걸음 다가오고 있었다.

한효월의 얼굴에 일순, 당황한 빛이 드러났다.

그의 수양이 아무리 높다고 할지라도 아직 약관의 나이. 여자가 이렇게 나오자 당황하지 않을 수가 없다.

칠 테면 쳐보라는 듯 그 풍만한 가슴을 내밀고 다가오니 어찌할 것인가.

바로 그때, 한효월의 뒤쪽에서 음풍(陰風)이 휘몰아쳐 왔다.

"암습인가?"

짧은 중얼거림.

한효월은 이미 짐작하고 있었다는 듯이 뒤도 돌아보지 않고 한 손을 뒤로 쳐내면서 몸을 살짝 틀었다.

펑!

일진 폭음과 함께 그를 공격했던 자 둘이 피를 토하면서 튕겨져 나갔다.

하지만, 그 순간에 한효월의 가슴으로는 소리도 없이 음경(陰勁)이 직격해 왔다. 그녀가 틈을 놓치지 않고 공격해 온 것이다.

가느다란 손가락이지만 그 손가락 다섯이 활짝 펼쳐진 그 공세는 결코 간단히 볼 것이 아니었다. 푸르스름한 기운이 서릿발과 같이 한효월을 향해서 날아들고 있었다.

찰나, 미부는 한효월의 서늘한 눈을 보았다.

동시에 한효월의 일장은 불가사의하게 그녀의 공세를 뚫고 들어와 그녀의 가슴을 쳤다.

펑!

"아악!"

일진 폭음과 함께 참혹한 비명이 뒤를 이었다.

나신의 미부는 볼썽사나운 모습으로 나가떨어지고 말았다.

"정말 수혼지(搜魂指)……."

그 모습을 보면서 한효월이 굳은 얼굴로 중얼거렸다.

명부음희.

그녀의 신분은 특별났다.

천하십왕(天下十王).

그 가공할 신분을 가진 천하십왕 중 하나인 풍도귀왕의 딸이라고 알려져 있는 것이 그녀다. 20여 년 전 그녀의 이름은 강호상에서 매우 높았었다. 미모와 염문(艷聞).

차가운 성정(性情)과 무서운 손 씀씀이.

하지만 당시 그녀는 결코 탕부가 아니었었다.

만약 그런 탕녀였다면 어찌 그녀가 한효월의 사형인 독고해와 관련된 염문을 뿌릴 수 있었을 것인가.

그런데 어느 날 그녀의 모습은 강호상에서 사라졌다.

만약, 그녀가 정말 지난날의 명부음희라면, 대체 그간 무슨 일이 있었기에 그녀가 그처럼 변한 것일까.

바닥에 뿌려진 핏자국.

우뚝 선 한효월의 앞에 이미 나신의 미부는 사라지고 없었다.

"당신의 이름이 천기단서에 있지 않았더라면 결코 살려서 돌려보내지 않았을 것이오……."

그녀가 사라진 곳을 바라보던 한효월이 중얼거렸다.

"이런……."

문득, 제정신을 차라지 못하고 아직도 헐떡거리고 있는 유성을 본 한효월은 미간을 찡그렸다.

소백이 유성의 얼굴을 훑고 있다가 난감한 눈으로 한효월을 올려다본다.

이거 어떻게 해?

하는 듯한 표정이다.

유성의 남성은 분을 못 이겨 여전히 전신을 곤두세운 채였다.

뿐만 아니라, 전신이 벌벌 떨리고 있는데, 전신기혈이 심하게 날뛰고 있음을 한눈에 알아볼 수 있었다. 춘약의 기운이 아직도 팽배한 것이다.

상황은 그것만이 아니었다.

"정혈(精血)를 빨렸다는 건가……."

그의 붉은 가운데에서도 창백한 얼굴빛을 본 한효월이 신음했다.

정말이었다.

그가 조금만 더 늦게 당도했더라면, 유성은 그녀에게 정혈을 모두 섭취당하고 뼈와 가죽만 남아 죽고 말았을 것이었다.

"정말 믿기지 않는군."

중얼거리던 한효월은 문득 이맛살을 찌푸렸다.

어찌 그렇지 않겠는가.

그처럼 도도했다던 명부음희가 그런 탕부가 되어 나타나다니…….

이대로 그냥 둔다면 유성은 욕정을 이기지 못하고 전신의 혈관이 터져 죽고 말 것이 분명했다. 교접을 하다가 말았기 때문이다. 하긴 그대로 두었다면 혈관이 터지는 게 아니라 기혈이 고갈되어 죽고 말았을 테지만.

한효월은 유성을 안아 들고는 몸을 날렸다.

방 안의 은은한 향기에 코를 쫑긋거리던 소백이 그 뒤를 따랐다.

*   *   *

바람이 싱그럽다.

아직 밤이 되지는 않았다.

그러나 산중의 어둠은 이미 빠르게 밀려오고 있었다.

한효월은 아직 명부곡에 있었다.

그와 유성은 그 명부곡 높은 거목의 위에서 찬바람을 맞고 있다.

유성은 이미 정신을 차린 다음이다.

창백한 그의 얼굴에는 계면쩍은 빛이 얼굴 가득했다.

"괜찮으냐?"

"멀쩡해요. 망할……."

유성이 투덜거렸다.

도무지 걸리는 것 없이 활달한 그였지만, 이번에는 왠지 모르게 한효월의 눈치를 보는 것이 역력하다.

그런 그의 모습을 보면서 한효월이 희미하게 웃음을 머금었다.

"좋더냐?"

"으……!"

한효월의 물음에 유성은 얼굴이 시뻘게져서 이를 악물었다.

"그 똥물에 튀겨 버릴 요부, 다시 만나면 가랑이를 찢어버릴 거야."

"하하…… 옛정을 못 잊어서 그럴 수 있겠느냐?"

"대체 왜 그러세요? 그 망할 게 절 죽이려고 했는데, 무슨……."

당황한 유성이 어쩔 줄 모르고 손을 벌벌 떨었다.

그가 당황해 쩔쩔매는 것을 보면서 한효월은 정색을 했다.

"다행히 내가 너무 늦지는 않아서 원정(元精)이 크게 손상되지는 않았지만 당분간은 조심을 해야 한다. 그렇지 않으면……."

한효월의 말에 유성의 입이 툭 튀어나왔다.

"그까짓 거 갖고 무슨 조심씩이나 해요? 그……."

순간, 유성은 입을 다물었다.

한효월이 머리를 흔들어 보였던 것이다.

그것이 무슨 의미인지 아는 유성이다.

과연 어둠 속에서 은밀한 움직임이 밀려들고 있었다.

"놈들이군요."

미간을 찡그린 유성이 문득 중얼거렸다.

"놈들이 너를 쫓아야 할 만한 일을 저지른 거냐?"

한효월이 나직이 물었다.

"사생결단 덤비는 걸 보니 무척 열받았나 보네요……."

유성의 의미심장한 답에 한효월은 고개를 끄덕였다.

"좋다. 그럼 우선 자리를 피하고 보자."

그들의 신형이 나무를 타고 조용히 사라졌다.

유성의 흔적을 따라 이곳에 당도한 한효월은 전광석화와 같이 쳐들어가서 유성을 구해냈다. 그가 전력을 다한다면 현 무림에서 그와 맞설 수 있는 사람은 그리 많지 않았다. 더더구나 기습을 한 바에야.

하지만 춘약(春藥)에 중독된 유성을 데리고 움직이는 데는 한계가 있었다. 다른 것과는 달리 춘약은 해소하기가 까다로운 것이다. 그 때문에 한효월은 유성을 데리고 명부곡의 뒤쪽 숲으로 숨어들었었다.

그들이 사라진 다음, 명부곡으로 한 무리의 인영들이 날아들었다.

"여기 있군요!"

유성이 바위틈에 숨겨둔 것을 꺼냈다.

흙 속에 묻혀 있던 그것은 천으로 둘둘 말린 길쭉한 것이었다.

"……?"

이게 뭐냐는 듯 묻는 표정인 한효월을 향해 유성이 씨익, 웃었다.

"장보도예요."

"장보도?"

"예! 장보도. 지금 세상을 떠들썩하게 하고 있는 진시황의 장보(藏寶)가 묻힌 장보도가 그겁니다."

"이게 어떻게 네 손에?"

한효월이 얼떨떨한 빛으로 그 천을 풀었다.

안에서 나온 것은 빛 바랜 양피지였다.

"그게 원래는 옥합 속에 들어 있었던 거지요. 그 망할 요부에게 잡히면서 옥합은 잃어버렸는데…… 그걸 대비해서 알맹이는 여기다 숨겨뒀던 겁니다."

유성이 의기양양하여 말했다.

그들이 있는 곳은 명부곡에서 한참 떨어진 숲이다.

정확히 말하자면 유성이 처음 한효월을 기다리던 그 숲 바로 아래였다.

그 아래 바위틈에 두 사람은 무릎을 맞대고 앉아 있는 중이었다.

"무슨 소리냐? 이게……."

한효월이 눈을 크게 떴다.

"정말입니다. 그렇지 않으면 제가 위험을 무릅쓰고 이걸 탈취하질 않았죠. 놈들도 그렇게 미친 듯이 눈에 불을 켜고 저를 쫓지 않았을 거구요."

"그런……."

한효월이 신음했다.

유성이 한 말은 놀랍기 그지없었다.

그는 한효월의 명을 받고 제천교 사명사자의 뒤를 따랐다.

유성은 영리한 데다 임기응변에 능해서 귀신도 모르게 사명사자의 뒤를 따를 수 있었고, 그렇게 해서 그는 제천교의 내부에 대해서 조금씩 알 수 있었다.

그 와중에 유성은 실로 놀라운 일을 목도하게 된다.

사명사자가 북망산에 있는 제천교도에게 명을 전하는 것을 보는 와중에, 지금 천하무림을 뒤흔들다시피 하고 있는 이 일. 이 진시황의 장보도가 제천교에서 꾸민 음모임을 알게 된 것이다.

천하의 고수들을 끌어들여서 서로 죽고 죽이게 하려는 음모.

놀랍게도 세상의 주목을 받으면서 도주하고 있던 지주귀도 신부재조차도 제천교의 일당이었다. 그는 사람들을 북망산으로 끌어들이는 바람잡이에 불과했다.

"그런 일이……."

한효월이 나직이 신음했다.

뭔가 명확하지 않다.

무엇인가 의심스럽다는 생각은 이미 하고 있었다.

그렇기에 맹주부가 화산으로 간다고 해도 그는 여기에 남아서 그것을 조사할 생각을 하고 있었던 것이다.

그런데, 그 모두가 일장 사기극이었다는 건가?

"지독한 계책이군."

한참 생각에 잠겨 있던 한효월이 중얼거렸다.

그렇긴 하지만, 가장 효과적인 술수임에는 틀림없었다.

재물은 인간을 유혹하는 가장 큰 도구다.

그러나 무림이란 특수한 집단은 재물만 가지고 사람을 유혹할 수는 없다. 그 재물이란 것이 힘을 가진 사람에게는 쉽게 따라가는 것이라 그럴 수도 있지만, 체면을 목숨처럼 내세우는 무림인들에게 있어 재물이란 신외지물(身外之物)이라는 강한 인식이 자리하고 있는 까닭이다.

그러나 재물뿐만 아니라 무공비급(武功秘笈), 영약(靈藥)에다가 보검 등의 신병이기(神兵利器)가 같이 있다면 문제가 다르다.

한 자루의 보검을 차지하기 위해서 피 바람이 부는 곳이 무림.

그런데 그 모든 것이 갖추어진 진시황릉.

당연히 사람을 끌어들이기에 충분한 조건이다.

그곳에 묻혀 있다는 장보를 차지한다면 단숨에 무림의 패권을 한 손에 거머쥘 수도 있는 까닭이다.

명예, 천하를 오시(傲視)할 수 있는 힘이란 아무리 세월이 흘러도 사람을 끌어당기기에 충분한 마력을 지니고 있는 괴물이기에.

천하를 지탱하던 기둥인 건곤무적 독고해를 무너뜨린다.

그리고 혼란에 빠진 무림에 진시황릉의 출현……

사람들이 몰려들 것은 당연한 이치.

그들을 모조리 쓸어버린다면 무림은 무주공산(無主空山)이다.

"결국, 한 번에 모든 것을 이룰 예정이었던 것인가……"

중얼거리던 한효월이 유성을 보면서 물었다.

"그들은 지금 어디 있느냐?"

"훼방을 놓으시게요?"

유성의 말에 한효월은 미미하게 웃었다.

"네가 동정(童貞)을 바쳐 가져온 건데, 헛되게 할 수야 없는 일이지."

"윽!"

그 말에 유성의 얼굴이 일그러졌다.

"누구 땜에 그 봉변을 당한 건데……."

금세 유성의 입이 퉁퉁 불었다.

하지만 그 불만은 한효월이 손을 드는 순간에 사라졌다.

"우리가 찾아갈 필요 없이 그들이 우릴 찾아온 모양이구나."

한효월이 낮게 중얼거렸다.

그 말의 의미를 깨달은 유성의 얼굴이 굳어졌다.

동시에 그들의 머리 위에서 검은 그림자 하나가 날아 내렸다.

가히 번개 같은 움직임.

차가운 섬광이 유성이 내리꽂히듯이 한효월을 엄습했다.

그것은 장보도가 들린 한효월의 손을 노리고 있었다.

"미안하지만 넘겨주지 못할 물건이군."

한효월이 중얼거렸다.

태연한 듯한 모습이나 행동은 그렇지 않아 장보도가 든 손을 거둬들이는 동시에 오른손을 빙글 돌려 습격한 자의 손목을 쳤다.

아주 미미한 움직임, 그러나 습격한 자는 그 번개 같은 일격을 피하지 못하고 함께 들고 있던 검을 떨어뜨렸다. 찰나 한효월은 장보도를 든 손으로 그의 가슴을 쳤고, 그는 비명과 함께 날아갔다.

그러나 그것은 시작이었다.

좌우에서 날아든 검은 그림자.

그들의 공격은 차원이 달랐다.

무섭도록 빠른 공격.

검광이 어둠을 가르고 장지(掌指)가 경풍을 휘몬다.

"너희들과 시간을 보내는 건 의미가 없겠지?"

한효월이 다시 중얼거렸다.

찰나, 그는 방금 습격한 자가 떨어뜨린 검을 잡으며 횡으로 쓸어냈다. 가공할 검기가 노도와 같이 일었다.

쩽쩽, 하는 금철이 부딪치는 소리가 날카롭게 귀를 찔렀다.

동시에 그 뒤를 잇는 단말마의 비명 소리.

"으악!"

놀랍게도 한효월을 습격해 달려들었던 자 둘이 피보라를 뿌리며 쓰러지고 있었다.

처음 나무 위에서 암습했던 자가 떨어뜨렸던 검.

그 검이 채 땅바닥에 떨어지기도 전에 한효월은 그 검을 잡았다.

그리고 그 검으로 다른 자들을 베어낸 것이다.

그 검세는 놀랍도록 가공하여 그들은 검을 들어 한효월의 검세를 막았지만 아무런 소용이 없었다. 한효월이 쓸어낸 검과 맞닥뜨리자, 그들의 검은 비명을 지르며 부러졌고 한효월의 검이 그들을 양단해 버리고 말았던 것이다.

"나를 따라오너라."

한효월은 말과 함께 바람처럼 그 자리에서 사라졌다.

"무섭게 단호해지셨네……."

반쪽이 되어 죽어 넘어진 그들을 보자 유성은 신음했다.

말이 좋아 단호지, 실은 잔인(殘忍)해졌다 싶었다.

찍!

앞에서 소백이 뭐 하냐는 듯 소리를 질렀다.

이미 저만큼 앞서 나가 나무 위에서 그를 내려다보고 있었다.

"간다! 가면 될 거 아니냐?"

유성은 투덜거리면서 급히 한효월의 뒤를 따랐다.

그것이 신호이기라도 한 듯이 날카로운 휘파람 소리가 여기저기에서 일기 시작했다. 그것은 두 사람의 움직임을 따라 대단히 빠르게 번져 가고 있었다.

시황지궤(始皇之詭)

—동평후 나타나다
몰려드는 군웅(群雄)을 기다리는 것은 죽음뿐이라

시황지궤(始皇之詭)

한효월은 심각한 빛으로 장보도를 들여다보고 있었다.

그들은 유성이 처음 몸을 숨겼던 나무 위에 올라와 있다.

사방이 탁 트인 곳이라 은신하기 좋았고, 이미 적들이 한번 발각했
던 곳이라 다시 찾아올 염려도 별로 크지 않아 허허실실의 묘가 있는
곳이기 때문이다.

유성은 심드렁한 빛으로 한효월을 힐끔 쳐다보았다.

장보도가 가리키는 곳이 어딘지를 먼저 알아내고, 가능하다면 그 내
부 사정까지 알아보고 움직이겠다는 것이 한효월의 생각이었다.

결국 그들은 이 나무 위에서 시간을 보내고 있었고 유성은 누가 오
나 안 오나, 따분하게 망을 보고 있는 중이었다.

"으흐……."

문득 하품이 나온다.

상처 조금 입었다고 이런 상황에서 피곤하거나 하품을 할 그가 아니다. 그런데 하품이라니…….

그러고 보니 좀 노곤하기도 했다.

'망할! 그 요부에게 정기를 빼앗겨서 그러나?'

내심 이를 갈던 유성의 얼굴이 갑자기 붉어졌다.

그 기괴하던 경험이 뇌리에 떠오른 것이다.

춘약에 중독되어 제정신이 아니었다고는 하지만, 그런 충격적인 첫 경험이 쉽사리 뇌리에서 사라질 리가 없다. 여인의 나신이라고는 산속 마을에서 처녀가 목욕하는 걸 힐끔 한 번 본 게 다였다. 그나마도 하도 오래되어 기억에서조차 사라질 정도였는데…….

공연히 가슴이 다시 뛴다.

'빌어먹을, 춘약이 아직 남아 있는 건가?'

눈앞에 희뿌연 명부음희의 나신이 꿈틀거리는 것을 느끼자 유성은 세차게 머리를 흔들었다.

그 모양을 묘한 표정으로 소백이 들여다본다.

머리를 흔들다가 그 눈과 마주친 유성은 픽, 웃었다.

"뭘 보냐?"

그리곤 대뜸 머리를 쥐어박았다.

"찍!"

소백이 인상을 팍 쓰면서 대들었다.

"어라, 이놈 봐라? 주인님에게 네가 덤벼서 어쩔 거냐?"

말과 함께 유성은 다시 소백의 머리를 쥐어박는다.

공연한 분풀이에 소백은 이를 드러내 보였다.

딴엔 위협을 한다고 하는 거지만 유성의 눈에 그게 겁날 리가 없다.

그러나 소백과 장난을 치던 유성의 눈에 돌연 긴장의 빛이 인다.

무엇인가가 다가오고 있었다.

"크으윽……."

비틀비틀, 한 사람이 신음을 흘리며 걸어오고 있었다.

50대의 노인.

수중에 판관필(判官筆) 한 쌍을 들고 있다. 그러나 피 묻은 판관필은 힘없이 늘어져 있었고 그의 가슴팍은 이미 피투성이였다.

한효월과 유성이 은신하고 있는 아래에 이른 그는 인기척을 느끼고 흠칫 눈을 들다가 입을 딱 벌리고 말았다. 소리를 치고자 하지만 소리가 제대로 입을 통해 나오지 않는다. 그의 손에서 판관필이 떨어졌다.

그의 가슴을 관통한 검을 쥔 자의 안색은 얼음과 같다.

흑의검수.

"흐윽……."

낮은 신음을 흘리며 노인이 무너져 내렸다.

차가운 빛으로 그를 내려다본 흑의검수의 뒤에서 인기척이 들린다.

서너 명의 흑의인들이 숲 속 어둠 속에서 바람처럼 나타나 날아들었다.

"……."

흑의검수는 수중에 든 검을 흔들어 검에 맺힌 핏방울을 뿌려내면서 말없이 그들을 쏠어보았다.

"죄송합니다!"

"일대를 수색하고 있지만 흔적이 없습니다."

"멍청한 놈들."

흑의검수가 냉랭히 중얼거렸다.

그의 질타에 흑의인들이 묵묵히 머리를 숙였다.

"한낱 꼬마를 가지고, 이게 무슨 짓이야? 멍청한 계집……."

내뱉듯 중얼거리면서 흑의검수는 싸늘히 주위를 쓸어본다.

바로 그 순간이다.

"설마, 그것이 나를 말하는 건 아니겠죠, 옥형성주?"

영롱한 음성이 들려왔다.

동시에 일진 향풍(香風)이 스치면서 한 사람이 표연히 모습을 드러 냈다.

흔들리는 풀잎을 밟으며 나타난 것은 여인이다.

뛰어나게 아름다운 용모, 궁장으로 틀어 올린 머리는 봉잠(鳳簪)으로 화려하지만, 놀랍게도 몸에 걸친 것은 검은 휘장과도 같은 망사 나의뿐 이라 백옥과 같은 나신이 은은히 드러나 보인다.

실로 가슴이 떨리는 광경.

"낭랑께선 미처 옷을 입을 여가조차 없었던 모양이군요?"

그녀를 보자 흑의검수가 냉랭히 중얼거렸다.

그는 과연 제천교의 옥형성주였다.

그리고 그의 앞에 모습을 드러낸 사람은 바로 명부곡의 명부음희였 다.

한효월의 손에 일패도지(一敗塗地)하여 혼비백산 도주했던 그녀가 옷을 걸친 듯 만 듯한 모습으로 이 자리에 나타난 것이다.

"호호호…… 그런가? 그럼, 성주가 내 옷을 가져다 주겠어요?"

명부음희가 깔깔 웃으며 한 걸음 다가왔다.

망사 나의 속에 자리한 풍만한 유방의 출렁거림이 옷 속으로 훤히 들여다보인다.

"낭랑. 이곳은 온유각(溫柔閣)이 아니오."

옥형성주가 미간을 찡그린 채로 말했다.

"여기는……."

그 말에 명부음희가 냉소를 쳤다.

"교중의 일을 함부로 입에 올리다니……."

그 말에 옥형성주는 안색이 조금 달라졌다.

"뭣들 하는 게냐? 빨리 수색을 계속하지 않고!"

그는 갑자기 발을 구르더니 그 자리에서 사라졌다.

그녀와 상대하고 싶지 않은 듯한 모습.

"흥! 건방진……."

그가 사라지자 명부음희는 냉소를 흘렸다.

하지만 다음 순간에 그녀는 가슴을 부여잡는다.

"음……."

그녀의 입에서 흐르는 나직한 신음.

"정말 절옥장력(切玉掌力)…… 그가, 그 사람과 관련이 있다는 것인가?"

그녀는 괴이한 빛을 얼굴 가득 떠올린 채로 중얼거렸다.

잊으려 해도 잊을 수 없었던 사람. 곁에서 바라보기만 해도 가슴이 벅차던 사람. 그가 자신을 떠나면서 그녀는 모든 것을 잃어버렸다. 그녀 자신마저도.

그녀는 문득 머리를 세차게 흔들며 그 자리를 떠나 버렸다. 더 이상 생각하기 싫다는 듯.

그 자리에 남은 것은 조금 전, 옥형성주에게 죽임을 당한 노인뿐.

괴괴한 정적이 숲을 감돌았다.

"……."

그 광경을 지켜보는 한효월의 안색은 굳어 있었다.

그들이 이렇듯 마음대로 횡행할 수 있다는 것은, 이미 상황이 심상치 않은 상태에 이르러 있다는 말의 반증과도 같았기 때문이다.

"어떻게 하실 거죠?"

명부음희가 사라진 쪽을 바라보고 있던 유성이 물었다.

"넌 여기서 조금 더 쉬도록 해라."

한효월의 말에 유성의 눈이 동그래졌다.

"뭔 말씀이세요? 저 혼자 여기 있으란 거예요?"

"지금 네 몸은 정상이 아니다. 그 몸으로 움직이면 저들의 표적이 될 뿐이다. 다행히 명부음희의 치료는 쓸 만했으니 원기 보전만 잘해주면 빨리 회복될 수 있을 것이다. 무리하게 움직이면 상처가 덧나게 될 테니 지금은 움직이지 않는 게 좋다."

"치료는 무슨……."

입이 툭 튀어나온 유성이 툴툴거렸다.

"이걸 한 시진마다 한 알씩 먹고, 기운이 회복되면 일단 이곳을 벗어나 있거라. 절대 함부로 움직이지 말고."

자기병을 하나 꺼내 건네준 한효월의 모습이 나무에서 날아 사라졌다.

유성은 손에 들린 자기병을 들여다보았다. 작고 힘찬 글씨로 〈고원단(固元丹)〉이란 세 글자가 적혀 있었다.

"쩝, 아예 정력을 다 빨린 것처럼 생각하시나 베……!"

투덜거리던 유성의 얼굴이 갑자기 붉어졌다.

그 생각을 하자 불현듯 금방 나타났다 사라진 명부음희가 생각났고, 그러자 이내 그 풍만한 나신이 뇌리에 떠오른 것이다.

출렁이던 유방과 그 기이한 느낌.

"대, 대체 무슨 생각을 하는 거야!"

유성은 소스라쳐 머리를 세차게 흔들었다.

"빌어먹을! 내가 이렇게 형편없는 속물이었나?"

자신의 머리를 두어 대 쥐어박은 유성은 입술을 물었다.

"찍?"

옆에서 소백이 뭐라는 소리가 들려왔다.

고개를 쏙 빼밀고 눈알을 깜박거리고 있는 폼이 뭐 하냐는 듯한 표정이다.

"네가 그건 알아서 뭐 하냐?"

대뜸 소백의 머리를 한 대 쥐어박은 유성은 자기병을 열고 그 안에서 세 알의 고원단을 꺼내서 한입에 털어 넣고는 운기조식에 들어갔다.

"너, 망 잘 봐."

한마디를 남겨두고서.

그 다음 말은 하지 않아도 자명했다.

기운 차린 담에도 내가 여기 박혀 있으면 유성이 아니지…….

*   *   *

한효월은 장보도를 다시 한 번 들여다보았다.

유성의 말대로 함정을 파기 위해서 만들어놓았다면 정말 대단한 일이었다. 그 장보도는 단순히 위치만 표시된 것이 아니었다. 아주 자세

한 것은 아니지만 장보가 있는 곳의 건축 내부 도면까지 그려져 있어
그 대강을 알아볼 수 있었다.

그 도면대로라면 장보가 숨겨져 있다는 곳은 일이십 년의 노력으로
만들어낼 수 있는 것이 아님이 분명하다.

과연 이 함정 하나를 만들기 위해서 그토록 오랜 시간을 투자했을
까?

그럴 가능성은 그리 많지 않았다.

잠시 생각에 잠겨 있던 한효월은 비운축전의 신법을 전개하여 옥형
성주가 사라진 곳으로 달리기 시작했다.

곳곳에서 흑의인들, 제천교도의 모습을 목도할 수 있었다.

그러나 괴이하게도 정작 무림인들의 모습은 별로 보이지 않았다.

설마, 그사이에 그들 모두가 횡액을 당했단 말인가?

그럴 리는 없다고 생각하면서도 한효월은 불안해지기 시작했다.

그가 감천형의 부탁을 받아들여서 강호에 나온 것은 얼굴도 못 본
자신의 사형 대신에 무림의 겁난을 해소하기 위함이었다.

그것은 무고한 사람들을 보호한다는 의미에 다름이 아니다.

미지의 적에 대한 호기심, 그리고 자신의 능력에 대한 자부심이 있
었던 것은 부인할 수 없는 일이다. 그러나 이제 그 일은 점점 어려워지
는 듯했다. 적은 예상보다 더욱 강하고 거대한 듯하였다.

하긴 적의 실체조차 아직 알아내지 못하고 있지 않던가.

시간이 갈수록 그것이 그를 불안하게 만들었다.

그 순간, 옥형성주의 모습이 눈에 들어왔다.

"이런 멍청한 놈들……."

옥형성주는 얼굴을 일그러뜨렸다.

그의 앞에는 십여 명의 흑의인들이 굳은 표정으로 서 있었다.

"이 일대에는 이미 곤룡대진(困龍大陣)이 발동되어 쥐새끼 한 마리 빠져나갈 수 없다. 그런데도 그까짓 놈들의 종적 하나 찾지 못한단 말이냐?"

"죄송합니다, 옥!"

고두(叩頭)하던 흑의인 하나가 옥형성주의 손짓에 거꾸러졌다.

"밥통들! 당장 흩어져서 찾아내!"

그의 고함에 흑의인들이 놀란 기러기처럼 흩어졌다.

"이 개자식, 이번에는 절대로 벗어나지 못한다. 반드시 잡아서……."

그들이 사라짐을 보고 중얼거리던 옥형성주는 문득 괴이한 느낌에 말을 멈추었다.

그리고 그 말이 끝나기 전에 들려온 나직한 웃음소리.

"왜 더 계속하지 않나?"

"너, 너는!"

놀라 뒤를 돌아본 옥형성주는 자신과 채 일 장도 떨어지지 않은 곳에 서서 자신을 보며 웃고 있는 한효월을 발견하고는 놀라 번개처럼 뒤로 물러났다.

그러나 한효월은 그를 보고만 있지 않았다.

그가 물러나는 순간에 바람과 같이 그에게 다가서고 있었던 것이다.

그 자리에 서 있는 듯한데 이미 옥형성주의 코앞에 도달하는 놀라운 신법, 그것이 내가(內家)의 상승신법인 이형환위(移形換位)임을 옥형성주는 잘 알고 있다. 하지만 그를 놀라게 한 것은 늘 느긋하던 한효월이 자신과 마주 서자마자 득달같이 덮쳐 오고 있다는 점이었다.

그의 무공이 어떤지 옥형성주는 너무도 잘 안다.

가슴이 섬뜩해진 그는 물러서던 서슬에 옆으로 반 걸음 움직였다.

차아앙!

동시에 그의 허리에서 번갯불과 같은 검광이 폭사되어 한효월을 무찔러 갔다. 그 속도는 참으로 놀라워서 찰나간에 이미 삼검칠초가 그 가운데서 벼락처럼 일어나 한효월을 덮었다. 앞으로 찔러내는 일검에 그러한 변화가 순식간에 일어나니 그의 쾌검은 가히 일절이라 할 만했다.

"넌 속았다."

그러나 그 가운데 낭랑히 들려오는 한효월의 웃음소리.

여전히 크지 않은 음성이고, 태연한 모습.

검이 자신의 가슴을 찔러오는데도 조금도 겁을 내는 빛이 없다.

다른 사람이었다면 그 말에 코웃음을 쳤을 옥형성주다.

하나 그의 능력을 이미 알고 있는 옥형성주는 가슴이 섬뜩하여 앞으로 찔러가던 검을 비틀어 검광을 퍼뜨리려고 했다. 공격하던 초식이 방어를 겸하는 것으로 변화하는 것이다.

그것은 순간적이기도 했지만 실제로는 그가 이미 준비한 것이기도 했다.

상대가 상대이니만큼, 자신의 일초가 성공하리라고는 생각하지 않고 있었기 때문이다.

그의 검초가 변하는 것과 같은 순간에 한효월이 손을 내밀었다.

그의 손에서 송곳처럼 날카로운 지력이 일어나 딩딩! 하는 소리와 함께 변화하는 옥형성주의 보검을 쳐 진동을 일으켰다. 검세가 채 변화하지 못하고 밀리며 빈틈이 드러났다.

팡!

일진 폭음이 일며 옥형성주에게서 묵직한 신음이 일었다.

한효월의 일격이 찰나간에 밤하늘을 달리는 번개와 같은 속도로 날아들어 그의 가슴을 친 까닭이다.

"크윽……."

주춤거리며 물러나는 옥형성주를 덮쳐 가면서 한효월이 다시 웃었다.

"겁쟁이, 넌 또 속았다!"

그의 일격이 여전히 옥형성주를 덮쳐 가자 옥형성주의 얼굴은 흙빛이 되었다.

그의 능력이라면 이렇듯 단 일 초에 일패도지할 수는 없다.

하지만 한효월의 심계(心計)에 말려서 손도 써보지 못하고 일격을 당한 것이다. 이 마당에 열 내고 싸우고 할 정신이 있을 리가 없다.

번개처럼 몸을 굴리자, 옆에 있던 아름드리 나무가 폭음을 내면서 전신을 뒤흔든다. 나뭇잎이 미친 듯 폭우처럼 쏟아져 내렸다.

그 틈을 타서 옥형성주는 죽어라 도주했다.

"어딜 가느냐? 목을 내놔라!"

한효월이 소리쳤다.

그러나 소리만 칠 뿐, 실제로 그의 움직임은 느긋하기 이를 데 없다.

그가 사라지는 것을 지켜보고 있을 뿐인 것이다.

"크으윽……."

옥형성주는 이를 악물었다.

호신진기가 몸을 보호했지만, 그럼에도 갈비뼈가 한두 대 정도는 부러진 것 같았다. 이미 준비를 하고 있었음에도 이런 정도라니…….

그가 한효월을 만나 손도 못 써보고 혼비백산, 도주하는 것에는 그런 이유가 있었다.

그의 앞쪽으로 큰 무덤 하나가 보이고, 숲으로 둘러싸인 그 무덤 주변에 사당[廟] 하나가 존재했다. 퇴락한 사당은 어둠 속에서 괴물처럼 음침히 자리하고 있었다.

"누구냐?"

그의 앞을 가로막으며 십여 명의 흑의인이 나타났다.

"동평후(東平侯)는 어디 계시냐?"

그들을 보면서 옥형성주가 날카롭게 소리쳤다.

"무슨 일이십니까?"

"비켜, 너희들이 알 일이 아니다!"

옥형성주가 앞을 막은 흑의인을 밀치며 앞으로 나섰다.

"죄송하지만 통보없이 안으로 들어갈 순 없습니다."

한 흑의인이 나서며 앞을 가로막았다.

"뭐가 어째?"

옥형성주의 눈빛이 음침히 가라앉았다.

"안으로 들어가려면……!"

순간, 흑의인의 말끝이 잦아들었다.

옥형성주의 검끝이 그의 목젖을 파고들었기 때문이다.

"한마디만 더 한다면 네놈의 목을 날려 버리고 말겠다. 그래도 네놈이 감히 본 성주의 앞을 가로막겠느냐?"

그가 음산히 말하는 순간, 차가운 음성이 들려왔다.

"절차를 밟지 않고 무슨 짓이에요?"

흑의인들의 뒤에서 십여 명의 옹위를 받으며 복면의 흑의인 한 사람이 나타났다. 차가운 눈빛의 요광성주였다.

"놈이 나타났다."

"놈이라니?"

옥형성주의 말에 요광성주의 눈에 의혹이 드러났다.

순간.

"누가 나타났다는 건가?"

침중한 음성과 함께 사당 속에서 한 사람이 모습을 드러냈다.

"무슨 일로 이런 소란인가? 그놈을 잡았단 말인가?"

당당한 거구.

역시 복면을 하여 얼굴을 알아볼 수 없다.

하지만 그 눈 속에서 빛나는 눈동자는 화등잔과도 같다.

"그 꼬마가 아니라, 한효월이 나타났습니다. 놈이 장보도를 가졌습니다."

그러나 복면거한의 음성은 이어진 옥형성주의 다급한 소리에 돌변하고 말았다.

"놈이? 지금 어디 있나?"

"제 뒤를 따라오고 있었습니다. 이리로 유인해 왔는데……."

그 말이 끝나기도 전에 동평후라는 복면거한은 손을 저었고, 놀란 밤새와 같이 사방에서 흑의인들이 앞으로 밀려 나갔다. 동시에 숲을 타고 번지는 날카로운 호각 소리!

"성주(星主)는 곤륜대진의 북방을 맡고 있었는데, 그렇다고 연락도 없이 무단으로 자리를 비웠다는 말인가? 설마, 이번 일이 얼마나 중요한지…….”

동평후가 옥형성주를 돌아보면서 질책했다.

“놈이 장보도를 가지고 능으로 간다면 일이 잘못될 수도 있습니다. 그 마당에 어떻게 한가하게 자리를 지키고 있을 수 있습니까? 저는 놈을 유인하기 위해서 놈과 싸우다 상처까지 입었습니다.”

옥형성주가 일그러진 얼굴로 항변했다.

“…….”

그를 바라보던 동평후는 뭔가 할 말이 있는 듯했지만 이내 시선을 돌려 옆에 있는 회색장삼의 문사를 보았다.

“계획은 차질이 없겠나?”

“군웅들이 이미 거의 모두 경릉(景陵)에 모여들었습니다. 그 외곽으로 곤륜대진이 포설 중에 있으니, 조금 더 시간이 지나면 장보도가 누출되었다 할지라도 큰 문제는 없을 겁니다.”

회의문사가 조금 갈라진 음성으로 말했다.

“능은 언제 열리나?”

동평후가 뒤의 문사에게 물었다.

창백한 얼굴의 회의문사는 나이가 50대 후반으로 보였다.

팔자수염을 기른 그는 매부리코에 가늘게 자리한 눈을 가졌다. 그 눈빛은 음침하면서도 안정되어 전형적인 모사(謀士)의 형상. 동평후의 측근에서 모든 계획을 세우고 집행하는 지낭(智囊)인 곽수(郭秀)가 바로 그다.

동평후의 질문에 그는 침착한 어조로 답했다.

“이미 군웅들이 풍음곡(楓吟谷)으로 몰려들고 있습니다. 장보도를 잃어버렸으므로, 말썽이 나기 전에 계획을 앞당겨 경릉을 개방할 겁니다. 이미 사람을 파견하여 앞 다투어 들어가도록 해두었으니, 그걸 본 자들이 조급한 마음에 무슨 수를 써서라도 안으로 들어가려고 할 겁니다. 그럼 그때 곤룡대진이 발동하면 될 것입니다."

"음……."

고개를 끄덕이던 동평후는 옥형성주를 보았다.

"상처가 심하오?"

"견딜 만합니다."

약세를 보이기 싫은 옥형성주가 냉정한 음성으로 대꾸했다.

"좋아. 그럼 지금 바로 요광성주와 함께 출발하시오. 나는 곤룡대진의 포설을 끝내고 뒤따라갈 테니까."

말은 부탁인 듯하지만, 오늘의 주장(主將)은 그이므로 그 말은 명령에 다름이 아니다.

요광성주가 앞서고 옥형성주가 그 뒤를 따랐다.

그들이 막 자리를 뜨는 순간에 흑의인 하나가 바람처럼 날아들어 동평후의 앞에 부복했다.

"어떻게 되었나?"

"아무도 발견하지 못했습니다."

"따라오지 않았다는 것이냐?"

"이 일대를 이 잡듯 수색했지만……."

"계속해서 찾아보도록 해라."

"예!"

짧은 대답과 함께 그가 사라졌고 이내 예의 호각 소리가 뒤를 이었다.

"어떻게 생각하나?"

그 흑의인이 사라진 숲을 바라보면서 동평후가 말했다.

"생각하신 대로일 수도 있겠습니다."

"역시…… 일부러 쫓아보내고 뒤를 따라왔다는 건가?"

"그럴 가능성이 높습니다. 우리의 종적을 확인하기 위한……."

"끝내 놈이 말썽이군! 잡을 수 있을까?"

동평후가 발을 구르며 눈에서 불길 같은 신광을 쏟아냈다.

"장보도를 가졌다면 갈 곳은 한 군데뿐이겠지요."

"경릉?"

"그렇습니다."

그 말에 동평후의 눈빛이 음침하게 가라앉았다.

"제 발로 무덤으로 간단 말이지? 흐흐흐……."

그의 입에서 절로 음산한 웃음소리가 흘러나왔다.

그것은 그들이 마련한 함정이 그만큼 무섭다는 것을 의미했다.

*   *   *

한효월은 과연 그들의 예측대로 적정탐모(賊情探摸)를 위해서 옥형
성주를 쫓아왔었다.

그러나 천청대법(天聽大法)으로 그들의 대화를 대강 들은 그는 더 이
상 그 자리에 머물지 않았다. 그들의 수색을 피하기도 힘들었지만, 사
람들이 떼죽음을 하게 된 마당에 나몰라라 할 수가 없어서 그쪽으로
달려가야 했던 것이다.

풍음곡은 그들이 있는 곳에서 골짜기 하나를 사이에 두고 자리했다.

단풍을 음미한다는 말 그대로 이곳의 경치는 절가(絶佳)하였다.

거대한 산자락을 병풍처럼 두르고 아늑하게 자리한 골짜기는 아무 것도 모르는 사람이 봐도 감탄이 절로 나올 절경에다, 천하의 명당으로 보인다. 그런 자리이니 그냥 버려져 있을 리가 없다.

동산과 같은 능묘(陵墓)는 그 풍음곡 안에 자리한다.

십이지신상의 석물(石物)이 묘를 지키며, 사당이 마련되어 영혼을 진(鎭)했다. 경릉이라 불리는 이 능묘는 지난날 제후의 묘라고 알려져 있다. 그러나 세월이 너무 오래 흘러 제사를 지내는 사람마저 없고, 사당은 물론이고 석물조차 제 형상을 갖추지 못하고 있었다.

늘 고요하기만 하던 이곳.

하지만 며칠 전부터 어딘지 모르게 긴장이 감돌던 이곳에서 피 바람이 불기 시작한 것은 얼마 전부터였다.

한두 명씩 근처에 사람들의 모습이 보인 것이 시작이다.

그것이 어제부터는 능묘를 중심으로 부쩍 사람들이 많아졌고, 반 시진 전부터는 수많은 사람들이 몰려서 다툼이 일더니 격렬한 싸움이 일어났다.

검도가 난무하는 곳이라면 필연적으로 피보라가 인다.

더구나 그들이 노리는 것이 모두 하나라면 더 더욱.

산새가 울고, 싱그러운 산들바람이 불던 곳.

그러나 이제 이 능묘에 가득 찬 것은 검광과 거기서 풍겨 나오는 삼엄한 살기(殺氣)뿐.

〈경릉(景陵)······.〉

이곳이 어딘가를 알리는 석비(石碑) 하나가 우뚝 했다.

높이가 1장이나 되어 보이는 그 석비는 이 무덤의 주인이 생전 영화가 예사롭지 않음을 말하려는 듯했다. 그러나 돌 거북의 등에 올려진 그 석비, 풍화에 시달려 마모된 석비는 원래 있던 자리에 있지 않았다.

능묘의 앞을 지키고 있던 그 석비는 거대한 손에 밀리기라도 한 듯이 뒤로 넘어져 있었다.

그리고 그 있던 자리에는 검은 구멍이 보인다.

단순히 석비가 뽑혀 생긴 구멍이 아니었다.

넘어진 석비가 있던 그 자리에 생긴 구멍의 아래로는 길게 돌 계단이 뻗어 있는 것이 확연히 눈에 들어왔다.

그 자리를 둘러싸고 수십 명의 무림인들이 각기 긴장된 표정으로 서로의 눈치를 살핀다.

그중 앞선 몇 사람의 앞, 넘어진 석비의 주위에는 이미 서너 명의 무림인들이 피투성이로 쓰러져 있음이 보인다.

"대체 무엇을 망설이고 있는 것이오?"

문득 한 사람이 소리친다.

훌쩍한 큰 키를 가진 70대 청의노인이다.

"지주귀도는 이미 안으로 들어갔다는데, 여기서 이렇게 서로 노려보고 있으면 뭘 어쩌겠다는 게요? 어차피 보물은 덕있는 사람만 차지하게 될 터인데 더 이상 이렇게 있는 건 아무런 의미가 없소."

말과 함께 그는 성큼성큼 걸어 안으로 들어가려고 했다.

그런 그의 앞을 중년의 승려 한 사람이 막아섰다.

"아미타불…… 시주는 잠시 걸음을 멈추십시오."

그가 자신의 앞을 가로막아 서자 청의노인은 돌연 음산한 웃음을 머금었다.

"소림의 고승께서 무슨 일이신가?"

"고죽 노사(枯竹老師)의 심정은 충분히 이해를 합니다만, 아직 논의가 끝나지 않은 마당에……."

"큭큭큭…… 의논은 무슨 의논? 소림무당이 작당을 해서 안으로 먼저 들어갈 의논 말인가? 다른 사람이 들어가려면 무조건 가로막으면서 무슨 얼어죽을 의논이야."

"아미타불, 그건 오해입니다. 우리들은……!"

"으악!"

그의 말이 채 끝나기도 전에 갑자기 단말마의 비명이 터져 나왔다.

동시에 한 사람이 피를 뿌리며 나뒹굴었다.

요란한 소리와 함께 바닥에 나뒹군 그는 40대의 도사(道士)였는데 석비의 주위를 둥그렇게 둘러싸고 있던 사람들 중 하나였다. 그의 목에서는 피가 솟구치고 있었다. 살아남을 수 없는 상처였다.

"무, 무슨 일이오?"

사람들이 놀라서 허둥거렸다.

바로 그 순간이다.

한 사람이 군웅들의 틈에서 튀어나오더니 바람처럼 사람들 틈을 통과하여 구멍 안으로 들어가 버렸다.

"뭐, 뭐야?"

"저거 어떤 놈이야?"

순간, 한 사람이 다시 득달처럼 그 구멍을 향해 내달았다.

"멈추시오!"

서너 명의 도인들이 일제히 발검하여 그 사람을 공격했다.

"이런 빌어먹을! 무당파가 이 망산의 주인인가? 누구 맘대로 멈추라 마라야? 당장 비키지 못할까?"

60대의 그 회포노인은 도인들의 검에 의해 저지를 받자 노해 소리쳤다.

그 말이 신호가 되기라도 하듯이 칠팔 명의 인영이 날아 나왔다.

"여러분, 무슨 짓입니까? 처음 약속대로 조사를 해본 다음에……."

"조사는 당신들이나 해!"

"우린 안으로 들어가 봐야겠소."

"설마, 소림, 무당…… 구대문파가 보물을 독차지하겠다는 속셈인가?"

고함 소리와 함께 2, 30명의 무림인들이 떼거지로 몰려나왔다.

군웅들의 기세는 흉흉했다.

무림을 질타하는 그들의 움직임은 단순한 데가 있었다.

군중 심리에 휩쓸리기 쉽다는 것.

입구를 지키던 사람들의 안색이 달라졌다.

십여 명이 앞으로 내달리자, 뒤질세라 군웅들이 일제히 그 뒤를 따르는데 얼핏 봐도 백여 명은 넘어 보이는 것이다. 그 뒤로 모습을 나타내지 않고 있는 사람들이 얼마나 되는지는 알 수 없다.

"도 형(道兄)?"

초로의 승려 한 사람이 옆에 있던 도인을 돌아보았다.

"이렇게 무조건 싸울 수야 없지 않겠소?"

그들은 머리를 흔들며 옆으로 한 걸음 물러났다.

사람들이 노도와 같이 밀려들었다.

하지만 입구는 좁아서 한 사람이 들어갈 수 있을 뿐이다.

자연히 충돌이 일어날 수밖에.

먼저 들어가겠다고 밀고 당기는 접전이 벌어졌다.

"으악!"

그 와중에 터지는 비명 소리.

"감히 어떤 놈이 노부 앞에서 설치는 게냐?"

음산한 웃음소리가 터져 나왔다.

왜소한 체격의 녹포노인이 입구에서 사방을 둘러보고 있다.

대머리에 염소수염을 길렀다. 쥐눈에다 체구도 작아 생김새 자체로는 전혀 겁나지 않는 모습이다. 그러나 그의 앞에 쓰러진 사람은 강서의 거효(巨梟)라고 하는 음혼귀수(陰魂鬼手). 그러한 고수를 쓰러뜨린 그가 평범한 사람일 리 없다.

"귀마(鬼魔)다!"

누군가가 소리쳤다.

사람들이 놀라 주춤 뒤로 물러났다.

귀마라는 별호가 그만큼 힘을 가진 까닭이다.

너무 평범한 모습이라 사람들의 눈에 오히려 잘 띄지 않는 존재. 그러나 그의 심성은 너무도 잔혹해서 자신의 눈에 거슬리는 사람은 누구도 살려둔 적이 없다. 그러한 그를 귀마라고 부르는 이유는, 낮에는 거의 출입을 하지 않고 밤에만 움직이는 까닭이다.

하지만 오늘 이 자리는 그의 위세를 자랑하기 위한 곳이 아니다.

그는 자신의 앞에서 되지 못하게 설치는 음혼귀수의 목을 꺾어놓고는 뒤도 돌아보지 않고 지하 통로 속으로 사라졌다.

주춤거리던 사람들이 그가 사라지자 밀물처럼 그 뒤를 따랐다.

"우리도 들어가야 하지 않겠소?"

소림사의 고수들을 이끌고 있는 대조 대사(大照大師)가 그 광경을 바라보고 있다가 무당파의 일진자(一眞子)를 바라보면서 입을 열었다.

"그렇긴 하오만……."

일진자가 미간을 찡그렸다.

바로 그 순간이다.

저 멀리서 우렁찬 장소성이 들려왔다.

그 소리가 처음 들려온 곳은 매우 먼 듯했지만 그 여운이 사라지기 전에 한 사람의 모습이 풍음곡 안으로 들어서고 있음이 목도되었다.

놀라운 신법이었다.

경릉의 지하 통로 안으로 들어가던 사람들이 놀란 표정으로 고개를 들었다.

순간.

"모두 멈추시오! 들어가면 안 됩니다!"

그 인영이 질풍노도와 같이 장내로 들이닥치면서 고함쳤다.

"넌 뭣 하는 놈이야!"

좌우에서 돌연 검은 인영 몇이 날아올라 그를 맞았다.

퍼펑!

터져 나오는 폭음과 함께 그들은 날아올랐던 것보다 더욱 빠르게 튕겨져 나갔다.

단숨에 그들을 격퇴시킨 백영은 허공에서 재주를 넘으며 누가 잡아당기기라도 하듯이 쭉쭉 뻗어 나가 칠팔 장을 나아가더니 넘어진 석비의 옆에 있는 십이지신상 중, 호랑이 상의 위에 내려섰다.

펄럭이는 흰 유삼에 별빛 같은 눈동자를 가진 청년.

바로 한효월이었다.

그는 손에 든 양피지를 사람들에게 들어 보이면서 소리쳤다.

"이것은 진시황릉의 장보도입니다!"

침묵…….

소란스러웠던, 그처럼 격렬했던 능의 주변에는 돌연 정적이 찾아왔다.

어느 누구도 그러한 위력을 보일 수 없을 터이다.

단 한 마디로 그처럼 시끄러웠던 장내를 쥐 죽은 듯 가라앉혀 버릴 수는.

서로 앞 다투어 안으로 들어가려던 자들을 비롯, 장내에 있던 모든 사람들이 놀란 표정으로 한호월을 쳐다보았다.

좀 더 정확히 말한다면 그의 손에 들린 양피지를 보았다.

그가 나타나면서 외친 말은, 충분히 그들을 놀라게 할 만했다.

장보도라니!

하지만 다음 순간,

"그까짓 장보도가 무슨 소용이냐? 이미 장보지지(藏寶之地)가 밝혀졌는데……!"

한 사람이 코웃음 쳤다.

다시금 웅성거림이 일었다.

그 말이 옳았기 때문이다.

장보도라는 것은 보물이 감추어진 곳을 일컫는다.

그러나 이미 그곳이 밝혀진 이상, 그 장보도가 무슨 의미가 있을 것인가.

한효월은 굳은 얼굴로 사람들을 돌아보았다.

"여러분은 여기가 진시황의 장보가 묻힌 곳으로 생각하십니까?"

그의 음성은 크지 않았지만 장내의 어느 누구도 그 말을 듣지 못한 사람은 없었다. 그럴 수밖에 없는 것이 그의 음성에는 중기(中氣)가 충만하기 때문이다.

그는 답변을 기다리지 않았다.

"그렇지 않습니다. 시황의 능은 이곳에 있지 않습니다. 그는 즉위 초부터 섬서의 려산(驪山)에다가 자신의 능을 만들게 했습니다. 이곳에 진시황의 능이 존재할 까닭이 없습니다."

그의 말에 몇몇 사람의 입가에 냉소가 떠올랐다.

그럴 수밖에 없는 것이, 그 일에 대해서는 이미 해명에 가까운 그럴 듯한 소문이 퍼진 다음이었기 때문이다.

진시황릉은 가장 거대한 능묘로서 건축되었다.

약 70만 명의 인원이 동원되어 만들어진 이 황릉은 려산 남쪽 기슭에 위치한다. 후일 병마용갱(兵馬俑坑)이 발견되어(1975년) 그 전설이 실재함을 증명하지만, 그 이전부터 저 거대한 구릉이 진시황의 능일 것이라는 소문은 세간에 파다하게 퍼져 있었다.

그러나 지주귀도가 진시황릉의 장보도를 가지고 다니면서 뒤를 따른 소문은 귀를 솔깃하게 하고도 남음이 있었다. 세상에 알려진 그 려산능이 후일 도굴될 것을 염려한 진시황은 자신이 모았던 재보(財寶)의 정화(精華)를 은밀히 빼돌려, 북망산 능묘에다 따로 매장하였다는 그 소문은 정말 그럴듯했던 것이다.

그런 마당에 한효월의 원론적인 말이 먹힐 리가 없었다.

"원, 별……."

누군가가 투덜거리는 소리를 흘리며 뒤도 돌아보지 않고 능묘 안으로 뛰쳐 들어갔다.

그것을 보자 다른 사람들이 또 그냥 있을 리 없다.

그러나, 뒤이은 한효월의 날벼락 같은 외침에 그들은 걸음을 멈추어야 했다.

"죽고 싶은 사람은 얼마든지 그냥 들어가도 좋습니다!"

주춤하는 사람들에게 한효월은 다시 소리쳤다.

"여러분의 생각대로 시황이 장보를 여기에다 묻었다고 한다면, 그냥 묻어두었겠습니까? 자신의 사후, 그 보물을 가져가려는 자들을 그냥 두고 보려고 했을까요? 그럴 리는 없을 겁니다. 여러분을 기다리는 것은 잔혹무비한 기관매복이겠지요."

한효월은 수중의 장보도를 들어 보였다.

"이 장보도에는 바로 그러한 매복을 피해갈 수 있는 통과 방법이 기술되어 있습니다."

말과 함께 한효월은 자신이 밟고 서 있던 호랑이 상의 머리를 발로 굴렀다. 장난처럼 한 행동이다.

하지만 뒤이어 일어난 일은 장난이 아니었다.

끌끌끌…… 하는 돌 끌리는 소리가 들리면서 그가 서 있는 호랑이 상이 저절로 움직이기 시작한 것이다.

마치 살아 있기라도 한 듯이 호랑이 석조상은 그렇게 천천히 뒤로 물러나기 시작했다.

"저럴 수가?"

사람들의 눈에 악연(愕然)한 놀람의 빛이 인다.

어찌 그렇지 않겠는가.

한효월을 태운, 그 호랑이 석상.

풍상(風霜)에 시달려 코도 사라지고 왼쪽 귀도 반쯤 부서져 나간 그 호랑이 상이 한효월을 태우고서 줄줄 미끄러져 나가면서, 그 자리에 커다란 구멍 하나가 뻥 뚫어진 것이다.

그냥 구멍이 아니었다.

호랑이 상이 자리했던 기단(基壇)이 물러간 그 자리에는 밑으로 내려가는 돌 계단이 선명했다.

누가 봐도 아래로 통하는 통로임이 불문가지.

서로 먼저 들어가려고 아귀다툼을 하던 통로가 아닌, 다른 통로가 나타난 것이다. 그 통로의 입구는 처음의 것보다는 좁았다. 그러나 한 사람이 들어가기에는 충분하고도 남을 정도.

"아직도 제 말을 의심하는 분이 계십니까?"

뒤로 물러난 호랑이 상 위에서 한효월이 주위를 둘러보면서 소리쳤다.

이 마당에 의심이 난다고 할 사람은 없다.

굳은 얼굴로 서로를 돌아볼 뿐.

바로 그 순간, 누가 먼저라고 할 것 없이 서너 명의 사람들이 신형을 숫구쳐 한효월을 향해 덮쳐 갔다.

그들이 노리는 것은 한효월의 손에 들린 장보도.

선후가 있었지만 그 기세는 흉흉했다.

한효월의 나이가 별로 많지 않은 데다가 생긴 모습은 그야말로 백면서생, 얕잡아 본 고수 중 몇 사람들이 일제히 장보도 탈취를 위해서 그를 덮쳐 간 것이다.

그것은 그의 손에 들린 장보도가 진짜임을 믿는다는 의미다.

하지만 그 일은 이미 한효월이 예측한 바였다.

"당장 물러나지 못할까!"

그는 벼락같은 사자후를 터뜨리면서 가장 먼저 덮쳐 오는 흑의노인에게 일장을 쳐냈다. 그 움직임은 전광석화와 같았고, 발동할 때까지는 전혀 움직임이 없다가 눈앞으로 다가온 그를 향해 쏟아낸 일격인지라 흑의노인은 덮쳐 오던 기세 그대로 한효월과 맞부딪칠 수밖에 없었다.

쾅!

그의 공력도 만만치 않아 두 사람이 격돌하자 일진 폭음이 터져 나왔다.

찰나, 답답한 신음이 터지면서 흑의노인이 철벽에 부딪친 고무공과 같이 튕겨져 나갔다.

그 순간에 한효월을 공격했던 자들 중 둘이 한효월의 앞에 당도했다.

하나는 한효월의 손에 들린 장보도를 노리고 있었고, 다른 하나는 아예 수중의 만자탈(卍字奪)을 휘둘러 한효월의 목을 베어오고 있었다. 그들은 한효월이 방금 힘쓰는 것을 보았으므로 자신의 일격이 충분히 성공할 것으로 자신했다.

그러나 그것이 착각임을 아는 데는 시간이 필요치 않았다.

한효월은 흑의노인을 격퇴시킴과 동시에 장보도를 노리는 자의 손목을 수도로 내려쳤다. 그 속도는 유성과 같아서 습격한 청의대한은 어떻게 변화를 부릴 여지도 없이 그대로 손목을 얻어맞고 손목이 부러져 비명과 함께 튕겨져 나갔다.

그것과 함께 한효월은 수중의 양피지를 휘둘러 자신의 앞에 도달한 회삼노인의 만자탈을 후려쳤다.

여전히 전광석화와도 같은 속도.

땅!

둘둘 말린 양피지가 만자탈과 부딪치자 놀랍게도 회삼노인의 강철로 된 만자탈이 산산조각 나버리는 것이 아닌가.

동시에 그 양피지는 튕겨지듯이 튀어 올라서 회삼노인의 얼굴을 쳤다.

"으아악!"

단말마의 비명.

선연한 붉은 피를 뿌리며 회삼노인이 훌훌 날아갔다.

뭐가 어떻게 되는지 알아보기도 전에 누가 봐도 고수가 분명했던 세 사람이 손도 쓰지 못하고 모조리 거꾸러져 버리자 뒤를 따라가던 사람들이 놀라서 뒤로 물러났다.

더구나 한효월이 내지른 호통 소리에 실린 경력은 천둥과 같아 내공이 약한 사람은 그 소리만으로 충격을 받고 비틀거리면서 신형을 멈추어야 했다.

…….

갑자기 일대에 정적이 찾아왔다.

한순간 한효월의 보인 신위에 모든 사람이 압도된 것이다.

사람들을 더욱 경악시킨 것은 그 다음이다.

한효월이 사람들이 보는 앞에서 그 장보도를 갈가리 찢어버린 것이다.

공력을 운용하여 찢어버리자 그 장보도는 순식간에 솜털처럼 사방으로 흩어져 버리고 말았다.

"저, 저······!"

"무, 무슨 짓을······."

사람들이 채 말을 맺지 못하고 입을 딱 벌렸다.

"여러분들은 바보가 아닙니다. 그래도 알지 못하겠습니까?"

한효월은 그들을 둘러보면서 낭랑한 음성으로 말을 계속했다.

"이 장보도는 가짜입니다. 여러분들을 이곳으로 끌어들이기 위해서 만들어낸 가짜란 말입니다. 저 안에서 여러분을 기다리는 것은 장보가 아니라, 여러분을 잡기 위해서 마련된 함정일 뿐입니다."

그의 음성이 일대를 울렸다.

"뭐라고?"

"함정이라니, 그건 또 무슨 소리야?"

웅성거림이 사방에서 일었다.

그때다.

갑자기 한 사람이 목청을 높여 외쳤다.

"무슨 말도 안 되는 소리를 하는 건가? 그걸 어떻게 믿어?"

30대 후반의 장년.

눈빛이 날카롭고 양손에는 판관필을 나눠 들었다.

"맞소. 난데없이 나타나서 하는 소리를 누가 믿을 수 있단 말이오? 모르지, 우리 모두를 속여 따돌리고 저 혼자 들어가려고 하는 건지도!"

한 사람이 나서면서 동조했다.

한효월은 그들을 일별하면서 침착하게 말을 계속하였다.

"믿지 않는 분은 들어가도 좋습니다. 제가 여기 온 것은, 여러분께 사실을 알리기 위해서일 뿐입니다. 그러나, 지금 여러분이 저 안으로 들어간다는 것은 섶을 지고 불 속으로 뛰쳐 들어가는 것과 다를 바가 없습니다."

"만약 그 장보도가 귀하의 말대로 함정이라면, 누가 그런 짓을 한다는 거요? 뭘 바라고?"

문득 누군가의 물음이 들려왔다.

백포에 녹색배자를 걸치고 영웅건을 쓴 40대의 중년인.

등에 보검을 멘 그의 눈에서는 날카로운 빛이 번뜩이고 있었다.

"운강 대협(雲崗大俠)의 말씀이 맞소. 누가 무엇 때문에 이런 짓을 하겠소? 이런 짓을 해서 무슨 이득이 있다고……."

또 한 사람이 나서서 그의 말을 지지했다.

"그들은 독고 맹주를 해쳤고, 무림맹을 습격하여 맹을 괴멸시키다시피 했습니다. 그들이 왜 그런 짓을 했다고 생각하십니까?"

한효월의 음성이 그들의 말을 누르며 일대를 울렸다.

"독고 맹주를 해치다니?"

"그건……."

술렁임이 인다.

"대체 당신은 누구요?"

"맞아, 누구길래 그런 말을 하는 거요? 무슨 증거로?"

"제 이름은 한효월이라고 합니다."

"한효월?"

"한효월이 누구지?"

바로 그 순간이다.

"그, 그럼 시주께서 독고 맹주의 사제이신 한효월, 한 공자란 말씀이시오?"

놀란 소리가 들려왔다.

사태를 주시하고 있던 소림사의 대조 대사가 한효월을 바라보고 있었다.

"그렇습니다."

한효월이 신분을 시인하자, 군웅들에게서 술렁거림이 크게 일었다.

─건곤무적 독고해!

그의 이름이 가지는 위력은 아직도 생생하고도 거대했다.

그때, 한 사람이 코웃음을 터뜨렸다.

"흥! 나는 독고 맹주에게 사제가 있다는 말은 들어본 적도 없소."

덩치가 커다란 사내였다.

나이는 30대 중반. 덩치며, 굳은살이 박힌 큰 주먹 등이 외공을 수련한 자임을 쉽게 알게 했다.

잠시 그를 바라보던 한효월은 머리를 저었다.

"우선 이 자리를 벗어나야 합니다. 지체한다면 가고 싶어도 가지 못하게 될 겁니다."

"아미타불, 그게 무슨 말씀이시오?"

한효월의 말에 놀란 소림의 대조 대사가 물었다.

"제천교에서 이 일대에 천라지망을 깔고 있습니다. 시간이 늦으면 이 자리를 벗어나는 것은 쉽지 않을 겁니다. 어쩌면, 이미……."

그 순간이다.

"으아악─!"

좀 전에 군웅이 들어갔던 통로 안에서 처절한 비명 소리가 들려왔다.

갑자기 들려온 그 비명은 한효월의 말을 끊은 것은 물론이고, 일대를 조용하게 만들기에 족했다.

다음 순간, 그 통로 안에서 한 사람이 비틀거리며 뛰쳐나왔다.

구레나룻이 무성한 털보장한.

"광 형(匡兄)!"

한 사람이 그를 알아보고 소리쳤다.

"크으으……."

통로에서 나온 장한은 피투성이였다. 전신은 피투성이고 금포(錦袍)는 피로 물들어 혈의(血衣)와 같았다. 그는 가슴을 움켜잡은 채 비틀거리며 몇 걸음 걸어나오다가 그만 앞으로 고꾸라졌다.

그의 손에서 빛을 뿌리는 물건이 굴러 나왔다.

"그, 그거……!"

털보장한은 그 물건을 향해 피 묻은 손을 뻗어내며 안간힘을 썼다.

빛나는 물건.

그것은 용안(龍眼)만한 구슬 두 개였다.

"명주(明珠)로군……."

누군가가 중얼거렸다.

그러했다.

스스로 빛을 내는 명주.

그런 크기의 구슬이라면 천금을 쉽게 받을 수 있을 터이다.

"광 형! 어떻게 된 일이오? 이 명주가 안에 있었소?"

한 사람이 그의 앞에서 외쳐 물었다.

한쪽 팔마저 없는 그 털보장한은 소리친 사람을 쳐다보는 듯하더니 고개를 끄덕였다.

"그, 그렇소. 안에⋯⋯."

"이런 명주가 안에 있단 말이오?"

누군가가 물었다.

"이런 건⋯⋯ 널려 있소. 비교할 수도 없는 보물들⋯⋯ 눈부신 보물들⋯⋯ 기진이보(奇珍異寶)뿐만 아니라, 신병이기(神兵利器)들⋯⋯."

털보장한은 안간힘을 써서 말하다가 전신을 부르르 떨었다.

"서로 먼저 차지하려는 고수들이⋯⋯."

그는 참극(慘劇)이 회상되는 듯 전신을 떨더니 그만 고개를 떨구었다.

진천일극(震天一戟) 광제(匡濟)가 그의 이름이다.

한 자루의 극으로 강호를 종횡하던 고수. 나이는 아직 마흔이 되지 않았지만 그는 전대의 고수들과 견주어 조금도 뒤지지 않는 위명을 얻었고, 실제로 그러한 능력을 지닌 사람이었다.

그가 능 안으로 들어간 것은 지주귀도가 능의 문을 열고 들어간 직후. 능 안으로 들어간 사람의 숫자는 이미 적지 않았던 것이다.

그가 이렇듯 죽어가자 사람들은 능의 내부가 이미 험악한 절지(絶地)로 변했음을 알 수 있었다. 하지만 진천일극 광도의 출현으로 그들은 능 안에 절세기보가 숨겨져 있음을 믿게 되었다.

사람들이 서로를 돌아보았다.

그리고 동작 빠른 사람들이 일제히 방금 광도가 나온 능의 통로 안으로 몸을 날려 사라져 갔다.

"멈추시오! 안은 함정이오!"

한효월이 발을 구르며 소리쳤지만 막을 수 없는 일이었다.

그는 질풍처럼 몸을 날려 방금 그와 말을 나눴던 대조 대사의 앞으로 날아들었다.

"사람들과 함께 이 자리를 떠나가 주십시오."

"한 시주께서는?"

"저는 안으로 들어가 봐야겠습니다."

"안으로 말씀이오?"

대조 대사와 그 옆에 있던 일진자가 놀라 물었다.

"그렇습니다!"

한효월의 답변에 대조 대사가 다시 물었다.

"저 안은 함정이라고 하지 않았소?"

"하지만 군웅들이 죽어가는 것을 그냥 두고 볼 수는 없지 않습니까?"

"그렇다고 함정인 줄 알면서도 간단 말씀이오?"

"다른 방안이 없지 않습니까?"

그렇게 답하는 한효월의 얼굴은 어둠 속에서도 투명히 빛나는 듯했다.

불현듯 그가 달라 보이는 것은 무슨 까닭인가.

"그……!"

뭐라고 말을 하고자 했지만 마땅한 말이 떠오르지 않아 대조 대사는 입을 다물고 만다.

그것은 옆의 일진자도 마찬가지였다.

태연한, 너무도 당연한 듯한 한효월의 말에 일시지간 말문이 막혔던 것이다.

"어서 이곳을 빠져나가십시오. 떠나실 때까지 지켜보겠습니다."

한효월은 그들을 바라보면서 말했다.

"정말 안으로 들어갈 작정이시오."

그 물음에 한효월은 답하지 않았다.

미소를 지어 보였을 뿐이다.

하지만 대조 대사는 바로 떠나지 않고 머뭇거렸다.

그로서는 명령을 받고 온 처지인지라 그냥 떠나기가 뭐했고, 그런 처지는 무당의 일진자나 다른 몇 개 파의 사람들도 마찬가지였다.

그 기색을 알아차린 한효월은 암암리에 한숨 쉬면서 말했다.

"가십시오. 만약, 앞을 가로막는 자들이 없다면…… 다시 돌아오셔서 하회를 보실 수도 있습니다. 대사께서 해주시지 않는다면 누구도 이 자리를 떠나지 않을 겁니다."

"아미타불, 좋소."

잠시 망설이던 대조 대사가 앞서 걸어가기 시작했다.

그것을 보자 무당의 일진자도 그 뒤를 따랐다.

그들이 떠나는 것을 보고 있던 한효월은 주위를 돌아보았다.

"저와 함께 능 안으로 들어가실 분, 계십니까?"

신형을 돌린 한효월은 망설이고 있는 군웅들을 보면서 물었다.

"안으로 들어가겠다는 말이오?"

한 사람이 놀란 표정으로 되물었다.

"그렇습니다. 저분들이 무사히 이곳을 떠난다면…… 안으로 들어간 분들을 구하기 위해서 들어갈 작정입니다."

"장보를 찾기 위해서가 아니라?"

믿기지 않는다는 듯한 사람이 물었다.

"그렇습……!"

한효월의 대답은 채 끝나지 않았다.

갑자기 앞쪽에서 격렬하게 싸우는 소리가 터져 나왔기 때문이다.

바로 대조 대사 등이 간 입구 쪽이다.

순간, 한효월은 바람처럼 그곳으로 몸을 날렸다.

곤룡대진(困龍大陣)

─공포가 시작되다
죽음의 함정(陷穽)은 절망으로 다가오다

곤룡대진(困龍大陣)

어둠에 잠긴 숲 속.

풍음곡은 말 그대로 단풍나무가 많은 곳이다.

높다랗게 솟은 절벽 아래로 곡 내로 들어오는 길은 넓지만, 실제로는 무성한 숲이 좌우를 뒤덮고 있어서 그리 넓은 것이라고 할 순 없었다. 그리고 곡 전체는 산자락을 타고 커다란 호리병 모양이라 입구가 아니라면 산을 타고 넘어야만 다른 곳으로의 이동이 가능했다.

어둠 속에서 대조 대사 등은 흑의인들과 격렬하게 싸움을 벌이고 있었다.

그중 대여섯 명이 벌써 땅바닥에 쓰러진 상태.

한효월이 질풍처럼 달려오는 것을 보자 대조 대사 등을 둘러싸고 있던 흑의인들 쪽에서 날카로운 호각 소리가 들려왔다.

그러자 그들은 한효월이 채 장내에 당도하기 전에 썰물처럼 숲 속으로 사라져 버렸다.

"어떻게 된 겁니까?"

주위를 돌아본 한효월이 급히 물었다.

"갑자기 숲 속에서 암기가 날아와서 순식간에 십여 명이 다쳤소이다. 빈승과 일진도우가 숲 속으로 진격해 들어가는데, 적이 출현했소."

굳은 얼굴.

그와 같이 있는 일진자의 얼굴도 일그러져 있었다. 그의 어깨에서는 선혈이 흘러내리고 있는 중이었다.

"많이 다쳤습니까?"

한효월은 일진자를 보면서 물었다.

"괜찮소이다. 암기에 맞긴 했지만……."

말과 함께 그의 얼굴이 조금 붉어지자 그의 팔에서 핏물이 솟구쳤다. 운기행혈(運氣行血)로써 팔뚝에 박혀 있던 암기를 튕겨내면서 핏줄기가 솟아난 것이다.

그런 공력이라면 충분히 스스로를 돌볼 수는 있을 터이다.

쓰러진 사람을 바라보던 한효월의 안색이 달라졌다.

"암기에 독이 있습니다."

말과 함께 그는 쓰러진 중년 승려의 목줄기에 손을 댔다.

이미 기식이 엄엄하다.

굳어지는 그의 얼굴에 대조 대사가 다급히 물었다.

"설마……?"

"중독이 심합니다. 어쩌면 힘들지도……."

다른 청년 도사의 혈맥을 짚어본 한효월은 번개처럼 주위에 쓰러진 몇 사람들의 혈도를 점했다.

"그, 그사이에 말이오?"

"무슨 독인지는 모르겠지만, 독기가 이미 전신으로 번졌습니다."

"으음……."

"우선 부상자들을 능 쪽으로 옮겨가야겠습니다."

"알겠소이다."

대조 대사 일행이 부상자들을 대동하여 물러 나오자, 그 모습을 군웅들은 굳은 얼굴로 쳐다보았다.

한효월이 그렇게 경고해도 누구도 그 말을 믿은 사람은 없었다.

그러나, 이젠 달랐다.

실증(實證)을 그들 스스로의 눈으로 목도하였기에.

웅성거림과 함께 십여 명의 군웅들이 신형을 날려 곡을 벗어나려고 했다.

"멈추십시오!"

한효월이 만류했지만, 그들은 그 말을 듣지 않았다.

하지만 그들을 막는 사람은 없었다.

아무런 저항도 받지 않고 그들은 곡을 빠져나가 버렸던 것이다.

좀 더 정확히 말한다면 곡구의 어둠 속으로 잠겨 버렸다고 할까.

"저건……?"

의혹의 빛이 군웅들의 눈에 깃들었다.

"좋지 않군……."

반면, 한효월의 얼굴은 오히려 굳어졌다.

"무슨 말씀이오? 저들은 아무 이상 없이 나간 거 같은데……."

"그렇지 않습니다. 저들이 대사 일행을 막은 것은 뭔가 완벽하지 않았던 것이고, 지금은 그것이 완벽해졌다는 의미입니다. 누구든 뚫고

나갈 수 없을 거라는…….”

“무슨 말도 안 되는 소리를!”

군웅 중 한 사람이 코웃음 쳤다.

흑포의 노인 한 사람이 한효월의 말을 비웃고 있었다.

안색이 차가운 대머리 노인.

나이는 칠순이나 되어 보인다. 얼핏 보면 피도 눈물도 없이 생긴 사람. 하나 그의 본색은 냉면염라(冷面閻羅)라는 정도(正道)의 노협객이다. 악에 대해서는 피도 눈물도 없어서 그렇게 불린다. 무공은 강호 일류로서, 자연히 기질이 냉오하고 사람을 눈 아래로 보는 경향이 있었다.

“제 말이 믿어지지 않으신다면, 곡구 밖으로 갔다가 다시 돌아오실 수 있겠습니까?”

한효월의 말에 흑포노인은 대꾸도 없이 그 자리에서 사라졌다.

일진 질풍이 이는 순간에 그의 신형은 이미 곡구로 치달리고 있었다. 그의 무공이 과연 경지에 이르러 있음은 충분히 알고도 남음이 있는 신법.

…….

그러나 그것으로 그만이었다.

그는 돌아오지 않았다.

싸움 소리도 들리지 않았다.

갑자기 주위가 질식할 듯한 무거운 침묵으로 가득 찼다.

“아직도 의심이 가십니까?”

한효월이 주위를 둘러보면서 입을 열어 물었다.

까욱, 까욱…….

어디선가 밤까마귀 우는 소리가 섬뜩하게 들려왔다.

주위를 덮은 어둠.

그리고 사위를 내리누르는 침묵.

서로가 서로의 눈치를 보는 가운데, 누구도 입을 여는 사람이 없으니 침묵의 무게는 더욱 크게 다가올 수밖에 없다.

"정말…… 저들이 우리를 다 죽이려고 한다는 것이오?"

누군가가 물었다.

"좋은 뜻으로 이런 함정을 마련할 사람은 없겠지요."

한효월은 침착히 대꾸했다.

우회적인 대답이지만, 그 말뜻을 이해하지 못할 사람은 없다.

"아미타불…… 이제부터 어떻게 하면 좋을런지?"

주위를 돌아보던 대조 대사가 입을 열었다.

"아직까지 몸을 숨기고 계신 분은 모습을 드러내 주시겠습니까?"

한효월은 대답 대신 주위를 둘러보면서 소리쳤다.

그의 주변, 아니, 경릉 일대에 있는 군웅들의 숫자는 대략 백사오십 명 수준이었다. 그들을 제외하고 대체 얼마나 많은 사람들이 능 안으로 들어갔는지는 알 수 없다.

한효월이 온 다음에 들어간 숫자만도 200명은 됨직했다.

그전에 들어간 숫자가 얼마인지는 짐작하기도 어렵다.

"만약 끝까지 모습을 드러내지 않는다면 적으로 간주하고 행동을 하겠습니다."

한효월의 외침이 어둠을 울렸다.

"크크크…… 지금 협박을 하는 게냐?"

까마귀가 울부짖는 듯 듣기 거북한 음성이 들려왔다.

흑포노인 한 사람이 십이지신상 중 하나의 뒤에서 모습을 드러냈다.

대머리에 냉혹한 눈빛. 깡마른 얼굴에 광대뼈가 튀어나와 보기에도 섬뜩한 기운이 가득하다. 몸체마저 깡마른 그의 등에는 쌍도의 손잡이가 불쑥 솟구쳐 올라와 있음이 보인다.

"뉘신지 밝혀주시겠습니까?"

"노부는 마조(麻眺)라 한다."

흑포노인이 거만하게 대꾸했다.

사람을 눈 아래로 내려다보는 기색이 역력하다.

"마조? 맙소사…… 잔혼마도(殘魂魔刀)까지 나타나다니……."

누군가가 탄성을 흘러냈다.

하지만 흑포노인의 차가운 눈빛이 그곳을 쓸자 그 소리는 이내 사라져 버렸다.

잔혼마도 마조.

그의 나이는 이제 칠순을 바라본다.

전대의 마두 중 하나라고 일컬어지지만, 그의 행적은 피로 물들었다.

마음에 들지 않는 자는 어느 누구라도 그냥 두지 않았지만 실제로 그가 손을 쓴 것은 그리 많지 않다. 하지만 그의 잔혼삼십육도(殘魂三十六刀)는 잔혹하여 일단 손을 쓰게 되면 사정이 없어 그의 손 아래 걸리면 차라리 죽는 것이 낫다고 했다. 호광(湖廣) 일대에서만 움직이고, 그나마 십여 년 전부터는 거의 활동이 없었던 그였다. 그런 그마저 여기에 나타났으니 오늘 이 자리에 과연 얼마나 많은 기인마두(奇人魔頭)들이 와 있는지 짐작하기 어려운 일이 아닐 수 없었다.

"협박이 아닙니다."

그가 누군지 알지 못하고, 알아도 흔들림이 없을 한효월이다.

한효월은 침착히 말을 계속했다.

"여기 있는 분들은 모두 힘을 합해서 적의 포위망을 뚫고 나가야 하는데, 배후에 어부지리를 노리는 사람을 남겨둘 수는 없으니까요."

그가 정색을 한다.

"끝까지 모습을 드러내지 않는 사람이 있다면, 그는 적당과 한패로 생각하고 처리할 수밖에 없는 일."

그가 말을 맺었다.

"건방진 놈! 네가 지금 여기 모인 사람들을 마음대로 부리겠다는 게 냐?"

코웃음 소리가 들려왔다.

비웃는 티가 역력하다.

또 한 사람이 숲에서 걸어나오고 있었다.

타는 듯 붉은 홍의를 입은 그는 잔혼마도와는 반대로 풍선에 바람을 잔뜩 넣어둔 듯이 뚱뚱한 데다 키마저 작아 5자나 될까 할 정도. 마치 굴러 나오는 듯한 모습이었다. 말은 그렇게 얼음 같으나 그의 얼굴에는 사람 좋은 웃음이 가득해 소면미륵(笑面彌勒)을 보고 있는 것 같았다.

"소면인도(笑面人屠)로군."

한효월의 뒤에서 기가 막힌 듯 일진자가 나지막이 중얼거렸다.

하나하나 모습을 드러내는 것이 가히 불가일세(不可一世)의 마두들이니, 그럴 수밖에 없었던 것이다.

어쩌면 그것은 당연한 일일 수도 있었다.

정파(正派)에 몸을 담지 않은 사람이라면 그 사람됨이 바르지 않다는 뜻. 그것은 다시 말해서 탐욕이 심하고 자기중심적이라는 의미이기도 했다. 명문정파에서도 달려온 마당에 그들이 나타난 것은 당연했다.

"뜻을 같이할 분만 행동을 같이하면 되겠지. 굳이 나를 따르라고 강요할 생각은 전혀 없소."

소면인도, 웃으며 사람을 죽이는 그 마두의 앞에서 한효월은 여전히 침착한 음성으로 대꾸했다.

"흘흘흘…… 건방진…… 건곤무적이 무적이던 시대는 이미 지났다!"

소면인도가 머리를 흔들며 웃었다.

얼굴에는 가득 웃음이 떠올라 있지만, 한효월을 보는 그 눈빛은 음침히 가라앉아 있었다. 그럴 수밖에 없는 것이 그가 건곤무적 독고해에게 가지는 감정은 아주 특별난 것이었기 때문이다.

지난 20년 간 그는 숨을 죽이고 감히 세상에 나타나지 못했었다.

이유는 건곤무적 독고해와의 약속 때문.

천하에 무서운 것이 없었던 그는 자신의 비위를 거스른 산동(山東)의 채가장(蔡家莊)의 식솔 마흔일곱을 괴롭히고 있었다. 말이 괴롭히는 것이지, 실제로는 하나하나 잔인하게 죽이고 있는 참이었다.

그것을 마침 지나던 독고해가 보게 되었다.

결과는 뻔했다.

소면인도는 거의 초주검이 되어 구사일생, 겨우 목숨을 붙여서 도주했고 다시는 강호상에 모습을 드러낼 수 없었다.

독고해가 자신을 찾고 있다는 소문을 들었기 때문이다.

어찌 감히 반항할 엄두라도 낼 수 있으랴.

상대는 건곤무적이었다.

건곤(乾坤), 하늘과 땅 사이에 적이 없다는 제일고수.

하지만 그가 죽었다.

이제는 그가 없다. 그래서 그는 장보도의 소문을 듣자 조금도 망설임없이 달려왔던 것이다.

한효월은 그가 의도적으로 시비를 거는 것을 직감했다.

"당신은 제천교의 사람이오?"

한효월이 그를 쏘아보면서 물었다.

"무슨 소릴 하는 게냐? 제천교라니?"

소면인도의 퉁퉁한 얼굴에서 웃음이 사라졌다.

"그렇지 않다면 지금 이 순간에 굳이 그런 태도를 보일 리가 없기 때문이오."

소면인도의 얼굴에 묘한 웃음이 떠올랐다.

"클클…… 이런 포를 뜰 놈이……!"

채 말이 끝나지 않았다.

그는 말을 하고 있는 도중에 돌연 한효월의 앞으로 다가서면서 양손을 쳐왔다. 폭풍과도 같은 경기가 일며 한효월을 휘감았다. 뿐만 아니라, 그 경기 속에는 음산한 빛이 번뜩이고 있었다. 어둠 속에서 분간하기 힘든 쇠털같이 가느다란 암기가 함께 발출된 것은 그의 공세가 펼쳐짐과 동시였다.

"조심하시오!"

그의 뒤에 있던 일진자가 소리쳤다.

한효월은 미간을 찡그렸다.

피할 수가 없었던 까닭이다.

그가 그 자리를 피한다면 뒤에 있던 사람들이 그 암기에 희생될지도 몰랐다.

"악독하군."

냉랭한 음성이 그의 입에서 새어 나왔다.

동시에 그는 앞으로 소매를 쓸어냄과 동시에 일장을 쳐냈다.

그의 소매에서 폭풍과 같은 경기가 일었다.

그 경기는 암기들을 모조리 휘감아 빨아들였다.

"만류귀종(萬流歸宗)!"

경탄의 소리가 터져 나왔다.

"으흐흐…… 걸렸다!"

하지만 소면인도에게서 흘러나온 것은 음산한 웃음.

소면인도는 음산한 웃음을 터뜨림과 동시에 소매 속에 감추고 있던 왼손을 불쑥 앞으로 내밀었다. 손가락이라고는 식지 하나밖에 남지 않은 손이 그 속에서 무서운 기세로 튀어나왔다.

쐐애애액—!

부젓가락과 같이 시뻘겋게 달아올라 어둠 속에서 빛나고 있는 그 식지에서는 바람을 가르는 날카로운 휘파람 소리가 일면서, 가공할 위세의 지력이 찰나간에 한효월을 향해 무찔러 왔다.

핏빛 경기가 그 지력을 따라 사납게 회오리치며 일었다.

그 속도는 전광석화와도 같아서 붉은 뇌전이 한효월을 엄격(掩擊)해 오는 것만 같다. 게다가 거리조차 지척이라 피하는 것이 불가능할 정도.

"그것은……?!"

그것을 본 한효월의 눈에 일견 놀람의 빛이 스쳐 갔다.

하지만 놀라고 있을 틈은 없다.

그의 얼굴에 맑은 빛이 떠오르는가 싶더니, 그의 손이 활짝 펴졌다가 찰나간에 수도(手刀)로 화해 비스듬히 앞으로 쳐갔다.

"독고 맹주의 절옥장력(切玉掌力)이다!"

그의 손이 나감에 따라 어둠 속에서 맑은 빛이 은은히 일어남을 알아본 사람이 소리쳤다.

동시에 한효월의 장세는 소면인도가 쳐낸 혈지공과 부딪쳤다.

파파팡!

고막을 떨어 울리는 폭음이 연속으로 터져 나왔다.

사람들은 맹렬한 경기가 회오리치며 이는 가운데 한 사람이 구르듯 뒤로 물러나는 것을 보았다. 그리고 그 뒤를 따르는 흰 그림자의 모습도 볼 수 있었다.

누가 누군지 분간할 수 없을 정도의 속도였다.

그러나 백의를 입은 것이 한효월임은 누구라도 알 수 있는 일.

뒤이어 장력과 지력의 부딪침이라고는 믿기 힘든 강력한 경기의 파장이 폭장(暴張)되면서 연달아 폭음이 터져 나왔다. 가공할 지력이 날아간 곳에 있던 석물(石物) 하나가 흔적도 없이 부서져 흩어졌다.

"으악!"

참담한 비명이 그 뒤를 이었다.

"크흐으으…… 이 잔인한 놈!"

치가 떨리는 신음과 함께 비칠거리며 뒤로 물러나고 있는 것은 소면인도였다.

방금까지 그처럼 가공할 위력을 보이던 왼손은 너덜거리는 고깃덩이로 변해 핏물이 줄줄 흘러내리고 있었다.

그 팔뚝을 움켜쥔 소면인도의 얼굴은 참혹한 고통으로 일그러졌다.

그러나 그 앞에 선 한효월의 얼굴은 얼음처럼 찼다.

"잔인? 탄혈마지공(彈血魔指功)을 익히려면 어떤 과정을 거치는지 스스로 잘 알면서 나를 잔인하다 하는가?"

말과 함께 한효월은 손을 뒤집어 일장을 쳐냈다.

폭음과 함께 그 손은 소면인도의 가슴에 작열했고, 외마디 비명과 함께 소면인도는 홀홀 줄 끊어진 연과 같이 사오 장을 날아가 버렸다. 바닥에 처박힌 그는 두어 번 꿈틀거리는 것 같더니 더 이상 움직이지 않았다.

…….

갑자기 주위가 조용해졌다.

소면인도와 같은 고수를 불과 몇 초식 만에 쳐 죽이는 것을 보았으니 사람들의 입이 얼어붙는 것도 당연했다.

'이 사람은 과감하기는 하지만 손 씀씀이가 너무 과하구나…….'

그 광경을 본 대조 대사는 암암리에 불호를 외웠다.

무림에 몸을 담았다고는 하나 수도하는 승려인 그였다. 상대가 아무리 용서받지 못할 마두였지만, 그처럼 참혹하게 죽이는 것을 보자 보기 좋을 수가 없었다.

도도(屠刀)를 놓으면 곧 성불(成佛)할 수 있다는 것을 굳이 들지 않더라도 상대에게 기회조차 주지 않는 것은…….

그때 문득 한효월이 물었다.

"탄혈마지공을 아십니까?"

뒤를 돌아보지 않은 채였다.

"탄혈마지공이라면……!"

갑자기 대조 대사의 안색이 달라졌다.

"설마…… 자신의 피로 상대를 공격하는…… 그 저주받은 마공이란 말씀이오? 자신의 피에 원혼(冤魂)을 깃들게 하기 위해서 사람을 잔인하게 죽이며 그 피로 수련한다는……."

대조 대사가 놀라는 것은 당연했다.

탄혈마지공이 단순히 지공이라고 하지 않고 마공이라고 불리는 이유는 그 수련 방법이 악독하기 때문이다.

내공으로 자신의 피를 뽑아내어 상대를 공격하는데, 그 피에는 독기가 서려 있어서 스치기만 해도 중독이 된다. 게다가 그 튕겨진 핏방울의 위세는 가공하여 화강암도 두부처럼 뚫고 들어간다. 그러한 위력을 곁들인 독기는 바로 사람을 잔인하게 죽이면서 공포와 분노를 느끼게 해놓고, 그 공포와 분노가 깃든 상대의 피를 빨아들이는 것이 선행 조건이다. 그렇게 사람들을 죽이면서 심장의 피를 손가락으로 빨아들이면 공력이 진전됨에 따라서 손가락이 점점 굵어지고 종내에는 시뻘겋게 변하게 되는 것이다.

그런 경지에 이르게 되면 지력을 뿜어냄에 따라 혈기가 사방으로 소용돌이치면서 거기에 휩쓸린 사람은 모두 중독을 면할 수가 없게 된다.

그러한 내용을 알고 있는 대조 대사이니 놀라는 것도 당연한 일이다.

그때,

"앗! 저, 저거……!"

경악한 외침이 터져 나왔다.

한효월에 의해 날아가 처박혔던 소면인도의 몸이 한줌 핏물로 화해 녹아내리고 있었던 것이다.

츠츠……

그의 주변에 있던 풀포기들이 변색되면서 연기를 뿜어냈다.

소면인도가 죽으면서 체내에 있던 독기를 제어할 수 없게 되자, 그 것을 견디지 못하고 전신이 녹아내리는 것이다.

그 광경을 보면서 한효월이 고개를 끄덕였다.

"소면인도의 탄혈마지는 이미 십성 이상의 경지였습니다. 저런 경지에 이르려면 얼마나 많은 사람들을 잔인하게 죽였을는지 짐작하실 수 있을 겁니다."

"아미타불……"

무색해진 대조 대사가 불호를 외었다.

뭐라고 할 말이 없었던 것이다.

그런 자가 하루라도 더 살아 있다면, 세상에 얼마나 더 큰 해악을 끼칠 것인지는 불문가지였으므로.

간단히 설명한 한효월은 암암리에 숨을 몰아쉬었다.

다른 사람들이 보기에는 한 방에 소면인도를 죽여 버린 듯하지만 실제로는 그렇지 않았다.

탄혈마지공은 그렇게 쉽게 볼 무공이 아니었다.

그렇게 간단한 무공이라면 마공이라 불리지도 않을 터이다.

실제로 한효월은 무리가 됨을 알면서도 전력을 다해 그를 처리했다.

그가 그렇게까지 무리를 한 것은 그의 무공을 강력하게 과시할 필요가 있기 때문이었다. 그래서 그는 이곳에 나타난 이후에 손을 쓰면서 전혀 사정을 두지 않고 전력을 다해 상대를 거꾸러뜨렸던 것이다.

암암리에 잠시 숨을 고른 한효월은 주위를 돌아보면서 입을 열었다.

"더 이상 몸을 숨긴 분은 없습니까?"

그의 물음에 더 이상 나타나는 사람은 보이지 않는다.

어둠 속 여기저기에서 새로 모습을 드러낸 군웅들의 숫자는 줄잡아 백칠팔십 명은 충분하다.

"좋습니다. 여러분들은 여기서 잠시만 기다려 주십시오."

"뭘 하려는 거요?"

"저들이 어떤 함정을 파놓고 있는지 잠시 알아보고 오겠습니다."

"너무 위험한 발상이 아니오?"

"무량수불…… 그렇소이다. 차라리 여기 모인 사람들이 한꺼번에 밀고 나가면 어떻겠소? 이 인원이 한꺼번에 나간다면 누가 막을 수 있겠소?"

무당의 일진자가 말했다.

사실이 그러했다.

하지만…….

"그건 어쩌면 저들이 노리는 바일지도 모릅니다. 그리고 곡구가 좁아서 인원수가 많다고 힘을 발휘하기 어려울 겁니다. 잠시만 기다려 주십시오. 곧 돌아오도록 하겠습니다."

한효월은 말을 마치자, 더 이상 말할 틈을 주지 않고 신형을 날렸다.

그의 신형은 바람처럼 그 자리에서 사라져 곡구를 향해 날았다.

"아미타불…… 지난날의 독고 대협을 보는 듯하구료."

그의 모습이 사라짐을 보고 있던 대조 대사가 중얼거렸다.

어둠 속으로 사라지는 그의 모습을 사람들은 굳은 표정으로 바라본 채 서 있었다.

*　　　　*　　　　*

　　산속.

　　밤이다.

　　그렇다면 풀벌레 소리가 요란할 터이다.

　　그러나 질식할 듯한 침묵만이 자리한다. 어떤 소리도 들리지 않는다.

　　자신의 손가락을 내밀어도 제대로 분간하기 힘든 어둠만이 일대를 짓누르고 있을 따름이다.

　　고요하기만 한 가운데 숲을 흐르는 것은 숨죽인 살기(殺氣).

　　그렇기에 모든 소리가 숨을 죽인 것이리라.

　　한효월은 나아갈수록 점점 더 무엇인가 자신을 누르는 힘을 느낄 수 있었다. 그 실체는 그가 숲 속으로 들어서 채 십여 걸음을 나아가지 않아서 나타났다.

　　슷—

　　거의 듣기 힘든 미약한 파공음.

　　어둠 속에서 한성(寒星)이 날아들고 있었다.

　　'암기?'

　　이미 그것을 알아본 한효월은 신형을 틀어 그 암기를 피했다.

　　순간, 그가 움직인 곳에서 날카로운 기세가 폭사되어 나왔다. 나무 뒤에서였다.

　　정말 뜻밖에도 그것은 길이가 일장이 넘는 장창(長槍)이었다.

　　슉슉!

장창은 잇달아 그를 공격했다.

한두 개가 아니었다. 꼬리를 물고 십여 개가 연달아 그를 노렸다.

가히 출기불의(出其不意)!

창이 공격해 올 것은 미처 생각지 못한 일이었다.

한효월은 그들과 싸우는 것이 목적이 아닌지라 다시금 물러났다. 하지만 뒤로 물러나는 것이 아니라, 훌쩍 건너뛰어 물러난 것은 옆이었다. 이런 경우에 뒤로 물러나는 것이 좋지 않은 것은 너무도 당연했다.

그러나 그 순간, 한효월의 안색이 돌변했다.

발 밑이 허전했던 것이다.

거기 함정이 마련되어 있었다. 시커먼 어둠이 입을 벌리고 그를 기다리고 있었다.

그가 양손을 떨치자 찰나간에 그의 신형이 일 장 가웃가량을 그대로 이동해 갔다. 그러한 신법은 정말 놀라운 것이라 보는 사람에게 탄성을 자아내게 할 만하였다.

하지만 땅에 내려서려던 한효월의 안색이 다시 굳어졌다.

뭔가 이상한 느낌이 그를 내리누르고 있었다.

무엇인가가, 그를 내리덮는 듯한 느낌.

부지간에 하늘을 올려다본 그는 다시 놀라고 말았다.

무엇인가가 어둠 속에서 그를 향해 떨어져 내리고 있었는데, 그게 무엇인지 일시지간 알아볼 수가 없었던 것이다. 있는 듯 마는 듯 너무도 넓게 퍼진 어떤 것.

"그물?"

찰나간에 그 정체를 짐작한 한효월은 다급하게 몸을 앞으로 던졌다. 길 좌우에 있는 숲으로 몸을 피한 것이다.

찰나, 마치 기다리고나 있었다는 듯이 그를 향해서 섬광이 난도질하듯이 떨어졌다.

처음으로 날아든 것은 장창.

앞으로 몸을 내던졌던 한효월은 미처 몸을 일으킬 사이도 없이 바닥을 굴러 그 장창을 피함과 동시에 날아드는 장창 하나의 창대를 발로 걷어차는 탄력으로 허공으로 신형을 띄워 올렸다.

스팟!

하지만 그런 그의 앞으로 날아들고 있는 것은 그것을 짐작이라도 한 것처럼 덮쳐 오고 있는 검은 옷의 살수. 그들의 손에 들린 장도는 섬광(閃光)을 뿌리며 이미 한효월의 전신을 갈라오고 있었다.

쨍쨍! 쨍…….

날카로운 금속성이 고막을 울리며 터져 나왔다.

그리고 터져 나온 피보라.

…….

바닥에 흩어진, 넓게 퍼진 그물.

그 위에 서너 명의 흑의살수가 꿈틀거리며 쓰러져 있다.

방금까지도 거기 있었던 한효월의 모습은 이미 보이지 않았다.

"정말 믿기 힘들게 강하군…….”

그 광경을 지켜보고 있던 한 사람이 모습을 드러내면서 중얼거렸다.

어둠 속에서 모습을 드러낸 것은 동평후와 그 옆에 있던 중년 문사, 곽수였다.

"그 상태에서도 색혼도진(索魂刀陣)을 형성한 도객 셋을 쓰러뜨리고 달아날 수 있다니…….”

동평후가 신음하듯 중얼거렸다.

"상처를 입었습니다."

곽수가 침착한 음성으로 말했다.

"별건 아닐 게야. 하지만 놀라긴 한 모양이군. 기절초풍을 하고 달아난 걸 보면……."

"그런 것 같진 않습니다."

"그렇지 않다니?"

"자신이 필요한 목적을 달성했으니 돌아간 것 같습니다."

"목적?"

"예, 아마 우리의 준비가 어느 정도인가 탐모(探摸)해 본 듯합니다."

"그렇단 말인가?"

미간을 찡그렸던 동평후는 이내 음산한 웃음을 머금었다.

"곤룡대진은 단순히 길을 막기 위해서 존재하는 게 아니지……. 진을 발동해."

"지금 말입니까?"

"지금. 놈이 정신 차리기 전에."

"알겠습니다."

곽수가 머리를 숙였다.

*　　　*　　　*

"많이 다치셨소?"

돌아온 한효월의 전신 몇 군데에서 피가 번져 나옴을 본 대조 대사가 놀라 물었다.

팔뚝에서 흐르는 피를 눌러 지혈하면서 한효월은 침착히 말했다.

"그냥 스친 정도의 상처입니다."

"아미타불…… 적이 강하오?"

대조 대사가 물었다.

"매복이 대단합니다. 이곳에 모인 분들이 아무리 고수라 해도 그쪽은 어둠 속에 숨어 있어서 빠져나가려면 막대한 희생을 치러야 할 겁니다. 그런 희생을 치르더라도 빠져나갈 수 있다는 장담은 하기 힘듭니다."

한효월의 대답에 군웅들의 안색이 심각해졌다.

그의 능력이 어느 정도인지 이미 아는 그들이기 때문이다.

"그럼 어떻게 한단 말이오?"

누군가가 물었다.

"모두 기다리도록 하십시오. 날이 밝을 때까지."

"날이 밝을 때까지?"

사람들이 웅성거렸다.

"지금은 어둠 속이라 적이 어떤 대비를 하고 있는지 알 수가 없습니다. 더구나 저처럼 우거진 숲으로 들어간다면 속수무책 능력 발휘도 못하고 당할 수밖에 없습니다. 날이 밝을 때까지 기다려서 뚫고 나가는 것이 가장 좋을 것 같습니다."

"음……."

사람들이 신음을 흘렸다.

서로 얼굴을 돌아보는데, 난감하기 이를 데 없는 기색들이었다.

나도 한번 천하제일의 고수…….

그런 행운을 바라고 이 자리에 오지 않은 사람이 있다면 그건 거짓일 터이다.

그런데 행운은커녕, 목숨을 건지기 위해서 목을 걸어야 하다니!

하지만 그들이 생각을 굴려야 할 시간은 그리 많지 않았다.

"으앗!"

갑자기 외곽에 있던 군웅 중 한 사람이 비명을 질렀던 것이다.

"장 형! 무슨 일이오? 무슨 일이기…… 으앗? 이게 뭐냐?"

친분이 있던 사람이 묻다가 돌연 비명을 질렀다.

"으악! 뱀이다!!"

연이어 옆에서도 비명이 터져 나왔다.

정말이었다.

무릎까지 오는 잡초들로 인해서 알지 못했었는데 뱀들이 소리도 없이 기어 들어와서 그들의 발을 물었던 것이다.

그것이 시작이었다.

"이게 무슨 일이야? 여기 무슨 뱀들이 이렇게?"

의혹 깃든 소리는 이내 잦아들어야 했다.

사방 천지가 뱀이었다.

"으햐갸갸아……."

여기저기에서 비명이 잇달아 터져 나왔다.

놀란 사람들이 이리 뛰고 저리 뛰었다.

"아미타불…… 이게 도대체 무슨 일일꼬?"

대조 대사 등이 당황하여 수중에 들었던 선장으로 아래를 휘저었다.

펑! 펑!

강력한 벽공장력(劈空掌力)이 쏟아져 나가 땅거죽을 헤집는다.

흙먼지와 풀포기가 사방으로 비산하는 가운데, 피떡으로 으스러진 뱀들이 뒤엉켜 튕겨져 나갔다.

"대체 무슨 뱀들이 이렇게나 많단 말인가?"

놀란 일진자가 전면을 향해서 장풍을 쏟아내면서 중얼거렸다.

그럴 수밖에 없었다.

말 그대로 작은 뱀, 큰 뱀. 그야말로 세상의 뱀이란 뱀은 모조리 다 몰려든 것만 같았기 때문이다.

게다가 사방이 어두워져서 풀포기 아래로 스며드는 뱀들을 발견한다는 것은 결코 쉬운 일이 아니었다. 그렇다고 넋을 놓고 서 있다가는 언제 물렸는지 모르게 종아리를 물고 늘어지는 뱀을 보게 되니 이리 뛰고 저리 뛰면서 손을 쓸 수밖에 없었다.

"잠시, 검을 빌려주십시오."

한효월이 뒤에 있던 일진자에게 손을 내밀었다.

이미 그의 움직임은 일행의 움직임을 영도한다. 일진자는 두말없이 등에 메고 있던 송문고검(松紋古劍)을 뽑아 한효월에게 내밀었다.

검을 받아 든 한효월은 나지막한 기합과 함께 앞으로 내달았다.

검광이 달무리처럼 그의 궤적을 따라 흐른다.

스파앗!

검광이 어둠을 가를 때마다 종아리까지, 혹은 허벅지까지 올라왔던 풀포기들이 밑둥까지 잘려 흩어진다. 한효월은 그렇게 풀포기를 잘라내는 일방, 장력을 쳐내 그 풀포기들을 바깥으로 날려 보냈다.

찰나간에 너비가 반 장가량 되는 공지가 생겨났다.

스멀스멀 그 순간에도 그 공지로 밀려드는 뱀이 보인다.

풀포기가 덮고 있을 때는 몰랐지만 그 잡초들이 사라지자 밀려드는 뱀 떼의 모습이 확연히 드러난 것이다.

하지만 한효월은 밀려드는 뱀 떼는 거들떠보지도 않고 계속 검을 휘두르면서 달려갔다. 그의 검이 이르는 곳에서 잡초들과 뱀 떼가 한꺼번에 날아갔다.

"한 공자를 도웁시다!"

그때서야 그의 의도를 알아차린 한 사람이 수중의 감산도(砍山刀)를 휘두르면서 한효월의 뒤를 따랐다.

한효월은 그들 주위의 잡초를 대강 베어 넘김으로써 밀려드는 뱀 떼를 확인코자 하는 것이다. 잡초가 없다고 막을 수 있는 것은 아니지만 그래도 눈으로 볼 수 있으면 어디로 오는지 알지 못하는 것보다는 나을 터이다. 최소한의 방어는 할 수 있을 테니까.

백여 명이 넘는 군웅들이 일제히 손을 쓰자 그들 주위로는 금세 원형의 공터가 만들어졌다. 그것으로 몰려드는 뱀 떼의 모습을 확인할 수는 있지만 뱀 떼를 막을 수는 없었다.

군웅들의 얼굴이 심각해졌다.

어디선가 괴이한 피리 소리가 들려오고 있음을 느낀 것이다.

그 피리 소리가 점점 커지자, 뱀 떼의 움직임이 더욱 사나워져서 홀쩍홀쩍 뛰어오르면서 군웅들에게 달려드는 뱀마저 있었다.

"이것도 놈들의 짓이란 말인가?"

누군가가 이를 갈면서 소리쳤다.

이제는 누구도 한효월의 말을 의심하는 사람은 없었다.

바로 그때, 한 사람이 바람처럼 앞으로 나서면서 손을 휘둘렀다.

그의 손짓에 따라 희끄무레한 것이 바닥으로 뿌려졌다.

그러자 놀랍게도 그처럼 달려오던 뱀들이 기겁을 하고 뒤로 물러나는 것이 아닌가. 희끄무레한 것은 누런빛을 띠는 가루였는데, 그 가루가 뿌려진 바닥으로 밀고 오던 뱀 떼는 마치 불에 데인 것처럼 옆으로 비켜났다. 그렇게 되자 뒤에서 밀고 오던 뱀과 물러나는 뱀들이 한데 엉겨서 일대 소란이 일어났다.

나타난 사람은 빠른 신법으로 질주하면서 한효월 등이 만들어놓은 그 방어선의 외곽에다가 손을 저었고, 그때마다 누런 가루가 뿌려졌다.

그 효과는 정말 탁월했다.

뱀들은 한데 엉기면서까지 꿈틀거리기만 할 뿐, 더 이상 전진하지 못했고, 무공이 뛰어난 군웅들은 이미 방어선 안으로 들어온 뱀들을 잡아 죽이는 것으로 일단 한숨을 돌릴 수가 있었던 것이다.

"호 형(胡兄)?"

나타난 사람을 본 한효월이 뜻밖인 듯 소리쳤다.

"그간 무양하십니까?"

그가 한효월에게 포권하며 미소를 지어 보였다.

나이는 서른가량, 누가 봐도 허름한 옷에다 땟국물이 줄줄 흐르는 형상이라 거지임을 한눈에 알 수 있다. 다만, 그런 모습임에도 미목이 수려한 데다 허리에 두른 매듭이 일곱 개나 되는 칠결(七結)인지라 그가 개방에서 간단치 않은 신분임을 알게 한다.

한효월과 지난날 잠시 만난 적이 있었던 개방의 옥면무영 호일랑이었다.

"언제 오신 겁니까?"

한효월의 물음에 옥면무영 호일랑은 미소했다.

"이런 성회(盛會)에 개방이 빠질 수가 없지요."

말과 함께 그가 손을 젓자, 군웅들 외곽에서 거지 몇이 더 나타나서 예의 누런 가루를 다시 뿌렸다.

그것을 보고 있던 한효월이 물었다.

"뿌리신 게 웅황(雄黃)입니까?"

"그렇습니다. 우리 거지들은 늘 뱀이랑 엉겨 살아야 하는 처지라 비상용으로 몸에 지니고 다니는 거지요. 하지만 설마 이렇게 많은 놈들이 달려들 줄은 예상치 못해…… 얼마나 버틸 수 있을런지는 모르겠군요."

옥면무영 호일랑이 미간을 찡그렸다.

거지들은 환영받는 존재가 아니다.

오늘의 양민이 내일이면 유리걸식(遊離乞食)하는 시대가 당시였다.

남의 집 처마에서 웅크리고 잔다면 운이 좋은 것이고 떠도는 거지라면 들판에서 밤을 지새워야 한다. 자연히 뱀들을 방비하지 않을 수 없는 것이 그들의 삶이다. 개를 쫓는 몽둥이와 뱀을 물리치는 유황, 어디나 누워 잘 수 있는 거적때기가 바로 거지의 필수품 중 하나인 것이다.

상황은 옥면무영의 말 그대로였다.

웅황이 잠시 위력을 발휘하고 있긴 했다.

그러나 뱀들은 점점 더 급촉해지는 피리 소리에 등을 떠밀리기라도 하는 듯이 줄기차게 달려들었고, 앞에 있는 웅황을 보면 또 기겁을 하고 뒤로 물러나는 상황이 거듭되고 있었다.

하지만 대체 어디서 그렇게 많은 뱀들이 밀려드는 것인지 급촉한 피리 소리를 따라 뱀들의 숫자는 점점 더 많아졌다. 뒤에서 밀려드는 뱀의 숫자가 더 많아지니 앞의 뱀은 가기 싫어도 엉겨서 앞으로 밀려 나가는 형편이었다.

"저 피리 소리를 저지하지 않으면 안 되겠군……."

잠시 주위를 살피던 한효월이 중얼거렸다.

"어디서 들려오는지 알겠습니까?"

"10여 장 밖인 듯한데, 저 전면의 숲 속인 것 같군요."

한효월의 대꾸에 옥면무영이 고개를 끄덕였다.

"그렇다면 같이 가지요. 저 피리를 불고 있는 자는 아마도 사노(蛇老)라는 자일 겁니다."

"사노?"

"뱀을 부리는 게 업인 자입니다. 주로 무이산(武夷山)과 선하령(仙霞嶺) 일대에서 활동하는데, 얼마 전에 북상하고 있는 것이 우리 개방의 눈에 들어 왔었습니다."

"그렇군요……."

한효월이 머리를 끄덕였다.

개방은 거지의 모임이지만, 그 특유의 정보력은 강호의 으뜸이라고 알려져 있었다. 수만의 방도(幫徒)를 이끌고 있는 것은 강호상에서 그들이 유일했고, 그 수많은 방도를 이용한 정보력은 뛰어날 수밖에 없었다.

잠시 옥면무영을 바라본 한효월은 무엇인가 말할 듯하다가 그대로 신형을 날렸다.

발 밑은 뱀 떼였지만, 불과 십여 장의 거리인지라 풀잎을 두어 번 밟는 사이에 그의 신형은 이미 십여 장의 거리를 가로질러 그가 목적한 숲으로 날아들고 있었다.

하지만 그는 숲으로 들어가지 않았다.

숲 앞에 도달한 그는 대갈일성, 고함을 지르면서 그때까지 들고 있던 검을 숲을 향해 던져 냈다.

쐐아아앙!

검이 가공할 음향을 일으키면서 한 무더기의 찬란한 빛의 덩어리로 화해서 숲 속으로 덮쳐 갔다.

스파파파—팟!

검이 앞을 가로막는 모든 것들을 단숨에 양단(兩斷)하면서 날아갔다.

"으악!"

검이 날아감과 함께 숲 속에서 비명이 일었다.

그 순간, 한효월은 앞으로 내뻗었던 손을 힘겹게 빙글 돌리더니 앞으로 잡아끌었다.

그러자 숲 속에서 빛의 덩어리가 그를 향해서 날아들었다.

그의 손에 잡힌 그것은 바로 방금 그가 던져 냈던 일진자의 송문고검이었다.

잠시 주춤했던 그는 일성 고함과 함께 다시금 그 검을 격출했다.

쐐아아—앙!

섬광(閃光)에 이어 고막을 찌르는 파공음이 어둠을 뒤흔들었다.

"으악!"

숲 속에서 다시 비명이 터져 나왔다.

쿠쿠쿠쿠……

그것과 동시에 굉음이 일면서 방금 검광이 스쳤던 곳의 아름드리 나무들이 이리저리 쓰러지기 시작했다. 세찬 경풍이 일어나는 가운데 나뭇잎이 날고 흙먼지가 하늘을 가리며 피어 오른다.

정말 굉장하고도 압도적인 광경이 아닐 수 없었다.

그것과 함께 들려오던 피리 소리는 뚝 그치고 말았다.

보던 사람들이 모두 벌린 입을 다물지 못했다.

한효월의 뒤를 따라오던 옥면무영도 예외는 아니었다.

피리 소리가 들려온 곳으로 공격하려는 것을 알고 지원하기 위해서 뒤를 따르긴 했지만 이런 방법으로 적을 공격할 것은 상상도 하지 못했던 것이다.

그때, 돌아온 검을 움켜쥔 한효월이 비틀거렸다.

"한 대협!"

옥면무영이 놀라 외쳤다.

동시에 그는 수중의 막대기를 좌우로 쓸어냈다.

순간적인 틈을 노려 달려들던 뱀들이 그 경풍에 휘말려 이리저리 날아갔다.

"돌아갑시다."

한효월이 신형을 틀어 바람처럼 그 자리에서 사라졌다.

옥면무영은 그 뒷모습을 놀란 눈으로 바라보았다.

한 공자가 언제 자신도 모르게 대협이 되었는지 그는 의식하지 못했다.

"주위를 경계하십시오."

일진자에게 송문고검을 건네주면서 한효월이 말했다.

"적은 금방 다시 공격을 해오지는 않을 겁니다만, 경계를 늦추지 말아주십시오."

"한 공자께서는?"

한효월의 말투가 이상함을 느낀 대조 대사가 물었다.

"잠시 쉬어야 할 것 같아서."

말하던 한효월은 미미하게 웃으며 옥면무영을 바라보았다.

"잠시 호법(護法)을 해주실 수 있겠소?"

한효월의 말에 흠칫하던 옥면무영은 미소를 띠며 힘있게 고개를 끄덕였다.

"얼마든지."

말과 함께 그는 한효월의 앞을 막아섰다.

호법이라고 하는 것은 상대를 지켜주는 역할을 의미한다.

이 마당에 호법을 해주겠느냐는 말은 자신을 믿는다는 뜻임을 옥면무영은 잘 알고 있었다. 그렇기에 그는 서슴없이, 기분 좋게 한효월의 부탁을 받아들였고, 그의 앞을 가로막아선 것이다.

그가 자신의 앞에 섬을 보자 한효월은 뒤에 있던 석물의 기단에 기댄 채로 운기조식에 들어갔다. 제아무리 그의 무공이 높다고 해도 단기간에 너무 무리를 해서 한계에 도달한 까닭이었다.

뱀을 조종하던 피리 소리가 사라지자 그처럼 극악하게 덤벼들던 뱀들도 주춤거리면서 웅황 경계선을 넘어오지 못했다.

어검지술(馭劍之術)

－신위를 떨치다
적아난분하니 혼란(混亂) 속에 죽음이 숨 쉬다

어검지술(馭劍之術)

정적(靜寂).

풀벌레 소리조차 들리지 않는다.

이따금 풀숲에서 꿈틀거리는 뱀들의 움직임에서 이는 소리가 들릴 뿐, 사위는 물을 뿌린 듯 고요하기만 하다.

사람들은 긴장된 표정으로 곡구를 주시했다.

미지의 적이 과연 어떤 방법으로 공격을 다시 해올런지 알지 못하는 까닭이다.

그 가운데 옥면무영은 굳은 얼굴로 한효월의 앞을 지킨다.

한효월은 그의 호법을 받으면서 눈을 내리감은 채로 운기조식에 들어가 있었다. 군웅들을 압도하여 그들의 희생을 줄이기 위해서 무리하게 연달아 힘을 쓴 까닭에 그의 내부는 생각보다 심하게 흔들린 상태였다. 더구나 마지막에 그가 쓴 어검술(馭劍術)은 최상승의 검도이긴 하지만, 가장 공력을 많이 소모하는 무공이라 실제로 지금의 그는 검조차 제대로 들기 힘들 정도로 지쳐 있었다.

그는 산속에서 조용히 심성을 다스려 왔으므로, 내공은 깊고도 두터웠으며 순후(純厚)해 잠시 기혈을 조절하자 날뛰던 기혈은 가라앉고 점차 기력을 회복할 수 있었다.

그러나 그가 마음 놓고 운기조식할 시간은 그리 많지 않았다.

한효월을 지켜보고 있다가 주위를 두리번거리고 있던 군웅 중 한 사람이 돌연 미간을 찡그렸던 것이다.

그리고 그는 이내 목을 움켜쥐고서 그 자리에 무릎을 꿇었다.

옆에 있던 중년인이 의아한 얼굴로 그를 쳐다보았다.

"황 형(黃兄), 왜 그래?"

산동성에서 무관(武館)을 경영하는 그들 둘은 일행으로서 산동성에서 이곳까지 지주귀도를 쫓아온 참이었다. 단순히 돈을 받고 무술을 가르치는 교두(敎頭)들과는 달리 그들은 나름대로의 실력을 갖추어서 산동쌍호(山東雙豪)라는, 제법 이름을 얻은 고수들이었다. 그런 만큼 그들 둘의 친분은 각별할 수밖에 없었다.

그런데, 그중 한 사람이 돌연 쓰러지니 어찌 놀라지 않겠는가.

"큭…… 가, 갑자기……!"

먼저 쓰러졌던 쌍호 중 비룡도객(飛龍刀客) 황중국(黃仲國)이 새파랗게 질린 얼굴로 안간힘을 쓰면서 말을 하다가 입으로 거품을 게워내기 시작했다. 전신이 학질을 걸린 것처럼 부들부들 떨린다.

마치 풍(瘋:간질)이라도 있는 사람인 양.

"황 형! 대체 무슨 일이오? 이게…… 윽?!"

놀라 그를 부축하던 쌍호 중 탁탑태세(托塔太歲) 권달(權達)이 목을 움켜잡은 것은 바로 그때다.

쓰러진 사람을 부축하던 사람이 다시 목을 움켜잡고서 쓰러지니 그제서야 사람들은 뭔가 심상치 않음을 경각한다.

"도, 도옥(毒)……!"

목을 움켜쥐고서 바닥에 머리를 박은 권달이 쥐어짜듯이 소리쳤다.

그 말에 군웅들에게서는 일대 소란이 일어났다.

하지만 그 소란을 비웃듯이 군웅들 틈에서 몇 사람이 다시 목을 움켜쥐고서 쓰러졌다.

"이게 도대체 어떻게 된……."

일진자는 놀라 주위를 돌아보다가 갑자기 안색이 달라졌다.

무엇인가가 소리도 없이 어둠을 뚫고서 자신을 향해 날아듦을 경각했던 것이다. 어둠 속인데다가 소란스러운 상태라서 자칫했다면 놓치고 말았을 소리였다.

더구나 그것은 그의 배후였다.

"누가 암습을 하는 게냐?"

긴장하고 있던 일진자는 노성과 함께 신형을 뒤로 돌리면서 일장을 갈겨냈다. 막강한 경풍이 일어났다.

그러나 그것뿐, 일진자는 팔뚝이 따끔함을 느끼고 대경했다.

황망히 눈을 부릅뜨고 소매를 걷고 살펴보자 희미한 빛 아래 뭔가 붉은 반점이 팔뚝에 생겨 있음을 발견할 수 있었다.

순간, 누군가가 일진자에게 날아들었다.

"감히!"

대노한 일진자가 오정개산(五丁開山)의 일식으로 장세를 일으켰다.

하지만 상대의 무공은 놀라워 그가 채 장력을 쏟아내기 전에 그의 팔꿈치의 혈도를 점하면서 낮게 소리쳤다.

"도장(道長)! 한효월입니다!"

나타난 것이 한효월임을 본 일진자는 놀라 입을 벌렸다.

"언제……?"

한효월은 그의 말에 대꾸하기 전에 빠르게 소리쳤다.

"독암기입니다. 기혈을 정지시키고 암기를 뽑아내야 합니다. 함부로 힘을 쓰지 마십시오."

말과 함께 그는 주위를 돌아보면서 낭랑한 음성으로 쉬지 않고 외쳤다.

"여러분 가운데 적의 일당이 숨어 있습니다! 모두 그 자리에서 움직이지 마십시오. 누구든 함부로 움직이는 사람이 있다면 오해를 면치 못하게 될 것입니다!"

한효월이 별처럼 빛나는 눈빛으로 주위를 쓸어보면서 말하자, 주변의 소란은 일시간에 진정되었다.

진정은 아니었다.

거의 한데 몰려서 바깥쪽으로 신경을 쓰고 있던 군웅들이었다.

하지만 이젠 서로 간에 거리를 두고서 엉거주춤한 모양이다. 서로가 서로를 잔뜩 경계하여 조금이라도 이상한 점이 있으면 금방이라도 상대에게 손을 쓸 태세를 갖추고 있는 것이다.

"호 형."

한효월이 옥면무영을 불렀다.

"말씀하십시오, 한 대협."

옥면무영 호일랑이 그의 옆으로 와 서면서 말했다.

그는 자신의 뒤에서 운기조식하던 한효월이 언제 깨어나서 일진자에게로 날아갈 수 있었는지 놀라 새삼 그를 다시 보고 있는 중이었다.

'바깥을 경계하여 주십시오. 적당을 찾아내야 합니다.'

한효월이 전음으로 그에게 이야기했다.

"어떻게?"

부지중에 반문하던 그는 입을 다물었다.

지금은 그런 것을 물어볼 계제가 아니었음을 경각한 것이다.

개방의 방도에게 손짓을 하고 그가 움직이자 한효월은 바람처럼 움직여 3장여 앞에 있는 한 무리의 사람들에게 다가갔다.

정확하게 3명.

"세 분은 일행입니까?"

한효월의 물음에 그중 가운데 있는 큰 머리를 가진 40대 초반의 사내가 곤혹스러운 표정을 지었다.

"그렇습니다만……."

"세 분의 명호를 알 수 있겠습니까?"

"왜 우리 이름을 알려는 겁니까?"

"방금 독을 푼 사람이 세 분 중 한 분이기 때문에 그렇습니다."

"……?!"

한효월의 거침없는 대답에 세 사람은 눈이 휘둥그레졌다.

일시지간 벌린 입을 다물지 못하고 있던 세 사람 중, 옆에 있던 날카로운 인상의 30대가 노해 소리쳤다.

"무슨 말도 안 되는 소릴 하는 거요? 우리가 독을 썼다니? 우리가 독을 쓴 걸 당신이 봤다는 거요?"

그는 어이가 없다는 듯 코웃음을 치면서 기세등등히 소리쳤다.

"도대체가, 운기조식을 하던 사람이 그런……."

"내가 운기조식을 하는 것처럼 보였소?"

한효월이 싸늘한 얼굴로 묻는 말에 그의 얼굴은 굳어졌다.

"그, 그럼……?"

"암중에 누가 적과 내통하고 있는지 살피기 위해서 뒤로 물러나 있었던 거요. 내가 운기조식을 하면 그 순간만큼은 아무도 주의를 하지 않을 것이기 때문에."

"그, 그런……!"

당황해 주춤, 한 걸음 물러났던 30대 청의인은 실태를 깨달았는지 다시 얼굴을 일그러뜨렸다.

"그렇다고 해서 우리에게 그 따위 누명을 씌운단 말이오? 우리 중주삼협(中州三俠)이 어떻게 해서 그런 누명을……."

"으하하하……."

느닷없이 터져 나온 웃음소리가 청의인의 입을 다물게 했다.

"중주에 삼서(三鼠:쥐 세 마리)가 있다는 말은 들었지만 삼협이 있다는 소리는 처음 들었군. 언제 그렇게 승격을 했지?"

바깥을 살펴보고 있던 옥면무영이 냉소를 치며 한 말.

그 말에 청의인의 얼굴이 잔뜩 일그러졌다.

옥면무영의 말은 틀림이 없었다.

그들의 별호는 중주삼협이 아니라, 중주삼서(中州三鼠)였다.

별호 그대로 간교하고 욕심은 많아 중주 일대에서는 암적인 존재로 일컬어졌지만, 드러나게 나쁜 짓을 하기보다는 암암리에 머리를 굴렸고 또 무공 또한 얕볼 만한 것은 아닌지라 중주 일대에서는 제법 이름이 알려져 있는 편이었다.

첫째인 대두서(大頭鼠)와 독목서(獨目鼠), 교서(狡鼠)로 불리는 그들이 비록 중주일대에서 어느 정도 명성을 얻고 있다고는 하지만, 오늘 이 자리에서야 감히 큰소리를 칠 형편은 아니다.

"세 분 다 제천교도요?"

한효월의 물음에 청의인, 교서가 코웃음 쳤다.

"무슨 말도 안 되는 소릴 하는 게요? 제천교가 뭔지도 우린 모르오."

"당연히 시인하지 않겠지."

말과 함께 한효월은 그들을 향해 한 걸음을 내딛었다.

성큼 한 걸음을 내딛는가 싶은 순간에 한효월은 그들의 눈앞에 도달해 있었다. 동시에 그의 손은 쥐눈을 빛내고 있던 교서의 완맥을 움켜잡았다.

그 속도는 놀랍기 이를 데 없어서 교서는 대경실색했다. 그는 이미 준비하고 있었음에도 한효월의 금나(擒拿)를 피하지 못했던 것이다.

그러자 좌우에서 대두서와 독목서가 일제히 고함을 치면서 한효월을 쳐왔다.

세찬 경풍이 한효월을 엄습했다.

한효월의 안색이 달라졌다.

좌우에서 공격해 온 그들 둘의 무공이 그가 생각했던 것보다 월등했던 까닭이다. 갈고리처럼 휘어져 들어오는 손에서는 뼈를 깎는 듯한 음산한 경풍이 귀신의 호곡성과 같은 음향을 동반한 채로 그를 덮쳐오고 있었다.

"귀신조(鬼呻爪)?"

나직이 신음을 흘린 그는 교서의 몸을 앞으로 잡아당기며 그를 그들의 공세 속으로 불쑥 밀어 넣었다.

그들이 공세를 거두면 바로 공격해 나갈 참이었다.

그런데 상황은 너무도 뜻밖.

독목서는 자신의 앞으로 불쑥 튀어나온 교서를 피하기는커녕, 조금도 사정없이 경력(勁力)을 쏟아 그를 쳤다. 강력한 힘이 교서의 머리를 두부처럼 으스러뜨리면서 한효월을 향해서 쏘아갔다.

너무도 뜻밖의 상황에 제아무리 한효월이라고 할지라도 뒤로 물러서지 않을 수가 없었다.

그 순간, 옆에서 달려들던 대두서의 일격이 한효월의 옆구리를 쳤다.

펑!

한효월이 비틀, 뒤로 물러났다.

그 광경을 보는 사람들의 눈에 경악이 튀어 올랐다.

어찌 그렇지 않겠는가?

한효월이 나타나서 지금까지 보여준 신위는 가히 만인(萬人)을 압도하는 것이었다. 그런데 그런 그를 일격에 패퇴시키다니, 그것도 다른 사람이 아닌 강호 이류에 불과한 중주삼서가!

교서의 손을 놓고 주춤 물러나는 한효월을 향해 광소를 터뜨리면서 독목서가 갈고리와 같은 손을 휘두르면서 틈을 주지 않고 덮쳐 왔다.

대두서도 마찬가지.

적을 얕보다가 불의의 일격을 당하고 뒤로 물러나는 한효월은 미처 중심도 잡지 못한 상태라서 사방 여기저기에서 경호성이 일어났다.

"멈춰라!"

옥면무영과 대조 대사가 거의 동시에 고함치면서 신형을 날렸다.

그러나, 그것은 너무도 창졸간에 일어난 변고라서 그들이 아무리 빨리 움직여도 여전히 늦은 감이 있었다.

찰나.

"물러나지 못할까!"

낭랑한 호통.

그것과 함께 펑! 하는 일진 폭음이 터져 나오면서 한효월을 덮쳐 갔던 대두서와 독목서가 나직한 신음과 함께 비틀거리며 물러났다.

사람들은 한효월이 백의를 펄럭이면서 앞으로 전진하고 있음을 볼 수 있었다.

그리고 그의 손짓에 따라 독목서가 피를 토하면서 거꾸러짐을.

둥둥둥~

고막을 때리는 북소리가 들리기 시작한 것은 바로 그때였다.

어둠을 뚫고서 울리는 북소리.

그 북소리는 강하고 낮게 울려 심금을 진동하는 듯했다.

누가 들어도 싸움이 시작됨을 알리는 전고(戰鼓)임을 경각할 수 있을 정도였다.

"크흐흐…… 아무도 살아 나가지 못할 것이다!"

그때, 대두서가 큰 머리를 흔들어대면서 괴소를 터뜨렸다.

동시에 그는 전신을 떨더니 그 자리에서 벌렁 뒤로 넘어졌다.

장중에 있던 사람들은 그가 칠공에서 피를 흘리고 있음을 볼 수 있었다.

"피하십시오!"

한효월이 튕겨나듯이 그 자리에서 일 장여 뒤로 물러났다.

그가 소리치자 사람들이 영문을 몰라 주춤거렸다.

그리고 사람들은 대두서의 전신에서 검은 연기가 피어 오름을 보게 되었다.

"독이다!"

누군가가 소리치자 사람들이 놀라 사방으로 흩어졌다.

대두서의 전신은 아직도 푸들푸들 떨린다.

그의 몸에서 피어 오르던 연기는 금방 옅어져 공기 중으로 사라졌다.

그러나 피하는 것이 늦었던 사람들은 이내 신음과 함께 비틀거리기 시작했다.

"바람이 부는 방향에서 이동하십시오. 독기가 바람을 따라 이동해서 큰 피해가 일어날 수도 있습니다!"

한효월은 크게 소리치고는 경력을 일으켜 흙으로 대두서의 몸을 덮어버렸다.

"한 대협!"

옥면무영의 외침이 들려왔다.

그의 외침에 고개를 든 한효월은 둥둥, 들리는 북소리 속에서 곡구 쪽에서 한 무리의 인영이 다가오고 있음을 볼 수 있었다.

얼핏 보기에 2, 30명쯤 되어 보인다.

어둠 속에서 그들의 앞쪽에서 음산히 빛나는 창날은 그들이 장창을 앞으로 내밀고 있음을 의미했고, 그들의 안쪽으로는 작고 둥근 방패를 하나 세워 가슴을 보호한다. 일자로 늘어선 그들은 북소리에 맞춰서 전진해 오고 있는데, 그 속도는 북소리에 따라 점점 빨라지고 있었다.

뿐만 아니라, 그 뒤로는 흑의인들의 모습이 어둠 속에서 움직이고 있음이 보였다. 이를테면 돌격대 뒤에서 다시 제이전(第二戰)을 준비하는 후원군인 듯했다.

공격이 한 번으로 끝날 것이 아니라는 의미다.

일견 그 모습을 본 한효월의 얼굴이 굳어졌다.

상대의 의도를 짐작한 까닭이다.

그리고 이미 한번 그들의 위력을 시험해 본 그였다.

"피해가 큽니까?"

한효월은 군웅들을 바라보면서 물었다.

중주삼서의 주위에 있던 군웅들 서른 정도가 이미 바닥에 주저앉아서 운기조식에 들어가 있었다. 독에 중독된 사람도 있고 암중에 암기를 맞은 사람도 있었던 것이다.

"공력이 제대로 이어지지 않는군요. 아무래도 이건 산공독(散功毒)인 모양이외다. 생명에 위협은 느껴지지 않습니다."

운기조식으로 내부를 점검하던 군웅들 중 청색 가사를 입은 노니(老尼:늙은 비구니) 한 사람이 그 물음에 대답했다.

"아미(峨嵋)의 각진 사태(覺眞師太)이시구료! 언제 거기에?"

그녀를 발견하고 소리치던 일진자가 문득 안색이 변해 신음했다.

"이런, 빈도도 공력이 감퇴되고 있소……."

둥둥둥~

북소리는 점점 더 급박해졌다.

물밀듯 다가오는 장창학익진(長槍鶴翼陣)은 이미 군웅들과 3장가량 떨어진 곳에 도달해 있었고 그 속도는 점점 빨라져 이 순간에는 질풍과 같이 군웅들을 향해 달려오고 있었다.

"이런 육시를 할 놈들!"

군웅 중 몇 사람이 분기를 참지 못하고 앞으로 달려나갔다.

"멈추십시오!"

한효월이 그들이 날아감을 보고 놀라 저지하려 했다.

하지만 그들은 이미 적진에 부딪쳐 간 다음이었다.

쨍쨍, 하는 격돌음이 터지는 순간에 구슬픈 비명이 꼬리를 물고서 일어났다.

마주 달려간 사람들의 공력은 결코 낮지 않았다.

하지만 장창학익진과 마주친 순간, 믿을 수 없게도 그들은 거의 손도 써보지 못하고 산적(散炙)처럼 장창에 꿰이고 말았다.

단순하게 창만 앞으로 내밀고 달려오는 것이 아니었다.

한 조는 창을 찌르고 한 조는 창을 거두고 그 단순한 동작이 놀라운 속도로 반복되는데, 그 단순한 동작에 속도가 더하자 가공할 위력으로 나타났다. 앞선 장창을 검과 도로써 쳐낸 군웅들 셋은 이내 공격해 오는 장창에 허둥거렸고, 그 뒤를 따라 다시 쏘아지는 장창에 밀려났다.

그러나 그 가운데에서도 장창학익진은 진형이 묘하게 흔들리면서 계속 빠른 속도로 앞으로 전진했고 그 질풍 같은 전진 속도는 장창의 공격에 맞물려서 경이(驚異)할 위력을 발휘했다.

찰나간에 서너 차례의 격돌이 일면서 한순간, 자세가 흐트러진 군웅한 사람의 가슴을 장창이 꿰뚫었다.

"으악!"

같이 덮쳐 갔던 사람이 그 비명에 놀라 멈칫하는 순간에 그의 가슴에서 피가 튀었다.

그는 노호하며 전력을 다한 일장을 앞으로 때려냈다.

그 공격을 장창수들은 손에 든 묘한 생김의 둥근 방패로 막아냈다.

그리고 그 순간에 제이진의 장창이 그를 사정없이 꿰뚫어 버렸다.

피가 튀고 장창이 그들의 등을 뚫고 튀어나왔다.

단숨에 핏덩이가 되어 장창에 걸린 그들을 방패로 쳐 날리면서 그들은 바람과 같이 한효월 등이 있는 곳으로 전진해 오고 있었다.

무슨 거대한 검은 벽이 굉음을 울리면서 전진해 오고 있는 것 같았다.

언뜻, 군웅들의 눈에 공포의 빛이 떠올랐다.

너무도 어이없이 그들이 쓰러졌기 때문이다.

"놈들!"

고함과 함께 옥면무영이 수중의 몽둥이를 휘둘러 이미 지척으로 다가온 장창수 전위(前衛)의 손에 들린 장창을 쳐갔다.

탕탕탕!

잇단 격돌과 함께 개방의 타구봉(打狗棒) 비전절기가 펼쳐졌다.

그처럼 질풍같이 밀려오던 그들의 기세가 주춤거리는 듯했다.

그러자 진세가 변화를 일으켜 일자로 늘어섰던 그들이 엇갈리면서 찰나간에 두 겹으로 변하는가 싶더니 후위로 밀려난 자들이 장창을 불쑥 내밀었다. 순간, 앞에 있던 자들이 뒤로 물러났다.

공격해 들어가던 옥면무영은 자신을 향해 찔러오는 장창을 향해서 몸을 던진 꼴이 되었다.

'이런……!'

옥면무영의 안색이 돌변했다.

"무량수불…… 물러나지 못할까!"

쩌렁한 호통과 함께 옆에서 검광이 날아들었다.

쩅쩅! 째앵…….

불똥이 튀며 금속성이 고막을 찔렀다.

날아든 것은 일진자를 비롯한 무당파의 고수들이었다.

하지만 그들도 안색이 변할 수밖에 없었다.

대저 어떤 것이나 창의 무게 때문에 창을 지탱하는 창대는 나무와 같은 걸로 하게 마련이다. 창 자체의 길이가 긴 까닭이다. 그런데 저들이 든 창은 창대도 쇠였다. 그러한 병기가 무서운 속도로 움직이니 그 위력이 강할 수밖에 없었다.

"아미타불! 여기도 있네!"

대조 대사가 선장을 휘두르면서 맞아 나갔다.

선장이라고 하는 것은 원래 중병기인데다, 대조 대사의 선장은 빈철(鑌鐵)인지라 위에서 아래로 내려 패게 되자 배산도해(排山倒海)할 위력이 있었다. 더구나 그 일격은 소림사의 절기인 복마장법(伏魔杖法)으로 마귀를 꿇게 하는 위력을 가진 것으로 이름 높은 것이었으니 더하다.

장창진은 처음으로 주춤거리는 듯했다.

하나 그것도 잠시, 무당고수들과 보조를 맞춰서 옥면무영의 위기를 구해내며 기세를 떨치던 대조 대사 등의 소림고수들의 공격은 채 몇 초가 가기 전에 위력을 잃고 말았다.

장창수들의 뒤에서 암기가 날아왔기 때문이다.

신음과 함께 여기저기에서 암기에 맞은 사람들이 쓰러졌다.

"독이다!"

날아든 암기를 선장을 휘둘러 쳐내던 대조 대사가 돌연 고함을 질렀다.

대조 대사의 고함은 단순히 암기에 독이 묻어 있다는 뜻이 아니었다.

암기에 맞지 않은 사람들이 비틀거림이 그를 증명한다.

장창수들의 뒤에 선 흑의인들은 단순히 암기를 쏘는 것에 그치지 않고 그중 누군가가 암중에 독을 살포하고 있었다. 미미하긴 하지만 바람이 군웅들을 향해 불어오고 있는 상태였다.

그야말로 독풍(毒風)을 몰고 덮쳐 오고 있는 상황.

바로 그 순간, 낭랑한 긴 부르짖음 소리가 하늘을 뚫고 울린다.

심상치 않은 기운이 하늘에서 쏟아져 내리는 듯하다.

부지중에 머리를 든 사람들은 어둠을 가르며 흰빛 한줄기가 장창수들에게로 쏟아져 내리고 있음을 볼 수 있었다.

그것은 바로 한효월.

한효월은 창룡음(蒼龍吟)을 터뜨리면서 훌훌 하늘을 가로지르며 날아 내렸고 그의 손에서 일어나는 검광은 눈이 부셨다.

그가 하늘에서 덮쳐 내림을 보자 장창수들은 일제히 장창을 하늘로 치켜들었다.

순간, 한효월의 신형이 그들에게로 덮쳐 내려 격돌했다.

챙! 채애앵……

귀청을 찢는 금속성이 그 자리에서 일어났다.

"으악!"

"으아아……."

그리고 피보라와 함께 뒤를 잇는 참혹한 비명.

사람들은 또 한 번 대단한 광경을 봐야 했다.

마치 철벽처럼 버티던 그 장창들이 빛나는 검광 앞에서 무쪽과 같이 잘리는 광경을. 이쪽의 모든 공격을 막아내던 그 괴이한 방패마저도 산산조각 나 흩어지는 광경을……

백룡(白龍) 한 마리가 흑암(黑暗)의 물속에서 용솟음치는 듯한 형국이었다. 한효월의 일검 일검은 마치 벼락이 때리는 것과 같은 위력으로 그 앞을 가로막는 모든 것을 한꺼번에 쓸어버렸다.

둥둥둥~!

일자로 늘어섰던 장창수들이 북소리에 맞춰서 급히 진세를 원형으로 돌려 한효월을 포위하고자 했다.

그러나 한효월은 그들이 마음대로 움직일 틈을 주지 않았다.

그는 검은 비단 폭을 째고 나가는 빛나는 가위와 같이 흑의의 장창수들을 헤치며 그 뒤에서 손을 쓰고 있던 자들 중 하나에게로 덮쳐 갔다.

한효월이 그처럼 기세등등히 덮쳐 갔지만, 그 흑의인은 전혀 거리낌 없이 손을 뻗어 한효월을 가리키면서 고함치듯 소리쳤다.

"쓰러져랏!"

"쓰러질 것은 바로, 너다!"

말과 함께 한효월은 크게 웃으며 그를 덮쳤다.

"으악!"

검광이 크게 일면서 비명이 터져 나왔다.

흑영 하나가 혼비백산하여 뒤로 급급히 물러나고 있었다.

한효월이 검을 빗겨 든 그 자리에는 주인 잃은 검은 옷의 팔뚝 하나가 아직도 살아 있는 듯이 펄떡거린다.

바로 그 흑영의 팔뚝이었다.

그러나 한효월은 일거에 적을 패퇴시키고도 그 자리에 우뚝, 서 있을 뿐. 적을 공격해 가지 않았다.

날카로운 호각 소리가 들리면서 흑의인들은 장창수를 포함하여 모두가 썰물 빠져나가듯이 뒤로 물러났다.

"한 대협? 괜찮으십니까?"

옥면무영이 달려오면서 물었다.

"괜찮소."

한효월은 그를 향해 웃어 보였다.

그리고 일방 그에게 날아드는 전음지성.

'적이 완전히 물러간 것인지 한번 확인해 보십시오.'

한효월의 물음에 옥면무영은 뭔가 심상치 않음을 느끼고는 신중한 표정으로 일대를 관찰했다.

바로 그 순간 음산한 웃음소리가 들려오기 시작했다.

"우후후후…… 과연 대단하군! 검으로 펼치길래 건곤무왕의 뇌정도 임을 차마 알아보지를 못했었군 그래…….."

…….

한효월은 대꾸없이 묵묵히 그 소리가 들려온 방향을 가늠하기 시작했다.

"아무도 살아가지 못한다…… 항복하기 전에는."

예의 웃음소리가 다시 들려왔다.

"동평후, 당신인가?"

한효월이 물었다.

…….

잠시 침묵, 이내 음산한 웃음소리가 깔리듯이 들려왔다.

"역시 다녀간 건가?"

한효월은 대답 대신 되물었다.

"우리 모두를 다 죽일 셈이오?"

지체없이 대답이 들려왔다.

"전혀. 항복한다면 누구도 죽지 않는다. 반항한다면 죽음이 기다리

고 있을 뿐이다. 너희들은 이미 모두가 중독되었다. 지금의 공격은 그
저 반항하면 죽게 될 것임을 보여주기 위한, 일종의 시위였을 따름이
다."

"중독?"

"그럴 리가?"

웅성거림이 군웅들에게서 일어났다.

그들이 그처럼 연달아 공격을 하고, 독을 뿌려대었지만 여기 모인
사람들은 약자가 아니었다. 그들은 한 순간순간을 넘기면서도 나름대
로 침착히 대처하여 예상외로 그렇게 심각한 타격을 받은 것은 아니었
다.

물론 거기에 한효월의 도움이 절대적이었던 것은 누구도 부인치 못
할 일이긴 하였지만.

그런데 모두 중독이라니?

"흐흐흐…… 멍청한 자들. 이 자리가 함정임을 알고도 거기 모여 있
으면 안전할 걸로 믿는단 말인가? 설마 아무런 준비도 하지 않고 너희
들을 이리 끌어 모았을 것으로 믿는다면 정말 한심한 노릇이지."

조소(嘲笑) 가득한 웃음이 어둠을 뚫고서 음산하게 들려왔다.

사람들이 불안한 얼굴로 서로를 돌아본다.

"으으…… 저, 정말 중독된 것 같은데?"

눈치 빠르게 은근슬쩍 뒤로 물러나 있던 군웅들 가운데 화복의 중년
인이 일그러진 얼굴로 중얼거렸다.

메기수염에 두툼한 얼굴의 그는 두 명의 종자를 거느리고 있는데,
누가 봐도 부잣집 주인처럼 사람 좋아 보이는 모습인지라 이곳과는 전
혀 어울리지 않는 사람처럼 보였다.

하지만 그가 이름 높은 중원삼고(中原三賈) 중 하나인 철면무정(鐵面無情) 곽자고(郭自孤)임을 사람들은 잘 알고 있었다. 어떤 경우에도 자신에게 불리한 일은 하지 않는 사람. 그까지 이곳에 와 있으니 진시황의 장보가 사람을 불러 모으는 마력을 가진 것은 사실임에 분명하였다.

그가 품속에서 옥병 하나를 꺼내 뭔가를 먹고 있는 것을 보자 군웅들은 다급히 스스로를 점검했다.

"어떠시오?"

한효월이 옥면무영을 보면서 물었다.

"나는 이미 이곳에 오기 전에 우리 개방의 호구단(護狗丹)을 먹고 왔기 때문에 현재까지는 별다른 증상을 모르겠군요. 한 대협은?"

"나는 독에 대해서 약간의 내성(耐性)을 가지고 있어서……."

말을 하던 한효월의 얼굴이 문득 창백해져 있음을 옥면무영은 볼 수 있었다.

"한 대협!"

"괜찮소."

그를 향해 웃어 보인 한효월은 낮게 말했다.

"모두 스스로를 점검해, 중독 여부를 판별하십시오. 곧 참혹한 일장의 악전(惡戰)이 전개될 겁니다."

그의 음성은 낮았지만 장내에 있는 백여 명 군웅들의 귀에는 옆에서 속삭이듯이 아주 또렷이 들렸다.

그리곤 한효월은 굳은 얼굴로 곡구를 바라보면서 입을 다물었다.

그때, 예의 음성이 다시 들려왔다.

"일각의 시간을 주겠다……. 항복하는 자는 살려줄 뿐 아니라, 각자의 능력에 맞게 최고의 대우로써 맞아들인다."

여기저기에서 웅성거림이 일었다.

하지만 한효월은 그 말에 더 이상 대꾸하지 않았다.

뭔가 생각에 잠긴 듯 침착한 얼굴로 곡구를 바라보면서 침묵을 지키고 있을 따름이었다.

둥둥둥……. 어둠을 흔들며 북소리가 기괴하게 들려오고 있었다.

마치 무엇인가 재촉하는 듯한 불편한 북소리였다.

옥면무영의 얼굴은 납덩이와 같았다.

그때였다.

第八首

개방지주(丐幇之主)

—동평후 도주하다
드디어 개방의 방주(幇主)가 모습을 드러내다

개방지주(丐幫之主)

콰쾅!

돌연 들려온 일진 폭음.

사람들이 대경실색했다.

그럴 수밖에 없는 것이 그 폭음은 들려온 것이 앞쪽이 아니라, 그들의 뒤쪽이었기 때문이다.

황급히 뒤로 물러나면서 돌아본 사람들의 눈이 경악으로 커졌다.

십이지신상 중 하나인 돼지상이 산산조각 나 흩어지고 있었던 것이다.

그곳에서 피투성이가 된 거한 한 사람이 뛰쳐나왔다.

그는 앞에 있는 사람을 발견하자 대뜸 고함을 치면서 거대한 솥뚜껑 같은 손을 휘둘러 일권을 쳐냈다.

가공할 경풍이 권세를 따라 윙윙거리며 일어났다.

"적이다!"

공격을 받은 사람은 눈치 빠르게 가장 뒤쪽으로 물러나 있던 철면무정 곽자고였다. 뒤쪽으로 물러나 있으면 적과 부딪친다 하더라도 소리만 지르면서 힘은 쓰지 않을 수 있었다. 그러나 뒤에서 적이 튀어나올 줄이야 누가 짐작이라도 했을까.

더구나 나타난 자의 힘은 무지막지하여 그 위세는 가히 배산도해(排山倒海)!

창졸간에 당한 일이다.

부서져 날아오는 돼지상의 돌 조각을 피하는 것만도 급급한 판에 갑자기 적이 공격해 오자 당황하지 않을 수 없었다. 그의 옆에 있던 수신호위 둘이 일제히 강도(鋼刀)를 쳐냈다.

철면무정 곽자고도 손을 써 권세에 대항했다.

너무 가까운 데다 창졸간이라 어떻게 피할 수가 없었던 것이다.

"이 개자식들! 여기까지 매복을 하고 있었구나!"

인영은 이를 갈면서 잇달아 칠권(七拳)을 내질렀다.

고오오~

엄청난 권세가 너울처럼 일어났다.

그것을 본 철면무정 곽자고가 놀라 소리쳤다.

"맙소사, 이산권(移山拳)이로구나!"

평평!

격렬한 굉음이 터지면서 철면무정 곽자고는 단 일 격에 피를 토하면서 뒤로 튕겨져 나갔다.

그 순간이다.

"관 대협, 손을 멈추십시오! 적이 아닙니다!"

한 사람이 막강한 주먹을 휘둘러 대는 거한의 앞으로 날아들며 소리쳤다.

한효월이었다.

"응? 자네는?"

그를 알아본 거한이 눈을 꿈벅이더니 주먹을 거두었다.

퉁방울 같은 눈을 부릅뜬 그는 금포(錦袍)를 걸쳤다. 하지만 그 금포는 여기저기 찢기고 피칠을 하고 있어 도무지 형편이 무인지경이다. 게다가 그는 역시 덩치가 큰 한 사람을 부축하고 있었다. 그런 상태에서도 그런 위력을 발하니 그의 평소 무공이 어떤 것인지는 짐작하고도 남음이 있었다.

"자네도 온 건가? 안 돼! 여긴 함정이야. 사방 천지가 모조리 함정일세. 절대로 들어갈 생각은 하지 말게……."

소리치던 그는 한효월을 발견하자 긴장이 풀렸는지 비틀거렸다.

"관 대협!"

한효월이 그를 부축하려 하자 그는 손을 저었다.

"괜찮네. 이까짓 매복으로 나를 쓰러뜨릴 수야 없지! 그보다 내 못난 아들놈이나 좀 봐주게."

거한은 우렁한 음성으로 말하며 부축한 사람을 내밀었다.

탁탑천왕 관웅.

나타난 사람은 바로 얼마 전 한효월과 만난 적이 있었던 탁탑천왕 관웅이었다. 그도 경릉의 안으로 들어갔었던 모양이다.

"관 형제가 많이 다쳤습니까?"

"못난 놈이 함정에 빠지는 바람에……."

탁탑천왕 관웅이 일그러진 얼굴로 대꾸했다.

그가 빠져나온 통로에서 음산한 바람이 불어 나오는 듯했다.

귀를 기울이는 통로 저쪽에서 은은한 비명 소리가 들리는 것 같기도 하였다. 반쯤 허물어진 통로에는 탁탑천왕이 흘린 듯한 피가 묻어 있었다.

소패왕 관패의 전신은 피투성이였다.

"젠장! 면목이 없소. 볼 때마다 이 모양이라니……."

관패가 일그러진 얼굴로 중얼거렸다.

"그게 어찌 관 형제의 잘못이겠소? 워낙 상황이 험악하니……."

말하는 일방 그의 맥을 짚어본 한효월은 미간을 찡그렸다.

"내상이 심하군요. 관 형제의 몸으로 이런 상태라니……."

"빌어먹을……."

신음과 함께 관패는 정신을 놓아버렸다.

한효월을 본 순간에 마음이 놓이면서 그만 긴장의 끈이 풀어져 버린 것이다.

"아패(阿覇)! 이놈아!"

탁탑천왕 관웅이 놀라 그를 잡았다.

"걱정하지 마십시오. 잠시 정신을 잃은 것뿐입니다."

한효월이 관패의 몇 군데 혈도를 짚으면서 그를 안심시켰다.

그 광경을 본 사람들의 얼굴이 납덩이가 되었다.

아직도 긴가민가하던 사람들도 간혹 있었는데, 그들도 안으로 들어갔다면 같은 신세가 되었을 것임을 이제야 실감하는 것이다.

둥둥두우~웅~

결단을 재촉하는 북소리는 여전히 고막을 울리고 있다.

침울한 어둠이 일대를 내리누르고 있었다.

둥둥~ 재촉하듯 들려오는 북소리를 듣는 한효월을 비롯한 군웅들의 얼굴이 모두 납덩이와 같았다.

그처럼 당당하던 탁탑천왕도 경릉을 빠져나와서는 긴장이 풀린 것인지 한쪽에 주저앉아 있었다. 그가 일신에 입은 상처는 결코 간단하지 않았고, 더더구나 아들인 소패왕 관패는 생명에는 지장이 없다 할지라도 아직 정신을 차리지 못하고 있었다. 주위에 신경 쓸 여가가 있을 리 없다. 우선 아들을 돌봐야 했다.

먼저 입을 연 것은 한효월이었다.

"저는 이곳을 뚫고 나갈 예정입니다. 다른 생각 있으신 분은?"

"뚫고 나가다니? 날이 밝을 때까지 기다린다고 하지 않았소?"

초조한 표정으로 주위를 살피던 철면무정 곽자고가 놀라 물었다.

"상황이 달라졌습니다. 여기 계신 군웅들은 거의 모두가 중독된 상황이고, 그 중독은 시시각각 깊어져 공력이 감퇴되고 있는 중입니다. 이대로 밤을 지샌다면 아예 그들에게 대항할 힘이 사라져 버리고 말 겁니다. 어떻게 하든 지금 결단을 내려야 합니다."

"으음……."

신음이 사람들에게서 흘러나왔다.

"제가 앞장서겠습니다. 같이 가실 분은 뒤를 따라주십시오."

그때였다.

"저, 저거……!"

누군가의 경호성이 터졌다.

'저건?'

한효월의 눈에도 놀람의 빛이 떠올랐다.

곡구의 숲에서 불길이 치솟고 있었던 것이다.

"노, 놈들이 우릴 불에 태워 죽일 모양이군!"

"으으…… 악독한 놈들 같으니!"

군웅들이 이를 갈았다.

"그건 아닌 듯하군요. 저건 매복의 배후에서 일어난 불길인 것 같습니다. 불길이 저들의 뒤에서 타오르고 있는 것 같은데 어떻게 된 일인지?"

한효월이 곤혹스러운 표정을 지었다.

"방중의 고수들이 온 건가?"

옥면무영이 눈을 빛냈다.

"개방의 고수들이 오기로 되어 있었습니까?"

"그렇습니다. 제천교에서 흉계를 꾸밀 것을 짐작, 본 방에서는 이미 고수를 소집했었습니다. 저는 척후로서 미리 왔던 거지요."

"더 이상 선택의 여지가 없을 것 같군요."

말과 함께 한효월은 때를 놓치지 않겠다는 듯 신형을 날렸다.

옥면무영은 두말없이 그 뒤를 따랐고 나머지 개방의 고수들도 마찬가지, 소림, 무당 등의 군웅들이 일제히 밀물과 같이 그 뒤를 따랐다.

*   *   *

"얼마나 남았지?"

동평후는 앞에 선 곽수를 보며 물었다.

"한 시진이면 모두 반항할 능력을 상실케 될 겁니다. 경릉 주위에 뿌려둔 잠혼독(潛魂毒)은 공력을 쓰면 쓸수록 빨리 발작하게 될 것이고 우리가 공격하면서 뿌린 최혼향(催魂香)과 결합하면 발작이 더 빨라집니다."

"한 시진이라……."

동평후는 슬쩍 하늘을 올려다보았다.

아직 날이 밝으려면 한참 남았다.

하지만 상황은 날이 밝기 전에 끝날 터이다.

한효월 일개인의 능력이 아무리 막강하다 하더라도 오늘의 곤룡대진을 벗어날 수는 없었다. 그나마 이 곤룡대진이 고수들을 사로잡기 위해서 만들어진 것이 아니라 죽이기 위한 것이었다면 한효월 할아버지라도 이미 쓰러졌을 것이었다.

그런데 그 순간 변수가 초래된 것이다.

"무슨 일이야?"

뒤쪽에서 소란스러움이 일자 뒤를 돌아보던 동평후의 안색이 돌변했다.

그들의 뒤쪽에서 불길이 일어 타 들어오고 있었다.

"누군가가 불을 놓았습니다! 한 군데가 아닙니다!"

전령(傳令)이 날아와 그의 앞에서 부복하면서 소리쳤다.

"어떤 놈 짓이야?"

"그건 모릅니다. 지금 조사……."

"그걸 말이라고 해? 어떻게 곤룡대진 안에서 불이 일어날 수 있나? 당장 침입자를 찾아내!"

동평후가 노해 부르짖었다.

불길은 급속히 번졌다.

숲과 지형지물을 이용하여 곤룡대진을 치고 있던 동평후 휘하의 고수들은 당황하여 불길을 잡기 위해서 이리 뛰고 저리 뛰어야 했다.

그 광경을 보며 씨익, 웃는 얼굴이 있었다.

어둠 속에서 웃고 있는 그 얼굴의 주인은 유성이었다.

"멍청한 놈들! 백날 뛰어봐라. 바람이 불어오는데 네놈들이 끌 재간 있는지……. 이 어르신네는 또 불을 붙여주……!"

중얼거리면서 신형을 돌리던 유성의 전신으로 긴장이 곤두섰다.

차가운 시선 한줄기가 그의 뒤에서 그를 쏘아보고 있었다.

흑의경장을 전신에 두르고 한 자루의 보검을 등에다 날렵히 맸다. 얼굴은 온통 검은 몽면으로 가린 여인. 몽면 속에서 눈빛만이 차디차게 유성을 쏘아보고 있다.

바로 요광성주였다.

그녀를 발견하자 유성은 문득 그녀를 향해 어색하게 웃었다.

"난 또 누구라고……."

찰나, 유성의 소매에서 한성(寒星)이 그녀를 향해 날았다.

그 행동은 비할 바 없이 빨라 소매가 펄럭이는 순간에 한성은 요광성주의 눈앞으로 들이닥치고 있었다. 그럴 수밖에 없는 것이 그녀와 유성과의 거리는 2장가량에 불과했기 때문이다.

팍!

그녀가 머리를 트는 순간, 한성은 그녀의 얼굴을 스치며 옆에 있던 나뭇등걸에 박혀들었다.

요광성주의 눈에서 한기(寒氣)가 일어났다.

유성이 그 틈에 이미 눈앞에 있던 나무 뒤로 사라지고 있음을 발견한 까닭이다. 거의 시야를 가린 어둠이라 저 뒤로 사라진다면 찾기가 쉽지 않을 터였다. 게다가 이곳은 곤룡대진의 외곽 지역이라 경계 인력밖에 없다.

"흥!"

그녀가 냉소를 터뜨리면서 신형을 날렸다.

그러나 그녀가 유성이 사라진 나무 뒤로 막 돌아가는 순간, 나직한 웃음소리가 들려오는 게 아닌가.

"바보. 걸렸다!"

동시에 뭔가가 그녀의 얼굴을 향해 세차게 날아들었다.

'함정!'

가슴이 철렁한 요광성주는 급히 나무 옆으로 신형을 틀었다.

하지만 날아든 것을 본 그녀의 얼굴은 일그러지고 말았다.

소나무 줄기였던 것이다. 소나무 뒤로 돌아가 있던 유성은 소나무 가지를 잡아당겼다가 힘껏 공력을 놓아 튕겨냈고, 그 뒤를 따르다 암습이 있음을 경각한 요광성주는 다시 물러날 수밖에 없었다.

잇달아 농락을 당한 꼴이 된 요광성주의 눈에 차가운 한망이 일었다.

눈앞에서 다시 불길이 피어 오르고 있었던 것이다.

그녀를 조롱하듯이.

*   *   *

챙! 채앵…….

불똥이 튀면서 고막을 찌르는 금속성이 터져 나온다.

한효월의 장검이 가는 곳에 있던 철창들이 그 위력을 이기지 못하고 반 동강이 나는 소리였다.

그의 검이 어둠을 가르자 비명이 뒤를 이었다.

검끝에는 어둠 속에서도 뚜렷이 빛을 발하는 검광이 맺혀 있었다. 검 자체가 무슨 신검이 되어버린 것 같았다. 정기신(精氣神)이 하나로 되어야 하는 검강(劍罡)이 연속으로 펼쳐져 길을 열고 있었다.

그의 분전에도 불구하고 상황이 그렇게 좋은 것만은 아니었다.

한효월의 뒤를 따른 군웅들은 어둠 속에서 튀어나오는 장창으로 인해서 곤욕을 치르고 있는 중이었다. 단순한 습격이 아니라, 일격에 이어 다시 이격 삼격이 연환공격으로 이어져 다치는 사람이 속출하는 판이다.

그러나 그들이 힘을 결집하여 앞으로 뚫고 나가자 역시 그 위력은 얕볼 수가 없어서 몇 차례의 접전을 치르게 되자 이미 곡구의 절반가량을 빠져나갈 수가 있었다.

그렇게 되자 군웅들은 신바람이 났다.

"이놈들, 별거도 아닌 놈들이……."

그들이 기세가 등등해진 만큼 한효월의 표정은 굳어졌다.

'매복이 너무 쉽다. 더구나 이런 위치라니…….'

희미한 달빛에 드러난 일대를 일별한 한효월은 공연히 가슴이 섬뜩해졌다. 그들이 힘을 다해 뚫고 들어온 이곳은 소위 병가에서 말하는 위험 지지였던 것이다.

그처럼 좌우에서 집요하게 날아들던 장창의 공격도 멎었다.

…….

일대가 쥐 죽은 듯 고요해졌다.

그러나 그것은 한효월만이 느낀 아주 찰나적인 순간이었다.

그가 주위를 살펴보면서 심상치 않음을 느낀 순간에 느닷없이 후미에서 비명이 일었다.

군웅들 가운데에서 혼란이 일고 있었다.

"바, 바닥…… 땅속이다!"

누군가가 다급히 옆으로 튀면서 소리쳤다.

그의 말에 화답이라도 하듯이 그가 물러선 자리, 땅바닥이 쩍 갈라지면서 황갈색의 옷을 입고 땅속에 동화되어 있던 자가 그 안에서 솟아 나왔다. 그보다 먼저 튀어나온 것은 손에 쥔 단검.

불의의 기습에 순식간에 칠팔 명이 피를 뿌리며 쓰러졌다.

그러나 그들의 공격은 길게 이어지지 않았다.

한차례 공격을 한 그들은 바람처럼, 마치 그것으로 자신의 의무를 다했다는 듯이 번개처럼 숲 속의 어둠 속으로 모습을 감추고 말았던 것이다.

둥둥둥~

다시 북소리가 들려왔다.

"허튼짓을 하는군. 모두 죽고 싶은가?"

냉랭한 음성이 어둠을 비집고 그 뒤를 이어 들려왔다.

거구의 흑의복면인 한 사람이 나타났다.

어둠 속이지만 복면 속의 눈빛이 무섭게 빛나고 있었다. 동평후가 모습을 드러낸 것이다.

"곤룡대진은 아직 발동되지도 않았다."

팔짱을 낀 채로 그는 군웅들을 쓸어보면서 당당한 태도로 말을 이었다.

"정작 곤룡대진이 발동하면 누구도 이 자리를 벗어날 수 없다. 더 이상 반항한다면 아무도 살려두지 않겠다!"

"목적이 뭐요? 왜 이런 짓을 하는 거요?"

누군가가 노해 소리쳤다.

"목적? 간단하다. 살고 싶다면 본 교에 투항하라. 그럼 자연히 알게 될 것이다. 투항하려는 자는 무기를 버리고 숲 속으로 들어가면 된다. 그럼 맞아들이는 사람이 있을 것이며 그때부터……."

"언제까지 그 헛소리를 계속할 작정이오?"

돌연한 음성에 말을 끊긴 동평후는 잡아먹을 듯 한효월을 쏘아보았다.

"원래 이 일은 간단히 끝날 일이었다. 그런데 네놈이 나타나는 바람에 많은 사람들이 죽고 다쳤다. 그것이 잘한 일인 줄 아느냐?"

둥둥둥!

그의 말과 함께 그의 등 뒤에서 북소리가 울렸다.

동시에 검은 두건을 덮어쓴 자들이 그의 뒤에 일렬로 나타났다. 길을 가로막는 형국. 얼핏 보기에 열두 명인 그들의 손에는 묘하게 생긴 원통이 들려 있어 그 원통의 끝은 군웅들을 겨누고 있었다.

"곤룡대진이 발동되면 처음 나서게 되는 것이 십이혈룡(十二血龍)이다. 한번 보겠나?"

그의 말이 채 끝나기 전에 무서운 검광이 그를 엄습해 왔다.

한효월이 검과 함께 그를 덮쳐 온 것이다. 적을 치려면 적의 머리를 치라. 전장의 격언 그대로.

하지만 그가 찰나간에 3장을 가로지르는 순간에 동평후는 이미 그의 등 뒤에 나타난 흑의인들의 뒤로 물러나고 있었다. 그리고 앞으로 겨눈 흑의인들의 원통에서 착! 하는 소리와 함께 무서운 빛줄기가 일제히 한효월을 향해 날아들었다.

거리는 겨우 1장.

일장 호통과 함께 한효월은 검을 휘두르면서 위로 날아올랐다.

팅팅! 소리와 함께 그를 향해 날아들던 무수한 암기들이 사방으로 튕겨져 날았다. 한효월은 검을 휘둘러 암기를 막아내는 동시에 하늘로 떠올라 그들을 위에서 공격하고자 했다. 그 움직임은 놀랍도록 빨라서 그는 순간적으로 이미 흑의인들의 지척에 달해 있었다.

화악!

그러나 그는 좌우에서 무서운 불길이 그를 향해 쏟아짐을 경각한다.

한효월은 튕겨지듯이 옆으로 물러났다.

그 자리에는 바위가 있었다.

하지만 불길은 그 바위에 붙어서도 그냥 타올랐다.

이글거리는 불길 옆에 한효월이 우뚝 서 있었다. 그의 얼굴은 창백해 보였다. 누구라도 알 수 있었다. 한효월이 한 번의 부딪침에서 이미 부상을 입은 것이다. 더구나 흑의인의 손에 들린 원통들은 그를 겨누고만 있을 뿐, 더 이상 그를 공격하지 않고 있었다.

언제라도 그를 죽일 수 있다는 듯이.

"으……."

그것을 본 군웅들의 얼굴이 흙빛이 되었다.

지금까지 보여준 한효월의 능력을 생각한다면 정말 너무도 믿지 못할 사태가 벌어진 것이다. 그가 채 싸워보지도 못하고 저런 모습이 된다면 다른 사람들은 불문가지였다.

가슴이 격하게 뛰는 소리들만 고요를 울린다.

"후후후…… 천심자(穿心刺)는 사람의 몸에 적중되면 바로 심장으로 공격해 들어간다. 공력으로 대항해도 소용없지. 게다가 음염독화(陰焰毒火)는 무엇이라도 붙게 되면 그것을 다 태울 때까지 절대로 꺼지지 않는다. 하지만 이 두 가지는 천왕통(天王筒)의 맛보기에 불과하다."

음산한 동평후의 웃음소리가 십이혈룡의 뒤에서 들려왔다.

불길이 어둠을 밝히자, 그들의 가슴에 붉은빛의 룡이 새겨져 있음을 볼 수 있었다. 붉은빛이 검은 옷에 새겨져 있어 제대로 보이지 않았던 것이다.

그의 말이 거짓이 아님을 의미하듯 놀랍게도 천왕통이란 것에서 뿜어져 나간 불길은 바위에 붙은 채로 정말로 바위를 태울 듯, 그렇게 푸른빛을 내면서 타오르고 있었다.

한효월은 부상이 가볍지 않은 듯 그 푸른 불길을 받으며 묵묵히 동평후를 바라보고 있는데, 내심 운기조식이라도 하고 있는 듯 보였다.

옥면무영과 일진자, 대조 대사 등이 그를 호위하려는 듯 그의 곁으로 다가서고 있었고 나머지 군웅들도 은연중에 그 옆으로 늘어서는 양상.

그 모습을 본 동평후의 눈빛이 음침해졌다.

분명히 짧은 시간이었고, 대화를 나눌 시간도 별로 없었다.

그런데 군웅들이 저런 태도를 보일 수 있다는 것은 한효월이 그 짧은 시간 내에 그들의 지휘자로 인정받고 있다는 뜻. 그것은 정말 간단하게 봐 넘길 수 있는 일이 아니었다.

살려두면 후환이 될 자가 분명했다.

그러나 그가 어떤 행동을 취하기 전에 돌연 그의 뒤쪽에서 일진 고함 소리가 들려왔다.

동시에 격렬하게 들리는 금속성.

동평후의 뒤쪽, 배후에서 싸움이 일어난 것이 틀림없었다.

그것을 느낀 동평후의 눈에 경악이 떠올랐다.

이 북망산 일대는 특히 이 일대는 그가 완전히 장악하고 있었다. 누가 접근해 왔다면 이렇듯 전혀 몰랐을 리가 없음에도 갑자기 싸움 소리라니?

그러나 그 생각을 오래 하고 있을 틈은 없었다.

거의 운신을 못 할 것처럼 보이던 한효월의 신형이 마치 기다렸다는 듯이 번개처럼 날아올라 다시금 십이혈룡을 향해 덮쳐 가고, 아니, 그보다 그의 손에서 뻗어 나간 검세가 더 빨리 십이혈룡을 덮쳤다.

쏴아앙—

비명이 꼬리를 물었다.

"여기도 있다!"

약속이라도 한 듯이 옥면무영과 대조 대사, 일진자 등이 일제히 그 뒤를 따랐다.

움직인 것은 거의 동시.

뿐만 아니라 그 뒤를 따르고 있던 탁탑천왕도 같은 순간에 움직여 십이혈룡을 공격했다.

그러한 움직임은 결코 그냥 이루어질 수 있는 일이 아니었다.

한효월은 운기조식을 한 것이 아니라, 바로 이러한 상황에 대한 움직임을 지시하고 있었던 것이다. 그가 과연 이러한 상황을 어떻게 예측할 수 있었는지는 당시에는 아무도 알지 못했다.

고수 7, 8명이 일제히 날아오르고 그 뒤를 따라 그 말을 전달받았던 나머지 군웅들이 한꺼번에 날아가자, 그 기세는 노도와 같았다.

그 선봉은 당연히 한효월의 이기어검(以氣馭劍).

검광으로 화한 검이 날아가서 앞에 서 있던 자 둘을 찰나간에 두 쪽을 내버렸고 한효월은 그 검을 따라 그대로 동평후에게로 돌진해 갔다.

그 뒤를 따른 나머지 사람들의 공격이 뜻밖의 공세에 놀라 흩어진 십이혈룡에게로 향했다.

"이, 이럴 수가!"

치명적인 부상을 당한 듯 보이던 한효월의 검이 십이혈룡을 격파하고 눈앞에 이름을 보자 동평후는 가슴이 섬뜩해졌다. 지금까지 그가 보인 능력은 정말 발군인지라 놀라지 않을 수가 없었던 것이다.

그의 뒤로 숲을 밝히며 불길이 치솟고 있었다.

그 불길 속에서 은은히 비명 소리가 들린다.

급전직하(急轉直下)!

상황은 너무도 돌변해 버렸다.

등 뒤에서 들린 갑작스러운 싸움 소리와 함께 치명상을 당해 움직이지 못할 것으로 보았던 한효월이 갑자기 움직이면서 사태는 완전히 달라져 버린 것이다.

동평후의 눈빛이 달라졌다.

한효월의 공격이 너무 격렬해서 몸을 빼낼 수조차 없었다.

검이 폭풍처럼 들이닥쳤다.

이렇듯 무서운 공격은 정말 처음이었다.

도저히 부상당한 사람이라고는 생각할 수가 없는 공격.

게다가 뒤에서 들려오는 격렬한 싸움 소리는 그가 전심전력으로 한효월을 상대할 수 없도록 하기에 족했다. 있을 수가 없는 일이 일어난 것이다. 배후를 맞을 줄이야!

이대로라면 그대로 피를 뿌리고 쓰러질 수밖에 없다.

팡!

갑자기 동평후와 한효월 사이에서 폭음이 일었다.

그리고 나직한 비명과 함께 동평후가 훌쩍 뛰어서 어둠 속으로 사라졌다. 얼굴을 감싸 쥐고 있는데 복면이 어둠 속에서 너울거림이 보였다. 질풍과 같이 전진하면서 그를 공격하던 한효월이 주춤 그 자리에 섰다.

"다쳤소?"

탁탑천왕이 한효월의 옆으로 날아오면서 외쳐 물었다.

대답 대신 한효월은 십이혈룡이 있던 자리를 일별(一瞥)했다.

군웅들 몇이 쓰러져 있고 불길이 난무하긴 했지만 십이혈룡 중 남아 있는 것은 겨우 두 명뿐이었다.

"기회를 놓치면 안 됩니다. 갑시다!"

한효월이 낮게 소리치면서 다시 앞으로 몸을 날렸다.

그런데 그 순간이다.

쾅! 콰쾅!!

지축을 울리는 굉장한 폭음이 일면서 앞쪽에서 거대한 폭발이 일었다.

한차례가 아니라 연달아 울린 그 폭발로 아름드리 나무와 바위들이 지푸라기처럼 날아 이리저리 흩어졌다.

무슨 불꽃놀이를 보는 것 같았다.

지금까지의 불길과는 아예 차원이 틀린 폭발이었다.

"진천뢰(震天雷)로군!"

옥면무영이 흥분한 음성으로 외쳤다.

격렬한 싸움 소리가 일면서 한 떼의 사람들이 앞쪽에서 달려오고 있음을 볼 수 있었다.

혹의인들이 그들을 저지하는 듯했지만 파죽지세로 밀리고 있었다.

결정적인 것은 방금 좌우에서 터진 진천뢰의 폭발 때문인 듯했다. 곡구의 절반가량이 그 폭발에 날아가 버렸으니 그 위력이야 말해 무엇 할 것인가.

날카로운 호각 소리가 잇달아 급박하게 들리더니 이내 그들을 저지 하던 혹의인들의 모습이 사라지고 그들과 싸우던 사람들이 모습을 드 러냈다.

옥면무영의 말은 틀리지 않았다.

그들은 모두가 거지 차림을 한 개방의 고수들이었다.

어둠 속에 드러난 그들의 모습은 얼핏 봐도 7, 80명가량.

그 거지 떼들은 겉모습과는 달리 질서 정연한 모습으로 대오를 형성 한 채로 물밀듯이 달려오고 있는데 전혀 빈틈이 없고 상호 긴밀한 유 대를 가지고 있어 그 움직임은 감탄할 만했다.

"한 당주(韓堂主)! 방주께서는?"

앞서 달려오는 60대 후반의 거지를 보자 옥면무영이 소리쳤다.

"방주께선 적당의 수괴(首魁)를 쫓아가셨네!"

그 거지가 소리치면서 손을 흔들었다.

그를 따르던 거지들이 일제히 사방으로 흩어져 수색을 시작했다.

날렵한 데다 절도가 있어서 평소 얼마나 엄격한 훈련을 받았는지 짐 작하고도 남음이 있을 정도였다.

바로 그때.

"방주께서 납시오……."

긴 외침 소리가 들리면서 7, 8명가량의 거지가 모습을 드러냈다.

당당한 체구를 지닌 그들이 좌우로 갈라서자 한 사람의 중년 거지가 어둠 속에서 나타났다. 그의 출현은 매우 갑작스러워 마치 처음부터 그 자리에 있었던 듯 보일 정도였다. 나타난 그는 침착한 얼굴로 주위를 쓸어보다가 군웅들의 앞에 선 한효월과 눈이 마주쳤다.

　한효월도 그를 보고 있었다.

　각진 얼굴.

　널찍한 그 얼굴에 팔자수염이 보기 좋게 뻗었다.

　눈은 굵으면서도 길어 강인한 빛이 갈무리되어 있다.

　입은 옷은 오의(汚衣:더러운 옷), 거지가 입는 옷이긴 해도 말 그대로 백결(百結)의 엉망인 옷이 아니라 나름대로 깨끗하게 손질되어 있어 그의 기태(氣態)는 어딘지 모르게 당당해 보인다.

　"한 대협, 본 방의 방주이시오!"

　옥면무영이 옆에서 입을 열었다.

　"방주! 이분이 바로 독고 맹주의 사제이신……."

　"이름, 익히 듣고 있었소이다. 개방의 황엽(黃燁)이오."

　중년의 거지가 한효월을 향해 손을 맞잡아 보였다. 이른바 포권(抱拳)의 예.

　개방(丐幫).

　못 사는 사람이 많은 세상.

　그렇게 되어 천하를 유리걸식(遊離乞食)하는 사람들이 많아지면 거지의 숫자는 늘어난다. 아무리 잘 살아도 거지는 있기 마련. 언제인가부터 그렇게 거지들의 조직이 하나하나 통합되더니 개방(丐幫)이라 이름하게 되었다. 천하제일의 대방(大幫)이라 함은 그 힘의 강대함도 있지만 수만에 이르는 실로 엄청난 방도(幫徒)들 때문이라 해도 과언이 아니다.

지난날 한차례 혈겁 이후, 개방이 강호상에서 그 모습을 제대로 보이지 않았다 할지라도 개방이란 이름은 전혀 쇠퇴하지 않았다.

그 이유는 이제 한효월도 안다.

개방에 황엽이라 하는 걸출한 주인이 출현하였기 때문임을.

그리고 그 사람이 바로 자신의 앞에 이렇듯 나타난 것이다.

"과분한 말씀을, 이렇게 구원하여 주시니 감사합니다."

한효월도 그를 향해 정중히 포권하였다.

"죄송하오. 예측을 잘못하여 시간에 맞추지 못했소이다. 그 바람에 많은 분들이 피해를 입었으니 모두 이 황 모의 잘못. 여기서 불길이 치솟지 않았더라면 그나마 실기(失機)할 뻔하였습니다."

그 말에 옥면무영이 놀란 눈으로 개방의 방주를 바라보았다.

"그럼, 그 불길이 방주님 때문이 아니었다는 겁니까?"

"그렇다. 그 불길이 아니었더라면……."

바로 그때, 문득 한효월이 미간을 찡그렸다.

"잠시 실례합니다."

말과 함께 그는 그 자리에서 바람처럼 사라졌다.

그가 몸을 날림을 바라보던 옥면무영 호일랑은 괴이한 빛으로 중얼거렸다.

"그의 무공은 정말 고절(高絶)하군. 지금도 중상을 입은 듯하더니 금세 아무렇지도 않다니……."

"별로 좋지 않군."

한효월이 사라진 쪽을 바라보고 있던 개방주 황엽이 미미하게 미간을 찡그렸다.

"무슨……?"

그 말을 이해하지 못한 옥면무영이 황엽을 바라보았다.

"그가 상처를 입은 듯 보이는 게 혹, 여러 번이었더냐?"

황엽은 대답 대신 물었고, 옥면무영은 고개를 끄덕였다.

"그, 그런 것 같습니다."

"이해할 수 없는 일이군. 왜 그렇게 몸을 혹사한단 말인가?"

개방주 황엽은 그가 사라진 곳을 쳐다보면서 미간을 찡그린 채 중얼거렸다.

*   *   *

한효월은 깊게 숨을 들이켰다.

가슴이 세차게 뛴다. 눈앞에서 별이 번쩍인다.

하지만 다른 사람의 눈에 띄게 해서는 안 될 일이었다.

더구나 그가 방금 들은 소리는 분명히 유성의 비명이다.

그 장난꾸러기가 자신의 말을 듣지 않고 이곳으로 들어온 것이 분명할 터이니 그냥 있을 수가 없었다.

결국 그는 무리하게 운기를 하여 경공을 전개.

비명이 들려온 곳으로 날아가고 있는 것이다.

원래 그는 동평후를 급습하여 완벽한 승기를 잡은 상태였었다.

그런데 동평후가 마지막에 괴기한 일장을 공격해 온 바람에 거의 양패구상의 형국으로 서로 멈추게 되었었다. 한효월은 충격을 받았고, 동평후는 머리에서 가슴에 이르는 일검을 맞았다.

그 충격은 오히려 한효월이 더 컸을 정도로 그 일장은 괴기무쌍(怪奇

無雙)했다.

체내에 침투한 힘이 사라지지 않고 계속해서 움직이고 있어 진기를 쓰기가 거북할 정도였다.

가슴을 누르고 크게 심호흡을 하자 다시 기혈이 조금 진정된다.

그 소리가 들려온 것은 바로 그때였다.

"흥! 또 어디로 갈 거냐?"

냉랭한 코웃음 소리.

어딘지 귀에 익은 음성이다.

"쳇, 찰거머리로군……. 여자가 그렇게 남자를 밝히면 이크!"

투덜거리던 음성이 기겁을 한다.

나뭇가지들이 여기저기 부러진 가운데, 8, 9장가량 되어 보이는 바위벽이 우뚝 서 앞을 가로막는다. 좌우로도 움직일 공간이 별로 보이지 않는다.

거기에 유성이 낭패한 모습으로 등을 붙인 채 앞을 노려본다.

그의 눈앞에는 복면의 요광성주가 유성을 향해서 검을 겨누고 있었다.

유성은 잔뜩 웅크린 채로 한쪽 어깨를 움켜쥐고 있는데, 그 손가락 사이로 붉은 선혈이 흘러내리고 있었다. 여기저기 핏자국이 보이는 걸 보면 다시 상처가 터졌든지 그도 아니면 요광성주에게 심하게 당한 것이 분명했다.

"한 번만 더 입을 놀리면 혀를 파내 버릴 테다. 잡아라!"

요광성주는 검을 겨눈 채로 싸늘히 외쳤다.

요광성주의 양쪽에 있던 두 명의 흑의인이 좌우에서 유성에게 날아들었다.

요광성주의 검에 공제(控制)당한 유성은 뻔히 그것을 보면서 피할 방도가 없다.

"망할! 그 요부에게 당하지만 않았더라도……."

유성이 일그러진 얼굴로 이를 갈았다.

"으악!"

그런데 그 순간 유성을 향해 달려들던 두 명의 흑의인이 비명을 지르면서 화살에 맞은 기러기처럼 옆으로 튕겨져 나가는 것이 아닌가.

"이……!"

놀란 요광성주는 갑자기 서늘한 느낌에 전신이 굳어졌다.

검.

한 자루의 서릿발 같은 검이 핏빛을 머금은 채로 그녀의 등 뒤에 다가와 있었다.

그 노림은 요광성주의 목.

놀랍게도 그 검은 그녀와 반 장이나 떨어져 있음에도 가공할 검기가 거미줄처럼 뿜어져 나와 그녀는 감히 반 걸음도 움직일 수가 없었다. 조금이라도 움직이기만 하면 그 검이 그대로 목을 칠 것임을 느낄 수 있었기 때문이다.

그녀는 식은땀을 흘리면서 천천히 몸을 돌렸다.

어둠 속에 표표(飄飄)히 옷자락을 날리며 한 사람이 검을 겨누고 서 있었다. 그의 검끝으로는 하늘 저쪽에서 흘러내리는 달빛 한줄기가 아스라이 부서져 사방으로 흩어진다.

정말 멋들어진 광경이지만 불행히도 그 묘한 느낌의 검이 자신을 겨누고 있어 그런 생각은 해볼 엄두도 내지 못한다.

어딘지 창백한 얼굴을 한 그 사람의 모습은 나이를 넘어 표홀(飄忽)하기까지 했다.

"오랜만이오."

그녀가 돌아보자 한효월이 조용히 말했다.

"다, 당신은……?"

"그 아이는 나의 시종이오. 나는 그 아이가 다치는 걸 볼 수가 없소. 그리고 곤룡대진은 이미 파괴되어 당신들이 획책한 오늘의 일은 실패했소."

"그……."

"가시오."

'가라고?'

한효월의 말에 요광성주의 얼굴이 묘하게 변했다.

"고, 공자! 놓아주다뇨? 이 불여우가 얼마나 성아를 괴롭혔는지……."

"지난번의 빚도 있으니 당신을 놓아주겠소. 어서 가시오."

한효월이 다시 조용히 말했다.

"……."

묘한 몸짓으로 한효월을 쳐다보던 요광성주는 갑자기 코웃음 치면서 발을 굴렀다.

일진 바람이 일면서 그녀의 모습이 그 자리에서 사라졌다.

"공자! 저 여자를 놓아주면……."

문득 한효월이 소리쳤다.

"그렇게 숨어 있지 말고 용기있게 나서는 게 어떤가?"

동시에 폭죽 같은 검광을 일으키면서 그의 손에서 검이 옆의 숲 속으로 날아들었다.

섬광일순(閃光一瞬)!

콰콰콰—

검이 날아들고 거대한 굉음이 일면서 숲의 아름드리 나무들이 이리 저리 무너졌다.

"어떤 놈이야?"

유성이 그쪽을 향해 신형을 날렸다.

"쫓아가지 마라, 그는 이미 갔다."

등 뒤에서 한효월의 음성이 들려왔다.

"공자!"

그 음성이 어딘지 이상함을 느낀 유성이 걸음을 멈추고 뒤를 돌아보다가 놀라 소리쳤다.

한효월은 그 자리에 무릎을 꿇고 있었다.

마치 무너지는 듯한 모습이었다.

그러고 보면 이상했다.

이기어검술은 기(氣)로써 검을 조종하여 수십 장 밖에 있는 사람의 목도 취할 수가 있다. 그러한 검도(劍道)는 최상승이라 검은 시전자의 손에서 떠날 수가 없다. 그런데 날아갔던 검은 돌아오지 않았다. 그것은 한효월이 검을 쳐내기는 했어도 검을 회수할 능력을 상실했다는 뜻.

어느새 쫓아간 건지 소백이 한효월의 앞에서 꼬리를 흔들고 있었다.

"공자, 이게 어떻게 된……!"

"그를 건드리지 말거라."

침중한 음성이 옆에서 들려왔다.

빛 바랜 황의를 입은 중년인이 어느새 나타난 건지 유성의 뒤에 우뚝 서 있었다. 각진 얼굴에 팔자수염이 위엄있어 보이는 사람이었다.

그가 나타나면서 거지 차림의 장한들이 사방에서 모습을 드러냈다.

"당신은?"

"나는 개방의 방주인 황엽이다."

유성이 경계하며 한효월의 앞을 막아서자 중년인이 입을 열었다.

"개, 개방의 방주?"

유성의 눈이 커졌다.

그는 강호에 나와 소식을 알아보는 역할을 했었다.

자연히 여기저기 귀동냥을 제법 했으니, 강호상에 모습을 드러내지 않은 채로 개방을 부흥시켰다는 그 신비로운 개방 방주에 대해서도 이미 들은 바가 있었던 것이다.

그런 그가 자신의 앞에 나타날 줄은 상상 밖.

그러니 놀랄 수밖에 없다.

"네 주인은 부상을 당한 상태에서 무리하게 진기를 사용하여 기력을 소진했다. 더구나 진원지기(眞元之氣)의 소모까지 무릅썼으니 무엇 때문에 이런 무모한 짓을 했는지 모르겠구나. 지금 그를 건드리면 자칫 주화입마에 빠질 우려가 있을 것이다."

개방의 방주 황엽은 한효월을 물끄러미 바라보다가 조용히 말했다.

"일룡(一龍)."

"예, 방주님!"

"그를 지켜라. 누구도 그를 다치지 못하게."

"존명!"

말과 함께 그를 따라왔던 9명의 거지 장한들은 사방으로 흩어졌다.

분명히 금방 달려가는 것을 봤는데도 금세 종적이 묘연하다. 절묘하게 몸을 숨기고 주위를 감시하기 시작한 것이 분명했다.

"나의 수신구룡(隨身九龍)이 지켜줄 것이니, 네 주인을 잘 지키도록 해라. 나는 처리할 일이 있어서 잠시 안쪽으로 가봐야겠다."

"감사합니다, 방주!"

유성이 머리가 땅에 닿을 듯이 허리를 굽혀 절을 했다.

정말 진심에서 우러나온 감사였다.

그 모습에 황엽은 미미하게 웃었다.

"감사는 무슨. 네 주인은 보호받아 마땅한 분이다."

말과 함께 그의 신형이 그 자리에서 사라졌다.

그가 사라짐과 동시에 인기척이 소리없이 빠져나가는 것을 유성은 느낄 수 있었다. 이제 보니 그는 수신구룡 외에도 다른 사람들을 거느리고 온 모양이었다.

"강호상에서 말하길 당금 개방의 방주가 신룡과 같은 사람이라고 하더니 정말 소문은 명불허전이로구나……."

그가 사라진 곳을 바라보면서 유성이 감탄을 흘려냈다.

저 멀리 하늘 저쪽으로 서서히 어둠이 물러가고 있음이 보인다.

악몽의 밤이 물러가고 있는 것이다.

봉황지령(鳳凰之令)

−연적이 만나다
지난날의 은구(恩仇)는 원한만이 가득하다

봉황지령(鳳凰之令)

긴 어둠이 지나고 저 멀리 동녘에서부터 어둠이 찢어지기 시작했다. 짙었던 어둠이 스러지면서 햇살이 거미줄처럼 어둠의 장막으로 스며들기 시작할 때, 한효월은 눈을 떴다.

"야! 깨어났다! 깨어났어!"

그가 눈을 뜨자 누군가가 손뼉을 치며 소리쳤다.

그의 앞에 활짝 웃는 얼굴이 하나 있었다.

거지이긴 한데, 눈이 아름답게 반짝인다.

까치집을 지은 머리카락이긴 하지만 이목구비가 아름다운 거지. 바로 교호 심소옥이었다.

"넌?"

의아한 표정이었던 한효월은 문득 머리를 끄덕였다.

"그렇군! 방주를 따라온 거냐?"

"당연하지. 그런데 또 뭘 하느라고 그렇게 다친 거지? 쯧쯔…… 만날 때마다 죽을상이네에?"

심소옥이 연신 혀를 차며 고개를 냉큼 들이밀었다. 검은 눈동자가 장난스레 반짝인다.

여전히 거침없는 입심에 한효월은 쓴웃음을 지었다.

말을 멈추고 주위를 둘러보자 옆에서 걱정스러운 표정으로 자신을 보고 있는 유성을 볼 수 있었다.

"괜찮으세요?"

유성이 물었다.

"물론이지. 너는?"

"저야 당연히……."

문득 한효월이 벌떡 일어섰다. 유성이 놀라 그를 바라보았다.

"어딜 가시려고?"

"상황이 어떻게 되었는지……."

"됐네요, 됐어요! 걱정하지 않아도 돼! 방주께서 상황을 정리 중이니 걱정 푹 붙들어매 두고 쉬면 돼요. 여기서 푹 쉬다가……."

심소옥이 참견했다.

종알거리던 심소옥은 심상치 않은 유성의 눈초리를 발견한다.

아니나 다를까.

"넌 도대체 말버릇이 그게 뭐냐?"

유성이 못마땅한 표정으로 그녀를 노려보는 것이 아닌가.

"말버릇이라니?"

"거지인 거까지 상관은 않겠다만, 감히 계집애 주제에 우리 공자께 말끝마다 반말이잖아? 밤톨만한 게 버르장머리없이……."

심소옥이 피식, 웃었다.

"이봐. 난 네 주인과 형제의 의(義)를 맺은 몸이야! 알고나 까불어. 종놈 주제에 어디서 감히 버르장머리없이……."

그리곤 눈을 아래위로 부라린다.

그 말에 유성의 얼굴이 묘하게 변했다.

정말 그렇다면 당시의 시대 상황으로 봐서 신분이 틀린 것이다.

그때 한효월이 입을 열었다.

"성아는 내 동생과 같다. 쓸데없는 소리는 그만 해라."

그 말에 유성은 냉소를 흘리며 심소옥을 쳐다보았다.

그러나 그 정도로 기가 죽을 심소옥일 리가 없다.

"쯧쯧…… 멍청하긴. 남녀는 유별한 거야. 왜인지 알아? 내가 네 주인에게 시집이라도 가게 되면 너 나중에 어떻게 할 거야?"

그 말에 유성은 어이가 없는 듯 입을 딱 벌렸다.

"네, 네가 우리 공자께 말이냐?"

얼마나 기가 막힌지 달변인 유성이 말을 더듬는다.

"왜? 안 될 거 같아?"

"당연히 안 되지! 우리 공자께는 이미 정혼자(定婚者)가 있어."

그 말에 그때까지 여유만만하던 심소옥의 안색이 돌변했다.

"저, 정혼자라니?"

"엉뚱한 생각일랑 꿈에라도 하지 마. 이 소저가 계시는 한, 너 따위는 어림도 없으니까. 백 마리가 있어도 어림도 없지."

"이 소저?"

심소옥의 눈빛이 묘하게 굳어졌다.

내가 찜한 물건을 감히 누가 먼저? 참지 못하고 다시 입을 열려는 순간이었다.

한 사람이 빠른 속도로 그들의 앞으로 들이닥쳤다.

"방주께서 한 공자를 청하십니다."

중년의 거지 한 사람이 한효월의 앞에서 포권하면서 말했다.

"방주께서는?"

"지금 경릉 앞에서 몇 가지 일을 처리하고 계십니다."

"좋소. 앞장서시오."

한효월이 고개를 끄덕였다.

*   *   *

걸개(乞丐).

거지라는 말이 문헌으로 처음 보이는 것은 후한서(後漢書) 독행전(獨行傳)이다.

거기에는 향허(向栩)라는 사람이 제멋대로 행동하기 좋아하여 사람들이 걸개라 불렀다 하는데, 좀 더 구체적인 형상은 후일 계신록(稽神錄)에서 독사를 잡아먹기를 즐기고 그 안주로 술을 마시며, 제노(齊魯)지방을 거쳐 예장(豫章)에 이르며 뱀을 부리니 걸개의 생활이 이와 같았다라고 하여 좀 더 구체화된다.

이러한 거지의 형상은 당대(唐代)의 원결(元結)이 지은 개론(丐論)으로 정리되어 오늘날 거지라고 일컫는 직업(?)은 육조(六朝)에서 제일 처음 보였다고 하였다.

그러한 거지들의 모임.

천하제일의 대방(大幇)이라 불리는 개방(丐幇)이 모습을 보인 것은 언제라고 한마디로 말하기 힘들다.

하지만 송원(宋元)대의 소설인 〈금옥노봉타박정랑(金玉奴棒打薄情郎)〉에서 항주(杭州) 걸개단의 두령인 금 노대(金老大)가 나오고 그가 성내의 거지들을 통솔하는 영수(領袖)를 상징하는 지팡이를 들고 있었음을 볼 때, 이미 송대에 개방의 기틀이 잡혀 있었음을 짐작할 수 있다.

그러한 개방이 천하를 통틀어 남칠성(南七省) 북육성(北六省)의 13개 성을 통괄하는 거대 조직으로 자리하게 되기까지는 적지 않은 내홍(內訌)과 세월이 걸렸음을 짐작하기 어려울 까닭이 없다.

개방이 천하제일의 대방으로 인정받는 것은 단순히 방도(幫徒)의 숫자가 누만(累萬)이라는 것 때문만은 아니다. 그들의 조직력과 정보력이 누구도 넘볼 수 없는 것이기 때문이다.

용사혼잡(龍蛇混雜)이라고 일컬어지는 그들의 구성이 힘을 발휘하게 된다면 크기만 천하제일이 아니라, 힘 또한 세상을 뒤엎을 수도 있을 터이다. 아직까지는 그런 일이 없었지만 그것은 뛰어난 영도자가 나타남으로써 언제라도 가능성이 있는 일이었다.

지난날 개방의 대란(大亂)은 바로 그러한 과정에서 일어났었고, 결과는 참담한 개방의 몰락이었었다.

하지만 한효월은 오늘 다시 개방을 천하에 우뚝 세울 인물을 보게 되었다.

황엽(黃葉).

빛 바랜 황의를 입은 그의 체구는 크지 않았다.

그러나 침착한 그의 모습에서는 거지라기보다는 일대 영웅의 기상이 역연하다.

아직 어둠이 채 물러가지 않은 일대.

햇불이 여기저기 밝혀진 가운데 황엽은 경릉이 바라보이는 곡구에서 한효월을 맞았다.

지글지글…….

그의 앞 햇불에는 토끼 몇 마리가 불 속에 누워 구워지고 있다.

"몸은 좀 어떠시오?"

"도와주셔서 우선 급한 불은 끈 듯합니다."

한효월이 그에게 머리를 숙여 보였다.

햇불 앞에 앉은 황엽은 잠시 한효월의 얼굴을 쳐다보는 듯하더니 미미하게 웃음지었다.

"한 공자는 이 시대를 책임져야 할 중심 인물 중 한 사람이오. 부디 자신의 몸을 너무 혹사하지 마시오."

"……."

한효월은 묵묵히 그를 본다.

"좀 드시겠소?"

황엽은 스스럼없이 토끼 다리 하나를 찢어 한효월에게 내밀었다.

"잘 먹겠습니다."

두 사람은 말없이 고기를 뜯었다. 사방에서 고기 냄새가 진동함을 보면 모두 밤새 지친 몸을 잠시 쉬고 있는 듯했다. 유성도 뒤쪽으로 앉아 배를 채우고 있었다.

"탁주(濁酒)이지만 술도 있소."

황엽이 술잔을 내밀었다.

한효월은 사양하지 않고 술잔을 받았다.

"이런 때가 아니라면 한 공자와 천하를 논하며 밤을 새고 싶은데, 오랜 시간을 보낼 수 없으니 그것이 안타깝소이다."

"삶이 다하지 않는다면 언제라도 기회야 있지 않겠습니까?"

한효월이 담담히 그 말을 받았다.

그 말에 황엽은 미소를 지었다.

"옳소. 오늘이 아니라도 기회야 있겠지. 다만, 내일은 이미 오늘이 아니라는 것이 다를 뿐……."

두 사람의 말은 간단하지만 실제로는 암중에 적지 않은 의미를 담고 있었다.

그는 시선을 들어 경릉을 보았다.

"제천교는 심혈을 기울여 군웅들을 저 릉 속으로 몰아넣었소. 그들을 구하고 싶지만…… 내부 구조를 알지 못하여 곤란하던 중, 장보도를 한 공자가 가지고 있었다는 이야기를 들었소. 혹시 내부 구조를 기억하실 수 있겠는지?"

"아마 가능할 겁니다."

황엽이 손짓하자 그의 수신호위 중 하나가 바람처럼 지필묵을 대령했다. 이미 준비를 하고 있었던 모양.

잠시 자신의 앞에 펼쳐져 있는 종이를 내려다보고 있던 한효월은 세필(細筆)을 들어 복잡한 도면을 그려냈다.

조금도 망설임없는 그의 행동을 보면서 황엽은 놀란 빛을 떠올렸다.

그가 그리는 도면은 문외한이 본다면 이해하기조차 어렵도록 복잡했다. 그런 도면을 조금도 망설임없이 그려낼 수 있다는 것은 실로 놀라운 기억력을 가지고 있지 않다면 불가능한 일인 까닭이다.

"이 도면은 완전하지 않습니다."

"이 정도로도 충분히 큰 도움이 될 것이오. 어차피 기억에 의지하여 그린 것이니……."

황엽의 말에 한효월은 머리를 저었다.

"제 기억에 의거하여 그린 것이긴 합니다만 원본과 다르진 않을 겁니다. 제가 완전치 않다고 한 것은 처음부터 그 도면에서 중심부의 기관은 삭제되어 있었기 때문입니다."

한효월의 말이 의미함을 알아들은 황엽이 경악한 표정이 되었다.

"한 공자의 기억력만으로도 강호를 놀라게 하고도 남음이 있겠소."

"과찬을. 전에 건축지학에 대해서 잠시 공부한 적이 있어서 남보다 조금 쉽게 기억할 수가 있었을 따름입니다. 그보다……."

한효월은 황엽을 바라보았다.

"무슨 할 말이 있으시오?"

"정말 저 릉 안으로 들어가실 생각이십니까?"

"가능하다면……."

"제 생각으로는 그만두시는 게 좋을 것 같습니다."

왜냐는 듯 황엽은 한효월을 쳐다보았다.

"저들은 오랫동안 이 일을 준비해 왔습니다. 그렇듯 공을 들인 것은 군웅들을 몰살시키기 위해서가 아닐 겁니다."

"그렇소. 그들은 군웅들을 휘하로 끌어들일 예정이었소. 만약 한 공자가 적시에 막지 않았다면 군웅들은 모두 능 안으로 들어가서 저들에게 제압당하고 말았을 것이오."

"그것을 알면서도 안으로 들어가시겠다는 겁니까?"

한효월의 물음에 황엽의 얼굴에 미미한 웃음이 떠올랐다.

"그럼 어떻게 하면 좋겠소?"

그 말의 의미는 묘했다.

"……."

두 사람의 눈빛이 마주쳤다.

잠시 그를 마주 보고 있던 한효월이 입을 열었다.

"군웅들을 구하기엔 이미 때가 늦은 듯합니다. 저들이 어떤 행동을 취할지 모르는 판에 여기 오래 머무는 것도 바람직하지 않은 것 같습니다."

"역시……."

황엽은 한효월의 말에 고개를 끄덕였다.

"한 공자가 그렇게 생각한다면 저들도 그렇게 생각하겠구료."

그 말에 한효월은 그를 쳐다보았다.

"설마…… 저들을 끌어들이고자 하십니까?"

"저들은 어둠 속에 숨어 있고, 우리는 늘 노출되어 있소. 매우 불공평한 싸움이지."

"……."

한효월은 물끄러미 그를 바라보았다.

사람은 외부의 평가만으로 평가하기 힘들다. 보는 척도가 다르기 때문이다. 그러나 한효월은 개방 방주인 황엽이 세상이 알고 있는 것보다 더 대단한 사람임을 알 수 있었다.

"무리하지 마십시오."

"물론이오."

황엽이 미소를 지어 보였다.

*   *   *

햇살이 망산을 뒤덮었다.

그처럼 험악했던 밤이 갔다.

사방의 절경이 아름답게, 정말 언제 그런 변고가 있었느냐는 듯이 그렇게 다시금 제 모습을 드러내고 사방에서는 쾌활한 새 울음소리가 들리기 시작한다.

한효월은 유성과 함께 망산을 벗어났다.

"그분, 괜찮을까요?"

"대책이 있겠지. 무모하게 저들과 충돌할 사람이 아니다. 지금 상황에서 그런 기인들이 계속 나타난다면 제천교도 곤란하게 되겠지."

먼저 그곳을 떠난 한효월은 맹주부로 돌아가고 있었다.

그때였다.

"한 공자!"

앞쪽에서 한 사람이 나타났다.

"관 가주……."

그를 본 한효월이 뜻밖이란 듯 중얼거렸다.

나타난 사람은 정말 뜻밖에도 탁탑천왕 관웅이었다. 그의 곁에는 소패왕 관패도 서 있었다.

"여긴 어쩐 일로? 관 형제는 괜찮습니까?"

"거두어주십시오. 장부는 빚을 지고 살지 않는 법! 이미 두 번이나 목숨의 빚을 졌으니 어찌 그냥 지나갈 수 있으리까? 거두어주신다면 끓는 물, 타는 불 속이라도 사양치 않겠습니다!"

관패.

소패왕 관패가 갑자기 그의 아버지 앞으로 나서면서 소리쳤다.

타고난 체력이었다. 그처럼 심했던 상처였는데 이미 생기가 돌아와 있었다.

얼떨떨한 한효월은 억지로 미소를 떠올렸다.

"관 형. 괘념하실 필요는 없습니다. 나는 대가를 바라고 그 일을 한 것이 아니……."

"받아주시지 않는다면 이 자리에 무릎을 꿇으리까?"

관패가 고리눈을 부릅뜨고서 한효월을 쏘아보았다. 그리곤.

"좋소이다! 까짓거 꿇으면 되지 않겠소!"

관패는 털썩, 무릎을 꿇었다.

"관 형제!"

한효월이 당황하여 그를 부축했다.

"받아주시오. 이놈은 황소고집이라서 일단 제가 하겠다고 마음먹는 다면 누구도 말릴 수가 없소. 못난 놈이긴 해도 잘 가르치면 짐이 되지 는 않을 게요. 놈이 한 공자를 따라 견문을 넓힐 수 있다면 그도 좋은 일일 듯하오."

탁탑천왕 관패가 옆에서 거들었다.

"관 대협. 소생은 어디 한군데 정착한 사람이 아닙니다. 맹주부조차 화산으로 자리를 옮겨 거처할 곳조차 없이 떠돌아다녀야 합니다. 더구 나 소생은 이미 제천교의 주목을 받아 일신의 안녕을 점칠 수 없 는……."

"음, 내 아들놈이 그처럼 모자란단 말이오?"

관패가 인상을 찡그렸다.

분위기가 묘해지자 한효월은 난감한 빛이 되었다.

"그런 게 아니라……."

그때.

'승낙해요! 산서관가의 힘은 간단치 않으니 해될 일은 없을 테니까. 더구나 탁탑천왕의 성격은 폭급하여 자칫 등을 돌린다면 머리 아픈 일이 생길런지도 몰라요.'

묘한 전음이 들려왔다.

그것이 누구의 것인지 아는 한효월은 잠시 생각하다가 어쩔 수 없이 고개를 끄덕였다.

"그렇게 하겠습니다. 하지만 한 가지 조건이 있습니다."

"조건이라니?"

"관 형제의 몸은 지금 정상이 아닙니다. 그러니 관 가주께서 관 형제를 잠시 돌보시면 소생이 따로 기별을 보내도록 하겠습니다."

관패가 믿지 못하겠다는 듯 물었다.

"정말입니까?"

"쯧쯧…… 믿지도 못할 사람에게 무슨 의탁이고 나발이람?"

누군가가 혀를 차는 소리가 들려왔다.

관도 옆 숲, 한 사람이 팔짱을 낀 채로 나무에 등을 기댄 채 이쪽을 보고 있었다. 심소옥이었다.

"넌……."

그녀를 발견한 관패가 인상을 일그러뜨렸다. 감히 어떤 놈이…… 라고 하여 단숨에 박살을 낼 생각이었지만 얼마 전에 자신을 도와준 그녀임을 알아보자 그냥 사납게 노려볼 뿐이었다.

"안 그래? 믿지도 못……!"

심소옥이 뒷말을 흐렸다.

탁탑천왕 관웅, 그가 그녀를 향해 눈을 부라리고 있었던 것이다.

"본왕은 계집이 가타부타하는 걸 두고 보질 못하는 성미다. 한 번만 더 입을 놀리면 그냥 두지 않겠다."

피식, 심소옥이 웃음을 흘렸다.

"내가 그런다고 겁……!"

그녀는 채 말도 끝내지 못하고 혼비백산 옆으로 몸을 날렸다.

쾅!

그녀가 있던 자리가 찰나간에 아수라장이 되었다.

탁탑천왕 관패가 사정없이 일권을 질러내어 그 일권은 그녀가 있던 곳 주위 1장여를 한순간에 폐허로 만들어 버렸던 것이다.

"그럼, 그렇게 알고 본가로 돌아가 기다리도록 하겠소."

관패는 그녀의 생사에는 신경도 쓰지 않고 한효월에게 포권을 해 보였다.

"예."

한효월도 그에게 포권을 했다.

"아버님! 전 이대로…… 으윽!"

뭔가 항변하려던 관패는 탁탑천왕 관웅에게 덜미를 끌려 그 자리를 떠나야 했다. 그 모습은 난감하기는 하지만 상당히 익숙해 보여 한두 번 해본 것이 아닌 것처럼 보이기도 했다.

"뭐 저따위가 다 있어!"

심소옥이 이를 갈면서 숲 속에서 튀어나왔다.

"어디서나 입을 함부로 놀리면 혼이 나는 법이지."

"뭐라고?"

유성의 말에 심소옥이 눈을 부릅떴다.

"낄 데 안 낄 데 함부로 좀 나서지 마. 계집애가 그러다 제명에 못 죽는 수가 있지……."

"뭐가 어째?"

심소옥이 눈에 쌍심지를 켜자 한효월이 만류한다.

"그만 해둬라. 넌 어떻게 온 거지?"

"어떻게 온 거라니? 오라버니 따라가려고 왔지. 보고도 몰라?"

"뭐라고?"

한효월은 어이가 없어졌다.

"그럼 어떡해? 싸가지없는 꼬마랑 철없는 오빠를 이 험악한 강호에 내놓고 내가 맘을 놓을 수가 있겠어?"

"이 계집애가 정말……."

유성이 눈을 부릅떴다.

그때였다. 침중한 음성이 들려온 것은.

"사매, 무례하게 굴지 마라."

"사형……?"

나타난 사람을 본 심소옥이 떨떠름한 표정이 되었다.

"당장 돌아오라는 방주님의 명이시다. 어서 가서 대죄하지 못하겠느냐?"

나타난 옥면무영 호일랑이 호통을 쳤다.

"사숙께서 널 잡으러 오실 게다. 이번에 잡히면 그냥 두지 않고 타구동(打狗洞)에다 가둬 버린다고 화가 이만저만이 아니야. 이번에 갇히면 최소 10년은 거기 있어야 할 거다."

"마, 말도 안 돼……. 그럼 시집도 못 갈 거야!"

심소옥의 얼굴이 창백해졌다.

"죄송합니다. 사매가 아직 어려 철이 없습니다. 너무 나무라지 마십시오."

옥면무영 호일랑이 한효월을 향해 포권했다.

'망할…… 사형의 경공이 나보다 월등하니 도망갈 수도 없고…….'

심소옥은 열심히 눈을 굴렸지만 뾰족한 수가 있을 리 없다.

어쩔 수 없이 한효월을 향해 눈짓을 했지만 한효월이 미소만 지은 채 못 본 척, 그들을 향해 포권해 보이고 훌훌 떠나 버리자 심소옥은 노해 귀가 새빨개졌다.

그러나 감히 방주의 명을 거역할 담량은 없는지라 앙앙불락 속만 끓일 따름이다.

                    *   *   *

한효월과 유성이 맹주부에 도착해 보니, 그곳은 이미 비어 있었다.

감천형 등이 모두 화산으로 출발한 것이다.

그들이 맹주부에 도달하여 주위를 살펴보고 있을 때, 그들의 앞에는 한 사람이 나타났다. 맹주부에서 남겨두고 간 위사였다. 그는 밤새 한효월이 나타나기를 기다렸던지 이슬을 맞은 모습.

그가 건네준 서신을 받아본 한효월은 유성과 함께 성내에 있는 객잔으로 자리를 옮겼다.

"이제부터 어떻게 하죠?"

객잔에 여장을 푼 유성이 한효월에게 물었다.

"우선 너와 내가 정상을 회복하는 것이 필요하겠지?"

유성이 눈알을 굴렸다.

"정상이라뇨? 아직도 안 좋으신가요?"

"나도 그렇지만 너도 정상을 회복하려면 조금 더 조섭이 필요할 거다. 한 번 더 그런 일을 당해도 견디려면 미리……."

"무, 무슨 소릴 하는 겁니까?"

유성은 당황해서 고개를 절레절레 흔들며 문밖으로 나가 버렸다.

그 모습에 한효월은 미소를 지었다.

'젠장……!'

문을 닫고 등을 문에다 기댄 유성이 입맛을 다셨다.

왜 이렇게 가슴이 뛰는지 모르겠다.

말만 들어도 공연히 가슴이 뛰고 얼굴이 붉어진다.

눈앞에 어른거리는 그 풍만한 나신.

출렁이는 유방에 백옥 같던 그 몸매, 더구나 교합에 이르러 전신을 꿰뚫던 그 상상조차 못했던 여체의 가공할 마력이 찰나간에 눈앞에서 명멸하는 것이다.

"망할! 내가 겨우 이런 정도라니……."

머리가 떨어져 나가라 흔들어대던 유성은 침상으로 뛰어가 앉아 심법(心法)을 운행했다. 마음이 격해지고 심장이 벌렁거린다. 눈을 감았으되, 생생하게 떠오르는 여인의 나신으로 인해 진정이 쉽게 되지 않았다.

그렇게 한참을 지나서야 비로소 유성은 마음을 다잡고 운기조식을 할 수 있게 되었다.

한효월과 유성은 그렇게 객방에 틀어박혀서 꼼짝도 하지 않고 진기를 다스렸다.

식사도 바깥으로 나가지 않고 모두 안에서 해결했다.

하긴 그래 봐야 한나절에 불과한 날들이지만.

간단한 요기를 하고 나니 이미 바깥이 어두워지고 있었다.

창밖으로 노을이 깜박 스러지고 있음을 보자 한효월은 문득 묘한 느낌이 들었다. 이렇듯 쉬어본 것이 언제인지, 까마득한 느낌이 들었던 것이다.

생각해 보니 하산한 이래, 한순간도 마음 놓고 쉬어본 적이 없었다.

산을 내려올 때는 내심 호기만장(豪氣萬丈)하여 사형과 사부가 하지 못한 일을 이루고 조용히 물러나리라는 생각을 하고 있었지만, 이젠 그 일이 결코 쉬운 것이 아님을 절감한다.

산을 떠나온 뒤, 그의 생각대로 이루어진 일은 거의 없다.

계속해서 저들과 부딪치기는 했지만, 실제로 저들에 대해서 알아낸 것도 별로 없는 판이니 무리도 아니었다.

하지만 이젠 달라져야 할 때였다.

한효월은 조용히 주먹을 움켜쥐어 보았다.

힘이 실린 주먹이다.

운기(運氣)가 깃들자 은은한 기류의 소용돌이가 그 주먹의 주위에서 일어난다. 그가 수련한 내공은 선도지류(仙道之流)다. 이름하여 주천무애신공(週天無涯神功). 그 무공은 그의 성품과 잘 맞아 그의 나이로써는 이미 오르기 힘든 최상승의 경지에 올라 있는 상태였다. 그의 담백한 성품 또한 그 신공의 영향이 클 터이다.

건곤무적 독고해는 이 주천무애신공에서 따로 건곤신공(乾坤神功)을 창조하여 천하제일이라는 고수의 반열에 올랐었다.

이 주천무애신공이 강한 위력보다는 사람의 성품을 도야(陶冶)하고 심신을 안정시키며 기혈을 안돈하는 데 주력하는 까닭이다. 실전에서는 아무래도 강력한 힘을 기반으로 하는 무공에 손색이 있었기에 건곤무적 독고해는 새로운 무공을 창조해 냈던 것이다.

그러므로 그의 무공은 모두 패도적이고 일거수일투족에서 모두 경천동지의 가공할 힘을 몰아내는 위력을 가졌다.

그러나 한효월은 굳이 그러한 무공이 필요하지 않았었다.

그런데 이젠 달랐다.

적은 점점 더 강해지고 있었다.

아니, 아직까지 적의 수뇌는 만나지도 못했었다.

그럼에도 적을 힘으로 누를 수 있다는 확신은 절대로 할 수가 없다.

사형과 같은 길을 가야 하는지 고민스럽다.

"무공이 예상보다 더 빨리 진전된다. 산을 떠나올 때 나의 신공화후는 8, 9성. 하지만 이제는 십성을 바라본다……."

응당 기뻐할 일이건만 자신의 손에서 일어나는 기파(氣波)를 보면서 중얼거리는 한효월의 얼굴은 전혀 그렇지 않다.

그때다.

탁!

뭔가가 창문에 부딪히는 소리가 들린다.

놀란 한효월이 바람처럼 창밖으로 솟아 나갔다.

그가 지붕 위로 올라가 주위를 돌아보고 있을 때, 유성도 날아 나왔다.

"무슨 일이지요?"

"아무것도 아니다."

한효월은 주변을 돌아보았지만 아무것도 발견할 수가 없었다.

그는 자신의 손에 들린 것을 내려다보았다.

손수건.

그것도 비단으로 된 것이다.

향기가 배어 있음을 감안한다면, 그 화사한 빛깔에 수놓인 난초를 본다면 이 손수건이 남자의 것일 리가 없다.

거기에 글이 남아 있었다.

(제천교는 이미 당신에게 추살령(追殺令)을 발동했어요.

누구를 막론하고 당신을 발견하면 최우선으로 당신을 죽이라는 명령이 본 교에서 내려와 당신을 찾기 위해서 사방에 고수들이 깔렸는데도 감히 객잔에서 한가하게 노닥거린다는 건가요?)

서명도 없다.

그러나 그 손수건에 쓰인 글은 간단한 것은 아니다.

"누가 이런 글을?"

한효월이 나직이 중얼거렸다.

그런 그의 모습을 객잔의 어둠 속에서 바라보고 있는 눈길이 있었다.

그 눈길의 주인은 맑고 영롱한 눈빛으로 한효월의 모습을 바라보다가 문득 나직이 한숨 쉬었다.

하지만 다음 순간에 그는 깜짝 놀랐다.

손수건을 내려다보고 있던 한효월이 시선을 들어 자신이 있는 쪽을 바라보고 있었던 것이다.

"거기 누구요?"

한효월의 물음이 뒤를 이었다.

어둠 속에서 기척이 바람처럼 일었다.

거기 숨어 있던 누군가가 그 자리를 떠나는 것이다.

"어딜 가는 거냐?"

유성이 그것을 알아채고 냉소를 터뜨리면서 신형을 날렸다.

그러나.

"돌아오너라."

그는 한효월의 음성에 몸을 틀어 되돌아와야 했다.

"왜 부르신 겁니까? 적일지도 모르는데……."

"적이 아니다. 적이라면 이런 식으로 소식을 전하지 않지."

한효월은 조용히 답했다.

그는 그사이에 다시 한 번 손수건의 글을 일별했고, 그 글이 여자들이 쓰는 눈썹 그리는 먹으로 쓰여진 것을 알아낼 수 있었다.

'여자라는 건가?'

그에게 이런 소식을 전할 여자라니?

"주위가 좀 더 어두워지면 바로 떠난다. 준비를 해두도록 해라."

한효월은 묘한 표정으로 주위를 돌아보면서 나직이 말했다.

"그러죠 뭐. 준비할 거나 있나요? 숙박비나 치러주면 끝이지."

영문을 모르는 유성은 투덜거리면서도 먼저 안으로 들어갔다.

*   *   *

한효월이 그 객잔을 떠난 것은 그날 밤 이경이 끝나갈 무렵이다.

유성과 함께 아무도 모르게 그 객잔을 빠져나온 한효월은 성문을 넘어 교외로 치달렸다.

그는 이미 목적한 바가 있는 듯 조금도 망설이지 않았고 반 시진가량을 질주하자 그들의 앞에는 일단의 마을이 나타났다. 황하변에서 그리 멀지 않은 곳에 위치한 제법 큰 마을이었다.

한효월이 목적한 곳은 그 마을의 끝 부분에 자리한 한 채의 장원. 그리 크지 않지만 토호(土豪)의 집인 듯 그 마을에서는 제일 큰 곳이었다.

"여긴 어딥니까?"

유성이 의아한 듯 물었다.

"잠시 다녀올 테니 너는 혹시 누가 우리 뒤를 따르지 않는지 살펴보도록 해라."

한효월은 대답을 미루고 그 장원 안으로 들어갔다.

원래는 정식으로 절차를 갖춰서 안으로 들어가려는 듯 보였지만 굳게 닫힌 대문을 바라보던 그는 신형을 날려 장원의 후원 쪽으로 스며들었다.

밤이 늦어서인지 장원은 쥐 죽은 듯 고요했다.

'별일없이 계시다면 굳이 경동시킬 필요는 없다.'

내심 중얼거리던 한효월의 눈빛이 돌연 굳어졌다.

검은 그림자 하나가 은밀하게 후원의 어둠을 가로지르고 있음을 발견했던 까닭이다.

짙은 어둠.

그 속에서 인영은 은밀하고도 빠르게 움직여 후원 담을 넘었다.

그리고 주위를 살핀 인영은 빠른 신법을 전개하여 사라졌다.

'누구지?'

인영을 발견한 한효월은 후원 누각의 불이 꺼져 있음을 보고 잠시 망설이다가 결심을 하고는 그 인영의 뒤를 따르기 시작했다.

인영은 담을 넘자 어둠 속에서 거침없이 달리고 있었다.

그리 크지 않은 채구의 인영의 신법은 이미 상승의 경지에 있어서 반 각가량을 달리게 되자 물소리가 들리는 황하변에 이르렀다.

쏴쏴아……

하늘에는 달이 휘영청하고 사람의 키를 넘는 무성한 갈대들은 강물의 철석임에 몸을 맡긴 채로 건들거리고 있다.

한 수 시정(詩情)이 솟아남직한 풍경.

그 갈대밭 근처에 퇴락한 용왕묘(龍王廟)가 하나 있는데, 인영은 바로 거기에 도달하자 걸음을 멈추었다.

걸음을 멈춘 인영은 얼굴에 검은 두건을 둘러 본색을 가린 상태였다.

흑영이 주위를 둘러보고 있을 때, 어디선가 은은히 처량한 피리 소리가 들려왔다.

그는 차갑게 빛나는 눈길로 주위를 쓸어보다가 입을 열었다.

"사람을 불러놓고 나타나지 않는 건 무슨 짓이지?"

음성마저 날카롭고도 싸늘했다.

그 말이 채 끝나기도 전에 피리 소리가 그치더니 한소리 나직한 웃음소리가 들려왔다.

"소매(小妹)는 이미 와서 기다린 지 오래되었어요."

말과 함께 용왕묘 안에서 한 사람이 천천히 걸어나왔다.

버들가지가 휘청거리는 듯한 걸음.

미태를 자랑하는 그 모습을 본 한효월은 암중에 신음해야 했다.

'홍 낭랑?!'

그러했다.

인영의 뒤를 따른 한효월의 눈에 든 그 사람은 바로 홍 낭랑이었다.

천기선생의 사후, 찾으려 해도 찾을 수 없었던 그 홍 낭랑이 여기에 나타난 것이다.

"흥! 그 천박한 태도는 여전하군."

복면의 인영이 그녀의 모습에 냉소를 흘렸다.

그러자 홍 낭랑은 깔깔 웃었다.

"그런가요? 언니의 모습도 지난날에 비해 전혀 달라진 것 같지 않군요. 호호…… 지금의 그 모습을 본다면 누가 당신을 자면성모라고 믿을 수 있겠어요?"

'설마…….'

그들의 말을 듣고 있던 한효월은 홍 낭랑의 말에 놀라 흑영을 다시 한 번 살펴보았다.

흑영이 차게 말끝을 잘랐다.

"기껏 그 말을 하려고 나를 불러냈단 말이냐?"

"아니죠. 아니죠……. 그럴 리가. 너무 오랜만에 언니를 만나게 되니…… 기뻐서 회포나 풀고 옛일이나 회상해 볼까 하고……."

"너와 나 사이에 회상할 옛일이 어디 있을까? 쓸데없는 소리는 그만두고 나를 불러낸 용건이나 말해 봐라. 다른 할 말이 없다면 나는 그만돌아가 보겠다."

"성격이 많이 급해졌군요? 전에는 그렇지 않았던 것 같은데……. 확실히 세월이 많이 흐르긴 한 모양이네요. 천하무림맹주의 부인으로 지낸 지난 세월이 당신을 그렇게 변하게 만들었나요?"

홍 낭랑이 피리를 만지작거리면서 의미심장하게 말했다.

"흥! 정말 세월이 흐르긴 한 모양이구나. 네가 내 앞에서 감히 이렇듯 큰소리를 치다니……."

흑영이 코웃음을 쳤다.

"그때와 지금은 당연히 사정이 틀리죠."

홍 낭랑은 정색을 하더니 흑영을 똑바로 쳐다보았다.

"오늘 소매(小妹)가 언니를 보자고 한 것은 봉황령(鳳凰令)을 빌리기 위해서예요."

그녀의 말에 흑영의 가슴에 가벼운 기복이 일었다.

"봉황령이라고?"

"그래요. 난 지금 그게 필요해요."

"말도 안 돼……. 그걸 왜 나에게 와서 찾는 거지?"

흑영이 어이없다는 듯이 되물었다.

"흥! 그걸 몰라서 묻는단 말인가요?"

홍 낭랑이 냉소를 터뜨렸다.

"그걸 내가 왜 알아야 하지?"

"그는 평생을 두고 당신을 그리워했어요. 만약 그날 밤의 일로 당신이 독고해에게 가지 않았다면 그는 절대로 당신을 놓치지 않았겠죠."

"닥쳐! 지금에 와서 그게 무슨 의미가 있다는 거냐?"

차갑게 말을 자른 흑영은 싸늘하게 내쏘았다.

"그것이 필요하면 그에게 가서 달라고 하지 왜 나에게 와서……."

"흥! 그는 이미 죽었어요. 설마 그걸 모르고 있다고 할 참인가요?"

"주, 죽다니?"

흑영의 복면 속 눈빛이 크게 흔들렸다.

"그럼…… 그가 죽었단 것이 정말이란 건가……?"

"호호…… 믿기지 않는군요. 당신이 그걸 모르고 있다니? 하긴 뭐라고 해도 좋아요. 알았든 몰랐든 그건 중요한 게 아니니……. 더 이상

긴 이야기는 그만두고, 답변만 해줘요. 봉황령은 지금 어디 있어요?"

"어이가 없군. 그걸 내가 어떻게 알아?"

홍 낭랑의 얼굴이 싸늘히 굳어졌다.

"당신이 모른다면 누가 알죠? 그는 죽기 전에 분명히 내게 말했었어요. 봉황령을 누군가에게 맡겼다고, 그것도 은거 전에."

그녀는 냉소를 흘리며 계속해 따지듯이 말했다.

"그는 성정이 냉오(冷傲)하여 평생 어느 누구와도 잘 사귀지 않았죠. 친인(親人)이라고는 찾을 수 없었고 당신이 그를 떠난 후에는 더 더욱 그랬어요. 그가 봉황령을 맡길 만한 사람이 누구죠? 당신 외에는 누구도 그럴 만한 사람이 없어요. 더구나 그가 봉황문을 누구 때문에 만들었는데, 그가 봉황문을 만든 것은 봉황우비(鳳凰于飛:봉황우비란 시경(詩經)에서 나온 것으로 남녀가 화락함을 이른다)의 고사(故事)를 따서 새봉황(賽鳳凰), 바로 당신을 위해 만든 것임을 내가 꼭 말해야겠어요?"

"지난 일이야."

"내겐 지난 일이 아니에요!"

갑자기 홍 낭랑이 사납게 소리쳤다.

"당신이 있었으므로 나는 아무것도 아니었어요! 독고해도 나를 쳐다보지 않았고, 그도 그랬어요. 당신은 마음 놓고 그와 독고해를 농락했죠! 바보 같은 독고해는 당신의 정체는 알지도 못하고……."

"닥치지 못할까!"

돌연 흑영이 날카롭게 외쳤다.

어둠 속에서도 그녀의 눈에서 차디찬 살기가 번뜩임을 알아볼 수 있었다.

"한마디만 더 지껄인다면 널 그냥 두지 않겠다!"

홍 낭랑은 움찔했지만 이내 냉소를 떠올렸다. 그녀는 비웃듯 흑영을 노려보면서 말했다.

"그냥 두지 않으면 어쩔 거죠? 당신은 내가 아직도 지난날의 그 홍 소군인 것으로 착각하고 있는 모양이로군요?"

"……."

흑영은 싸늘히 홍 낭랑을 노려보고 있다가 싸늘히 중얼거렸다.

"그렇군. 네가 내 앞에서 그렇게 말할 수 있는 걸 보니 세월이 흐르긴 흐른 모양이구나."

말과 함께 흑영은 신형을 돌렸다.

흑영이 그 말을 끝으로 그곳을 떠날 듯하자 홍 낭랑은 어리둥절했다가 이내 노하여 소리쳤다.

"멈춰요!"

흑영은 걸음을 멈췄다.

그러나 그녀는 신형을 돌리지는 않고 그대로 선 채로 말했다.

"더 할 말이 남았느냐?"

"난 대답을 듣지 못했어요."

"몇 번을 말해야겠니? 내겐 봉황령이 없다."

"난 믿을 수 없어요!"

"네게 믿으라고 애원할 이유가 내겐 없다."

말과 함께 흑영은 걸음을 옮겨놓기 시작했다.

하지만 그녀의 걸음은 앞으로 채 서너 걸음을 떼어놓기 전에 멎었다.

그 앞에 담장처럼 버티고 선 검은 인영들을 발견한 까닭이다. 하나, 둘…… 모두 12명이나 되는 인원이다.

"이게 무슨 뜻이지?"

흑영이 홍 낭랑을 돌아보면서 싸늘히 물었다.

"아무런 뜻도 없어요. 봉황령을 빌려주기만 한다면, 우리 관계는 지난날과 조금도 다름이 없을 거예요."

흑영의 물음에 홍 낭랑은 태연히 웃었다.

일순, 싸늘한 살기가 두 여인의 가운데를 황하의 물이 둑을 범람하듯 용솟음치는 것 같았다.

"흥, 우리의 관계? 우리의 관계가 어땠길래? 네가 감히 이제 와서 나를 위협하겠다는 거냐?"

이윽고 흑영이 코웃음 쳤다.

홍 낭랑은 그녀의 힐책(詰責)에도 태연했다.

"그들을 얕보지 않는 게 좋을 거예요. 그들은 내가 지난 세월, 친히 훈련시킨 고수들이니까……."

"그런가? 네가 훈련시킨 고수들과 내가 훈련시킨 고수들이 어떻게 다른지 알아보는 것도 재미있는 일이겠구나."

흑영이 냉랭히 코웃음 치자 홍 낭랑의 안색이 돌변했다.

"그럼……."

"넌 아직 멀었다. 네가 나를 부르는데 그럼 설마 내가 혼자 이곳에 왔을 것으로 생각한단 말이냐?"

문득 홍 낭랑이 깔깔 웃었다.

"좋아, 좋아! 결국 당신도 나를 믿지 않았으니, 우린 영원히 서로를 믿지 못하는 사이로군……. 쳐라!"

돌연 홍 낭랑이 소리쳤다.

그녀의 말과 함께 열두 명의 흑의인들이 신형을 날려 흑영에게로 덮쳐 갔다. 그 움직임은 바람과 같았다. 게다가 그들과 흑영과의 거리는 1장여에 불과하니 한 번의 도약으로 그들은 흑영을 덮칠 수 있었다.

하지만 흑영은 그들을 맞아 싸우지 않았다.

채 무릎을 구부리지도 않은 상태에서 그녀가 슬쩍 뒤로 물러남과 동시에 그녀의 좌우에서 검은 그림자 둘이 날아들었다. 붕새와 같이 허공을 가로지르며 날아든 그 인영들은 일제히 양손을 휘저었고, 그 손짓에 따라 이내 처절한 비명이 일었다.

"저럴 수가!"

그 광경에 홍 낭랑의 안색이 돌변했다.

나타난 두 명의 복면인.

그들의 무공이 상상을 초월하도록 고강했던 것이다.

그것을 증명하듯 복면인들은 다시 손을 쓰면서 그녀가 데려온 고수들의 목숨을 앗아갔다.

"으악!"

뒤를 잇는 비명…….

오히려 기습을 당한 꼴이 된 흑의인들은 단숨에 4명의 동료를 잃어 버렸지만 당황하지 않고 수중의 장도(長刀)를 휘둘러 일제히 그 두 복면인들을 공격해 갔다.

그들의 반격에 복면인들은 일순 주춤하는 듯했지만 이내 그들 흑의인들의 도진(刀陣) 속으로 뛰쳐들어 손을 썼다. 괴이한 손 그림자가 귀신의 호곡성과 같이 일면서 도광을 튕겨냈다.

"으아악……."

그리고 뒤를 잇는 비명!

열두 명의 흑의인들이 모두 쓰러지는 데는 정말 채 일각이 걸리지 않았다.

상대가 겨우 두 명임에도 그들 열두 명은 그들을 당하기는커녕, 맹수 앞에 선 양 떼처럼 그렇게 안간힘을 다했지만 모두 피를 뿌리고 쓰러졌을 뿐이다. 실력 차이가 현격했다.

뚝!

마지막 흑의인의 목뼈가 복면인의 손아귀에서 부러지는 소리가 나면서 장내의 비명도 멎었다.

"또 뭐가 남았지?"

흑영이 신형을 틀어 홍 낭랑을 보면서 물었다.

"이, 이건……."

홍 낭랑이 믿을 수 없는 듯 주춤거렸다.

믿을 수 없음이 당연했다.

그녀와 같이 온 12명의 무공은 모두 강호의 일류. 그런데 그런 그들이 저렇듯 허무하게 쓰러질 수가…….

흑영은 차게 웃었다.

"다시 한 번 말해 보지? 뭐가 필요하다고?"

"봉황령!"

홍 낭랑이 지지 않고 소리쳤다.

흑영의 눈빛이 음산히 가라앉았다.

"네가 언제까지 그렇게 큰소리를 칠 수 있는지 두고 보자……."

그녀의 음성이 여운을 두고 깔렸다.

쏴, 쏴아아…….

삼엄하고도 스산한 강바람이 일대를 휘몬다.

갈대밭의 갈대들이 서로 부딪쳐 스산한 분위기가 사방으로 흩어졌다.

한효월은 그 갈대밭에 몸을 숨긴 채로 상황을 보고 있었다.

보고 듣느니 놀라운 사실들.

지금까지 들은 대로라면 저 흑영은 다른 사람이 아닌 맹주 부인, 세상에 무공이라는 전혀 알지 못한다고 알려진 자면성모 봉설란이다. 그런데 그녀의 모습 어디에 지금까지 알고 있던 그녀의 그 현숙하고도 자애(慈愛)한 기품이 있단 말인가.

신비롭고도 차가운 분위기.

마치 전혀 다른 사람을 보는 것만 같았다.

세찬 바람에 옷자락이 찢어질 듯 펄럭인다.

홍 낭랑은 굳은 얼굴로 자신의 좌우에서 다가서고 있는 두 명의 복면인들에게서 시선을 돌려 흑영을 쳐다보았다. 그리고 그녀의 입에서 흘러나오는 짓눌린 음성.

"혹시나 했더니…… 역시 봉황령은 당신에게 있었군요?"

"네 마음대로 생각하렴, 어차피 내 말은 믿지 않을 테니……."

전신에 흑의를 두르고 복면을 한 두 명의 복면인, 그들의 덩치는 매우 컸다. 그리고 복면 속에서 쏟아져 나오는 한광(寒光)은 차다 못해서 푸르러 보였다. 무엇인가 특별한 공력을 연수(練修)한 것이 분명했다.

그들이 자신에게 점점 다가옴을 보자 홍 낭랑은 천천히 뒤로 물러나면서 물었다.

"나를 어쩔 생각이죠? 여기서 죽일 작정인가요?"

"글쎄? 네 생각에는 어쩌면 좋을 것 같으냐?"

흑영은 싸늘히 웃으며 되물었다.

"내가 아는 당신이라면 얼마든지…… 자신이 하고 싶은 일이라면 무엇이라도 하는 탐욕(貪慾)한 성품을 가진 것이 당신이니 하고 싶은 대로 하겠죠? 독고해도 없고, 그도 없는 마당이니 당신이 무엇을 꺼리겠어요?"

홍 낭랑은 지지 않고 냉소를 흘렸다.

흑영은 암암리에 미간을 찡그렸다.

'저 여우가 무엇을 믿고 저렇게 뻣뻣한 것일까?'

그녀는 암중에 주위를 살폈지만 다른 특별한 무엇을 발견하기 어려웠다.

"잡아."

흑영이 소리쳤다.

말과 함께 기다렸다는 듯이 복면인들이 질풍과 같이 홍 낭랑에게로 덮쳐 갔다. 그들의 움직임은 숙련되어 한 사람은 앞에서 달려들고 다른 한 사람은 그녀의 뒷면으로 날아들었다. 퇴로를 차단하려는 것이다.

하지만 누구도 상상하지 못한 것은 흑영의 외침과 더불어 홍 낭랑이 소매를 휘두른 것이고, 그로 인한 결과였다.

펑!

일진 폭음과 함께 그녀의 주위가 찰나간에 먹장구름과 같은 연기로 뒤덮이고 말았던 것이다.

가뜩이나 어두운 밤에 그런 연기가 피어 오르자 일대는 순식간에 자신의 손가락도 알아보기 힘든 상황이 되고 말았다.

그 순간에 흑영은 소리도 없이 싸늘한 기척이 자신에게로 날아듦을 경각하고 슬쩍 신형을 옆으로 물렸다. 신형을 물림과 동시에 그녀의 귓전을 스치며 은광(銀光)이 지나갔다.

검은 연막 속에서 노한 고함과 더불어 연달아 펑펑! 격돌하는 소리가 들리더니 두 복면인이 뛰쳐나왔다.

"놓쳤나?"

대답 대신 두 복면인은 일제히 고함을 지르며 양 소매를 휘둘렀다.

그러자 일진 광풍이 일며 그 일대를 휘감고 있던 연막을 삽시간에 흩어버렸다. 그들의 일신 내공은 정말 보기 드물게 놀라운 것이다.

그러나 거기에 홍 낭랑의 모습은 없었다.

거기 남아 있을 리가 없었다.

"오늘은 내가 졌다고 해두지……."

어디선가 홍 낭랑의 음성이 은은히 들려왔다.

그 말을 들은 흑영의 안색이 싸늘히 굳어졌다.

"그렇게 쉽게 네 마음대로 갈 수 있을 것 같으냐?"

그녀가 코웃음을 치는 순간, 용왕묘의 뒤쪽 갈대밭에서 놀란 외침과 비명이 연달아 꼬리를 물고 터져 나왔다.

흑영은 바람과 같이 신형을 날려 용왕묘의 뒤쪽으로 날아들었다.

갈대밭 한쪽이 이리저리 흩어지고 엉망이 된 것을 볼 수 있었다.

그러나 그녀가 거기 도달했을 때, 엉망이 된 갈대밭을 볼 수 있었을 뿐, 사람의 모습은 보이지 않았다. 하지만 피비린내가 은은히 바람에 실려 떠도는 것을 보면 이 자리에서 한바탕 격돌이 있었음을 직감할 수 있다.

자세히 살피자 서너 명이 싸운 듯한 흔적을 볼 수 있었고, 그중 누군가가 상처를 입은 듯 핏자국이 선연하다.

흑영은 주위를 돌아보다가 돌연 신형을 불끈 잡아 올려 갈대 위로 올라섰다.

바람에 흔들리는 갈대.

그 위에 태연히 올라서 주위를 살펴볼 수 있다는 것은 절고(絶高)한 경신술(輕身術)을 익히지 않았다면 불가능한 일.

마침 달이 구름 밖으로 나와서 일대를 돌아보는 데 도움을 준다.

십여 장 밖의 갈대가 심하게 요동하고 있었다.

단순한 바람일 리가 없는 움직임.

그녀의 신형이 바람을 차고 날기 시작했다.

휘이잉—

스산한 바람이 갈대밭을 휘몰았다.

남은 것은 이리저리 쓰러진 갈대밭의 상흔뿐.

그런데 흑영이 신형을 날려 사라진 다음, 갈대 숲 속에서 한 사람이 머리를 들었다.

놀랍게도 그녀는 바로 홍 낭랑이었다.

그녀의 얼굴은 창백했고, 입술에는 핏자국이 말라붙어 있었다.

"매복까지 숨겨두었다니⋯⋯."

신음을 흘린 그녀는 더 이상 망설이지 않고 그 자리를 떠났다.

대체 마지막 순간에 자신을 도와준 사람이 누군지를 이 자리에서 알아볼 방도가 없었기에, 우선은 자리를 피해야 했던 것이다.

"헉헉⋯⋯."

가쁜 숨이 턱에 차 오른다.

홍 낭랑은 비틀거리며 커다란 수양버들의 등걸에 등을 기댔다.

이렇게 하면 추적자에게 흔적을 남기게 된다.

하지만 그것을 돌볼 수가 없을 정도로 그녀는 지쳤다.

은은히 주위에 퍼지는 묘한 피리 소리.

아이들이 장난으로 부는 듯한 느낌을 주는 그 소리가 아이들이 부는 것일 리가 없음은 그녀가 익히 아는 바다. 그 소리에 따라 일단의 복면 인들이 출몰함을 이미 경험했던 것이다.

그 소리는 자신을 따라오는 포위망이었다.

이미 입은 내상이 계속 무리를 하자 계속 악화되어 이젠 움직이기도 힘이 들었다. 입에서는 단내가 나고 기혈이 끊임없이 울렁거렸다.

"이, 이럴 수는 없어⋯⋯. 어떻게 이럴 수가? 아무리 봉황문을 장악 했다고 할지라도 그사이에 어떻게 이렇게 무서운 힘을 보일 수가 있는 거지? 이럴 수는⋯⋯ 정말 이럴 수는⋯⋯!"

실성한 듯 중얼거리던 그녀는 갑자기 입을 다물며 손을 치켜들었다.

한망이 날카로운 음향을 동반한 채로 앞으로 직사(直射)되어 나갔다.

그러나 그녀의 앞에 나타난 인영은 그녀의 공격을 어깨를 슬쩍 흔드 는 사이에 피해냈다. 그 유연한 신법에 놀란 홍 낭랑이 재차 손을 쓰려 고 하자 인영이 낮게 소리쳤다.

'접니다. 기억하지 못하시겠습니까?'

그 소리는 전음입밀의 수법으로 전달되어 경황 중에도 홍 낭랑은 또 렷이 그의 목소리를 들을 수 있었다.

"당신은?"

그를 본 홍 낭랑은 눈을 크게 떴다.

한효월이었다.

천만 뜻밖에도 그녀의 앞에 나타난 사람은 정말 생각지도 못했던 한 효월이었던 것이다.

"우선 이 자리를 피하셔야 합니다. 포위망이 대단합니다."

한효월은 말하다 말고 그녀를 보았다.

"움직일 수 있겠습니까?"

"물론이에요."

홍 낭랑은 창백한 낯으로 입술을 물었다.

십왕지투(十王之鬪)

－십왕이 만나다
절세고수의 대결(對決)은 하늘을 놀라게 하다

십왕지투(十王之鬪)

홍 낭랑의 말은 오기(傲氣)였다.

한효월은 그것을 알아볼 수 있었지만 지금 그런 것을 따질 수는 없는 일이다. 그가 잠시 손을 써서 포위망을 돌려놓았지만 그들이 다시 이쪽으로 좁혀올 것은 불을 보듯 뻔한 일인 것이다.

"그럼 가시지요."

한효월이 신형을 날렸다.

잠시 주춤하던 홍 낭랑은 선택의 여지가 없음을 깨닫고는 이내 한효월의 뒤를 따랐다.

그 뒤를 따르듯 피리 소리의 여운이 일대를 은은히 울린다.

새 울음소리와 같은 그 피리 소리는 들릴 듯 말 듯 끊임없이 주위를 메아리치는 듯했다.

"아직도 찾지 못했단 말이냐?"

흑영이 차가운 어조로 질타했다.

그녀가 선 자리는 일대가 한눈에 들어오는 언덕이다.

거기서 보면 얼마 전까지 그녀가 있던 용왕묘까지가 다 시야에 들어온다.

밤하늘에는 예의 달이 구름 사이로 힘겹게 얼굴을 디밀고 있는데, 강변의 구름은 자꾸만 짙어지고 있었다. 휙휙 세차게 바람이 일기 시작하는 가운데 검은 구름이 밀려와 하늘을 덮는다.

주위가 점점 더 어두워진다.

그녀의 뒤에는 예의 흑의복면인 두 사람이 서 있고, 얼마 전까지 없었던 흑의인 한 사람이 한쪽 무릎을 꿇은 채 보고 중이었다.

"누군가 고수가 그녀를 돕고 있는 것 같습니다. 우리의 이목을 흩뜨리는 바람에 딴 길로 가느라 일시지간 종적을 놓쳤습니다."

흑영의 눈빛이 침잠히 가라앉았다.

'그 계집의 휘하에 청풍이(聽風耳)의 이목을 속일 만한 능수(能手)가 있단 말인가?'

"멀리 벗어날 수는 없었을 게야. 상처를 입었을 테니…… 찾아."

"봉명(奉命)!"

흑의인이 그 자리에서 사라졌다.

*　　　*　　　*

어둠이 깃든 좁은 동굴 안.

한효월과 홍 낭랑은 그 동굴 안에서 마주 앉아 있었다.

높이는 4, 5자[尺]가량에 너비는 두 사람이 겨우 마주 보고 앉을 수 있을 정도. 그나마도 그리 깊지 않아 3장가량 정도의 이 동굴은 늑대 두 마리가 살았던 곳이다. 그 두 마리의 늑대는 한효월에게 한 대씩을 얻어맞고 줄행랑을 치고 말아 이제 이 동굴은 그들이 주인이었다.

"그들은 어떻게 되었죠?"

앞쪽에 있던 한효월이 다시 안쪽으로 들어오자 운기조식을 하고 있던 홍 낭랑이 눈을 뜨면서 물었다.

"비가 오고 있습니다. 이렇게 되면 추적하기 어렵겠지요. 특히 이런 밤이라면……. 걱정하지 않으셔도 될 거 같습니다. 몸은 괜찮습니까?"

"일단 움직이는 데는 지장이 없을 것 같아요."

홍 낭랑은 한숨을 쉬면서 한효월을 향해 어둠 속에서 눈을 반짝였다.

"뭐라고 감사의 말을 해야 할는지……."

"별말씀을, 당연한 일이지요."

한효월은 가볍게 고개를 끄덕이고는 동굴 벽에 등을 기대고는 조용히 눈을 감았다.

쏴아아아—

빗소리가 제법 세차게 들려오기 시작했다.

"왜 아무것도 묻지 않지요?"

한참 만에 홍 낭랑이 입을 열었다.

한효월이 눈을 떴다.

그 눈은 언제나처럼 그렇게 조용하고도 고요하였다.

"뭘 물어야 할는지 모르겠습니다. 그분이 맹주 부인이시라면……
저로서는 모든 게 혼란스러워서요."

"하긴, 그렇겠군요. 내막을 모르는 사람에게는……."

말끝을 흐리던 그녀가 문득 한효월에게 물었다.

"혹, 그가 남긴 것에 아무런 말도 없었던가요? 봉황령의 행방이라던 가, 지난날의 은원 같은 것들……."

"간략한 언급이 있었습니다. 자신의 가슴속에 묻어둬야만 할 말이라 고 하시면서……. 그러나 봉황령에 대한 말은 없었습니다. 봉황문은 자신이 창건했지만 은거하면서 자신과의 관계가 끊어졌노라는 말밖에 는."

"말도 안 돼……. 그럴 리가!"

홍 낭랑이 입술을 물었다.

쏴아아아―

빗줄기 소리가 시원스럽다.

하지만 동굴 안의 분위기는 질식할 듯 무거웠다.

한참, 침묵을 지킨 끝에 먼저 입을 연 것은 한효월이었다.

"몇 가지 여쭤도 되겠습니까?"

"그래요. 물어보세요. 내가 아는 거라면 다 답하죠. 그가 그렇게 나 를 기만했는데, 내가 더 이상 뭘 숨기고 말고 할 게 있겠어요?"

"그분, 그분이 독고 사형의 부인이 맞습니까?"

"맞아요. 봉설란. 지난날 새봉황이라고 알려졌던 그녀죠."

"전혀 무공을 모르는 일반 가문의 딸이라고 알고 있었는데, 그렇지 않은 겁니까?"

"겉으로는 그래요. 그녀의 집안은 학사(學士) 출신이니 규중규수가 맞지만, 실제로는 무림중의 이인(異人)에게서 무공을 배워서 강호를 주 유했었고 그래서 그 당시 나와도 친분을 맺게 되었던 거예요. 다만 활동하던 시기가 길지 않아서 세상 사람들이 모를 뿐이죠."

전혀 알지 못하던 사실들이 그녀의 입에서 흘러나오고 있었다.

무공을 배운 뒤로 아무도 몰래 강호에 나와 돌아다니던 봉설란.

그녀는 사람들에게 새봉황이란 이름을 얻게 된다. 그만큼 아름다웠
다는 이야기였지만 그녀의 정체를 아는 사람은 없었다. 가문에서 그녀
가 강호에 나온 것을 알면 큰일이라 그녀가 스스로를 감추었기 때문이
다.

그렇게 해서 그녀가 천기선생을 항주(杭州)에서 만나게 된 것은 운
명의 시작이라 할 수 있었다.

천기선생 공일도(孔一都)는 임풍옥수와 같은 용모에 박학다식하여
그녀를 사로잡기에 충분했다. 그렇게 인연이 맺어졌다면 아무런 문제
도 없었을 터이다. 그러나 공교롭게도 그들이 친해질 무렵, 그들의 앞
에 나타난 것이 독고해였다.

젊은 나이에 천하무림의 맹주로서 세상을 위진하는 일대 호남.

하지만 그는 이미 결혼을 한 사람이었다.

문제는 거기서 발생하였다.

만나자마자 그들은 하나가 되어버렸기 때문이다.

그것은 불가항력적인 사고로 인하여 기인한 일이었다.

천기선생 공일도는 원래 홍소군을 좋아했었다.

그런데 그 와중에 봉설란이 나타나면서 천기선생 공일도의 사랑은
홍소군이 아니라 봉설란에게 옮겨가 버렸고, 더 어이없는 것은 봉설란
을 소개한 사람이 바로 홍소군이라는 점이다.

홍소군은 절망에 빠졌지만 그래도 그를 잊을 수 없었다.

그 와중에 끼어든 것이 독고해였다.

그는 이미 기혼남이었음에도 그가 워낙 출중한 인물인지라 묘한 사각 관계가 형성이 되었지만, 그러한 사고가 터지기 전까지는 그 국면은 그리 심각한 것이 아니었다.

홍소군은 천기선생을 원망하여 그를 따라다녔고, 미안함을 이기지 못한 천기선생은 늘 그녀를 피해 다녔다.

그런 와중에 그는 봉설란을 만나러 갔다가 정말 믿기 어려운 광경을 보게 된다. 그가 동생이라 부르는 독고해와 자신의 연인, 봉설란이 알몸으로 규방에서 뒤엉켜 있는 광경을 목도하고 만 것이다.

청천벽력(靑天霹靂)!

그는 그 자리에서 짐승 같은 두 연놈을 쳐 죽이려 했지만, 기혈이 들끓어 손을 쓸 수가 없었다. 그리고 독고해의 무공은 그를 뛰어넘어 정작 싸움이 시작되면 그가 이긴다는 보장은 어디에도 없었다.

하지만 그보다 더한 것은 그 처절한 배신감…….

미친 듯 사방을 헤매던 그는 마침내 주화입마하여 쓰러지고 만다.

그를 발견한 것은 그를 따라오던 홍소군.

천기선생의 그 참혹한 몰골에 놀란 홍소군은 영문을 알기 위해서 독고해를 찾았고, 마침내 모든 상황을 알기에 이른다.

그것은 사고였다.

적과 싸우던 독고해가 상처를 입은 상태에서 그 상처를 치료하기 위해서 몸을 피한 곳이 공교롭게 봉설란이 있던 곳. 그런데 그녀는 자칫 잘못하여 호접랑군(胡蝶郎君)이란 강호의 치한에게 봉변을 당할 위기에 있었다. 호접랑군을 쫓아낸 것까지는 좋았는데, 봉설란은 물론 독고해마저 호접랑군이 뿌려놓은 춘약(春藥)에 중독이 되어버린 것이 문제의 발단.

혈기방장한 나이의 독고해.

그가 정신을 차렸을 때는 모든 것이 끝난 다음이었다.

그의 아래에는 그에게 짓밟힌 봉설란의 나신이 깔려 있었던 것이다.

이미 엎질러진 물.

아무리 후회해도 다시 담을 수 있는 방법은 없었다.

그러나 불가항력이라고 치부하고 말기에는 너무 참혹한 결과.

일세의 풍운아 천기선생―당시 천기서생―은 그로 인해 충격을 받고 세상을 등졌다. 뿐만 아니라 그는 당시에 수련하던 공력이 그때의 충격으로 흐트러져 주화입마에 빠져 반신불수가 되고 말았다.

독고해로서는 그야말로 황하에 뛰어들어도 잘못을 씻을 수가 없는 상황에 이른 셈이었다.

사흘 밤낮을 두고 그가 은거한 피진거의 앞에서 잘못을 빌었으되, 그는 끝내 피진거에서 모습을 드러내지 않았다.

비통에 잠긴 봉설란이 그 자리에서 자결을 하고자 하였으나, 독고해의 저지로 뜻을 이루지 못하였다.

홍 낭랑의 안색은 상기되었다.

어둠 속에서도 그녀가 입술을 깨무는 것을 알아볼 수 있을 정도였다.

"하지만 난 알아요. 그 모든 것이 그 파렴치한 계집의 술수였음을……."

"……?"

한효월은 의아한 표정으로 그녀를 바라보았다.

"당시 독고해는 출범한 지 얼마 안 된 천하무림맹의 초대 맹주로서 욱일승천하는 기세로 세상을 질타하는 기린아(麒麟兒)였어요. 능력은 있으되, 세상에 별로 뜻이 없었던 천기선생과는 달랐죠. 비록 결혼을 했다고는 하지만 상처(喪妻)하였으니 걸릴 게 없었죠. 상처한 지 얼마 되지 않은 거야 아무런 상관도 없었어요. 그 요부는 그렇게 양대 기재를 오가면서 두 사람을 농락했던 거예요."

"……."

너무 엄청난 말이라서 한효월은 입을 열 수가 없었다.

천기선생이 남긴 글에도 이 부분에 대해서 몇 가지 간단한 언급이 되어 있었다. 비교적 담담히 서술된 글이긴 하였지만, 그 근저에는 삭일 수 없는 앙금이 가라앉아 있음을 한효월은 느낄 수 있었다.

그렇기에 그 글이 담긴 천기단서를 한효월은 없애 버렸다.

사형, 독고해의 일세영명(一世英名)이 그 글로 인해서 치명적인 타격을 받을까 우려해서였다.

의형(義兄)의 여자를 취했다면, 용납될 수 없는 일.

"내 말이 믿어지지 않죠?"

홍 낭랑은 차가운 웃음을 떠올렸다.

"그렇겠죠. 세상에 자면성모라는 말까지 돌게 만들 정도로 무서운 여자이니, 어떻게 쉽게 믿어지겠어요? 그러나 그 사람을 해치고 독고해까지 해친 여자이니 두 사람이 없는 마당에 뭐가 두렵겠어요?"

그녀의 눈에서 원독의 빛이 이글거린다.

"……."

한효월은 입을 열지 않았다.

그가 뭐라고 답하기에는 너무 엄청난 사안(事案)이었다.

"낭랑의 말씀이 사실이라면, 그렇다면 그분은 지금부터 무엇을 하려는 것일까요? 복수?"

한참 만에 입을 연 한효월의 물음에 홍 낭랑은 코웃음 쳤다.

"복수? 그녀가 말인가요? 시간이 증명할 거예요. 그 여자가 이제부터 무엇을 할 것인지……."

그녀의 마지막 음성이 여운을 남겼다.

빗줄기가 조금 약해졌다.

하지만 아직 밤이 물러가려면 한참 남은 시각.

한효월은 수중에 든 옥패 하나를 가만히 들여다본다.

너비가 한 치가량에 길이가 한 치 반 정도의 타원형인 옥패에는 정교한 솜씨로 구름을 탄 비천옥녀상(飛天玉女像)이 조각되어 있었다.

홍 낭랑이 그에게 주고 간 물건이다.

나를 찾으려면 개봉으로 오라는 말과 함께.

그녀가 사라진 어둠 속을 바라보던 한효월은 옥패를 갈무리하면서 신형을 날렸다.

그가 목적하는 곳은 처음에 갔던 봉설란의 거처.

거기에는 아직 유성이 그를 기다리고 있을 터이다.

곳곳에 아직도 수상한 움직임이 있었다.

그러나 한효월을 위협할 정도의 매복은 아니었다.

그는 그들의 눈을 피해서 원래의 자리에 돌아올 수 있었다.

하지만……

한효월의 안색이 굳어졌다.

자신을 기다리고 있어야 할 유성이 보이지 않았던 것이다.

명랑 쾌활하긴 하지만 그렇다고 경솔한 아이는 아니다. 다른 일이 있었다면 뭔가 표기(表記)라도 남겨두었을 터. 없어졌다면 필유곡절(必有曲折).

주위를 살펴보았지만 보이는 것은 어둠뿐.

"무슨 일이 있었던 걸까?"

한효월은 유성이 있었던 자리에 미미한 움직임의 흔적을 발견하고 깊은 생각에 잠겼다.

일 다경은 지났을 무렵.

한효월은 신형을 날려 처음 그가 갔던 후원 2층 누각에 도달했다. 그가 처음 갔을 때 불이 꺼져 있었던 후원 누각에는 불이 밝혀져 있었다.

잠시 생각에 잠겼던 한효월은 모습을 드러내어 성큼성큼 후원으로 걸어 들어갔다.

나직한 경호성이 들려왔다. 갑자기 사람이 불쑥 나타나니 놀라지 않을 수가 없었던 것이다.

"한효월이 부인을 뵙기 위하여 찾아왔다고 전해주시오."

한효월은 망설이지 않고 조금 소리를 높여 말했다.

말을 한 사람도, 말을 전달할 사람도 그 뒤로는 움직임을 보이지 않았다.

그러나 한효월은 후원의 화원을 바라볼 뿐, 태연하기만 했다.

그리고 얼마 후.

누각의 문이 열리고 흰옷을 차려입은 시비(侍婢) 하나가 걸어나왔다.

"안으로 들어오십시오."

그녀가 한효월의 앞에서 고개를 숙여 보였다.

누각은 생각보다 별로 크지 않았다.

1층은 대청이었고 객청(客廳)이 따로 하나 마련되어 있었다.

하지만 시비가 한효월을 안내한 곳은 뜻밖에도 누각 2층의 침실이었다.

간결한 치장을 한 침실에는 휘장이 드리워진 침대 하나가 놓여 있고 그 옆으로 화장대와 의자가 있다. 침실의 중앙에는 탁자와 의자가 놓여 있지만 거기에는 아무도 없었다.

굵은 대황초가 밝혀진 침실, 그 창가에는 검은 옷을 입은 여인이 등을 보인 채 서서 창밖을 내다보고 있었다.

창밖으로 빗소리가 고즈넉하게 들린다.

"결례임을 알면서도 야심한 시각에 찾아뵈었습니다."

한효월이 먼저 입을 열었다.

바깥을 내다보고 있던 흑의여인이 천천히 몸을 돌렸다.

봉설란이었다.

촛불 아래 드러난 그녀의 얼굴은 조각처럼 아름다웠다.

그러나 어딘지 모르게 우수에 젖은 듯 안색은 어두워 보였다.

"별말씀을, 앉으세요."

시비가 차를 가져다 놓고 물러났다.

탁자에 한효월이 앉자 봉설란은 창가에서 서성이다 길게 탄식했다.

"그분의 평생 업적이 한순간에 잿더미가 되고 그나마도 화산으로 옮아가 버렸으니 후일 그분을 어떻게 뵈어야 할는지……."

"저희들의 잘못이 큽니다."

"무슨…… 이 미망인의 신세 한탄일 따름입니다."

봉설란이 머리를 저었다.

봉차(鳳釵)가 불빛을 받아 반짝인다.

"감 사질이 가끔 들러 어떻게 계시는지 알아봐 달라는 말도 있었습니다만, 제가 오늘 온 것은 달리 여쭤볼 것이 있어서입니다."

"제게 말인가요?"

"그렇습니다."

"무슨?"

봉설란의 얼굴에 의혹의 빛이 어렸다.

"지금 봉황문을 부인께서 움직이고 계십니까?"

순간, 봉설란의 전신에 일진 진동이 일었다.

그녀는 놀란 눈빛으로 한효월을 바라보고 있다가 천천히 입을 열었다.

"누가 그러던가요?"

"좀 전에 홍 낭랑과 다투실 때, 저도 그 자리에 있었습니다."

"……."

봉설란은 굳은 얼굴로 입을 다물었다.

아연 긴장의 빛이 방 안을 내리누르는 듯했다.

잠시 침묵이 흘렀다.

어둠이 길게 대황촉의 불빛에 따라 일렁거린다.

먼저 입을 연 것은 봉설란이었다.

"그렇군요. 누가 그녀를 도왔나 했더니 한 공자이셨군요……."

그녀의 말에 한효월은 고개를 숙여 보였다.

"죄송합니다."

"그래, 그녀가 뭐라던가요? 내가 봉황문의 문주라고 하던가요?"

"그런 말은 하지 않았습니다. 다만 봉황령이 부인께 있다고만……."

"바보 같은! 하긴 그러니까 내게 억지를 썼겠죠. 그리고 또 무슨 말을 하던가요?"

"옛날 일을 조금 들려주신 것뿐입니다."

"옛날 일이라…… 그분과 제가 어떻게 만났는지도 말했겠군요?"

"조금 들었습니다."

"조금이라?"

봉설란의 눈빛이 차갑게 굳어졌다.

"그녀가 뭐라고 했는지는 몰라도 그녀의 말이 다 사실은 아니에요. 더구나 난 그분의 아내가 된 다음, 모든 것을 잊고 오로지 그분만을 위해서 살았어요. 소군은 누구의 사랑도 얻지 못했었고 다른 사람에게 사랑을 강요하여 스스로 욕됨을 자초하였었어요. 그런데 이제 와서 나를……."

그녀는 격앙된 어조로 말하다가 한숨을 내쉬면서 고개를 저었다.

"그만 해두죠. 어차피 지난 일은 아무런 의미가 없으니……."

말끝을 흐린 그녀는 한효월을 바라보았다.

"한 공자께서 나를 찾아오신 것은 무슨 의미가 있는 건가요?"

그녀의 말에는 묘한 의미가 함축되어 있었다.

한효월은 그녀의 말에 정색을 했다.

"봉황령이 부인께 없다면, 혹시 누가 가지고 있는지 아십니까?"

"……."

봉설란은 한효월을 잠시 바라보다가 고개를 끄덕였다.

"굳이 숨길 필요는 없겠죠. 당대의 봉황문주예요. 그는 지난 십수 년 간 봉황문을 막강하게 만들어놓은 실력자이죠. 물론 천기선생에게서 봉황령을 건네받은 당사자이기도 하구요. 물론 저는 아니에요."

"그가 누군지 알 수 있겠습니까?"

"그건 말해 드릴 수가 없겠군요. 이미 다른 사람에게는 누설하지 않기로 약속을 한 다음이라서……."

"부인께선 그 봉황문과 어떤 관련을 가지고 계신지 여쭤봐도 되겠습니까?"

"관련이라, 글쎄요. 일단 도움을 받고 있는 것은 말씀드릴 수가 있겠군요. 복수를 하려면 큰 힘이 필요하니까……."

"복수……."

한효월이 그 말을 되뇌었다.

그러자 봉설란이 힘있게 머리를 끄떡이며 말했다.

"내가 굳이 고집을 부려 이곳에 남은 것은 복수를 하기 위함이에요. 도저히 더 이상은 참고 볼 수가 없어서…… 그것을 위하여 저는 이미 옛날에 알던 사람들을 불러 모으고 있는 중이에요."

그녀 스스로 인정을 하고 있었다.

그녀가 강호인(江湖人)임을.

"그렇게 말씀하시니 면목이 없습니다만, 부인께서 직접 나서신다면 저희들이 참으로 난감합니다. 돌아가신 분께 뭐라고 드릴 말씀도 없고…… 재고하여 주시면 어떨는지……."

"그럴 수는 없어요. 저는, 한 공자께서 저를 많이 도와주시기를 바라고 있습니다. 그렇게만 해주신다면 백만대군을 얻은 것보다 더 기쁠 거예요."

"부인을 돕는 것은 당연합니다. 하지만……."

"한 공자."

"예."

"전 모든 것을 잊고 오로지 한 장부의 아낙으로서 평생을 마치길 원했어요. 무공조차도 놓아두었었죠. 전 시집간 이후로 이따금 내공을 연마한 것을 제외한다면 무공도 버렸었어요. 하지만 지아비가 적의 손에 비명에 가시고 시신마저 도적맞았어요. 그분의 평생 업적이 그들의 손에 유린되어 잿더미가 되는 걸 봤어요. 그걸 보고도 어떻게 그냥 있을 수 있겠어요? 싸우다 죽는다 할지라도 절대로 이렇게 물러날 수는 없어요."

봉설란이 빨래판에다 물을 쏟아 붓듯이 그렇게 말했다.

격렬한 어조였다.

구구절절이 피를 토하듯 한이 서린 음성.

어쩌면 너무나 당연한 그녀의 말에 한효월은 말을 잃었다.

그녀의 도도한 언변에 누가 말을 붙일 수 있을 것인가?

누가 뭐라고 해도 그녀는 독고해의 부인. 세상이 다 아는 맹주의 부인인 것이다. 그녀가 복수를 하겠다고 나선다면 누구도 그 말에 정면으로 반기를 들 수는 없다.

할 수 있다면 위험하다고 말리는 것이 고작.

하지만 지금 상황에서 말린다고 과연 그녀가 물러설 것인가?

잠시 침음하던 한효월은 입을 열어 물었다.

"한 가지 부탁을 드려도 되겠습니까?"

"무슨?"

"봉황문주를 만나게 해주십시오."

"봉황문주를?"

"그렇습니다. 지금 상황에서 가장 필요한 일이 아닌가 합니다."

"……."

봉설란은 잠시 말을 멈추고 생각에 잠긴 듯하다가 입을 열었다.

"장담할 수는 없지만, 연락은 해보겠어요. 시간이 조금 필요할 테니 사흘 후쯤 다시 와주실 수 있겠어요?"

"물론입니다."

"그럼 사흘 후에 뵙도록 하지요."

그녀의 말이 의미하는 바는 축객(逐客)에 다름이 아니다.

한효월은 암암리에 고소를 머금으면서 그녀에게 손을 맞잡아 포권하여 보였다.

"그럼 삼 일 후, 저녁 무렵해서 찾아뵙겠습니다."

"멀리 나가지는 않겠어요. 오늘은 몹시 피곤해서……."

"별말씀을, 이렇게 찾아뵈어 죄송천만입니다."

봉설란은 문밖으로 나서는 한효월의 등 뒤에다 대고 나직이 말했다.

'홍소군은 너무 믿지 마세요. 그녀는 언제라도 자신에게 유리한 말을 지어낼 수 있는 사람이니까, 반쯤은 경계하면서 대해야 할 거예요.'

음성은 나직했지만, 전음입밀로 발출된 것이라 한효월의 귓전에다 대고 말하듯이 또렷하게 들렸다. 전음입밀이란 소리를 자신의 진기로서 남에게 보내는 것이니 고심한 내공이 없다면 결코 시전할 수가 없는 것이다.

한효월을 배웅하고 난 봉설란은 문득 안색을 싸늘히 굳혔다.

'봉황령이 손에 없는 상황에서 사방에 소문이 나면 안 될 텐데…….'

그녀는 한참 깊은 생각에 잠겨 있다가 뭔가 결심이 선 듯 입술을 물었다.

그리고 침상 옆에 있던 줄을 잡아당겼다.

맑은 종소리가 은은하게 들린다.

"부르셨습니까?"

복면으로 얼굴을 가린 예의 흑의인이 그녀의 앞에 나타났다.

"지금 가용 인원이 얼마나 되지?"

"아직 얼마 되지 않습니다. 그나마 수색에 많은 인원이 투입되어…… 열흘 정도는 있어야 어느 정도 힘을 갖출 수 있습니다."

"너무 늦다. 사흘 뒤까지 모든 걸 완료할 수 있게 서둘러야 한다."

"사흘이라면……."

복면흑의인의 눈에 곤혹의 빛이 떠올랐다.

"그리고 수색에 나갔던 자들에게 일러서 수색 범위를 넓히라고 해. 어쩌면 이미 포위망을 빠져나갔을런지도 모르니까."

봉설란은 예리하게 날이 선 칼처럼 말을 잘라 버리고는 입을 다물었다.

"봉명(奉命)!"

말과 함께 복면인이 사라졌다.

봉설란은 창가에서 하늘을 쳐다본다.

밤하늘의 어둠이 천지를 휘감고 있다. 새벽이 오려면 아직 멀었다.

                    *   *   *

　밖으로 나온 한효월은 주위를 살펴보았다.

　그가 굳이 유성의 행방을 그녀에게 묻지 않은 것은 그녀에게서 아무런 기색을 발견할 수가 없었기 때문이다.

　그가 직접 가르친 유성의 무공은 약하지 않아 어떤 고수라도 싸운 흔적도 없이 그를 제압해 갈 수는 없다. 그런데 그 자리에는 싸움의 흔적이 없었다. 그것은 바꾸어 말해서 유성이 무사하다는 의미일 수도 있었다.

　그래서 한효월은 잠시 시간을 두어볼 참이었다.

　그리고 그는 2층 누각 쪽을 한 번 더 바라본 다음에 그곳을 벗어났다.

　바로 그때였다.

　'저게 뭐지?'

　한효월은 조금 굳은 얼굴로 하늘을 바라보고 있었다.

　아직 빗줄기를 뿌려내고 있는 밤하늘 저쪽에서 무엇인가 반짝이다가 사라지는 것을 보았던 것이다.

　너무 찰나적이라서 그가 때마침 그쪽을 보고 있지 않았더라면 발견하지 못했을 뻔했을 정도로 그것은 순간적이었다.

　한효월의 신형이 망설임없이 그쪽으로 사라졌다.

　하늘을 가르는 유성(流星)일 리는 없으리라.

　이런 밤에 유성이 보인다는 건 불가능한 일일 터이니.

　게다가 방금의 반짝임은 분명히 인공적이었다.

　그렇다면 연관될 수 있는 가장 큰 가능성은 바로 유성(柳星).

　　　　＊　　　　　＊　　　　　＊

쏴아아―

쏟아 붓는 빗줄기가 아니지만, 세찬 강바람에 이리저리 흩날리니 옷이란 게 아예 존재 의미가 없다.

그 가운데 거대한 가마 한 채가 빗속을 뚫고서 전진하고 있었다.

여덟 명의 교꾼들에 의해 움직이고 있는 것은 자세히 본다면 가마가 아니라 상여(喪輿)임을 알 수 있었고, 대단히 컸다. 하지만 그 움직이는 속도는 실로 놀랍도록 빨라서 마차가 달리는 것보다 더한 듯했다.

그러나 지금은 그 속도를 내지 못하고 멈춘 상태였다.

거대한 상여의 앞에는 음악을 연주하는 악사(樂士)가 여덟 명 있었다.

그러나 그들 중 하나는 금방이라도 쓰러질 듯했고, 나머지들도 경악한 눈빛으로 앞을 노려보고 있는 것이 강적을 만난 기색이 역력했다. 바로 귀왕여를 선도(先導)하는 마음악사들이었다.

그런 그들의 앞에는 갈의노인 한 사람이 우뚝 서 있었다.

그는 어둠 속에서 전광과도 같이 번뜩이는 눈을 들어 방금 자신이 격퇴시킨 마음악사들을 쏘아보면서 코웃음 쳤다.

"아직도 조무래기들만 믿고 상여 안에서 유유자적한가?"

그는 다시금 자신을 공격하기 위해서 천천히 움직이고 있는 마음악사들을 보자 싸늘히 고함질렀다.

"다시 한 번 더 움직인다면 더 이상 네 주인의 체면을 돌보지 않겠노라!"

곱추인 갈의노인이 노해 부르짖자, 마음악사들은 심령상으로 충격을 받아 부지중에 가슴을 부여잡으며 서너 걸음 뒤로 물러나야 했다.

공력의 차이가 너무 나는 것이다.

촤, 촤아아―

강변의 물소리가 요란하다.

그만큼 그가 내지른 한소리에 실린 경력은 막강했던 것이다. 강물이 출렁일 만큼.

"결국, 주인을 나오게 만들려면 개를 때려잡아야 한다는 건가?"

갈의노인이 냉소를 터뜨렸다.

동시에 그는 원숭이의 팔과 같이 긴 손을 치켜들었다.

바로 그 순간이다.

"불 같은 성미는 여전하군……. 추운 지방에서 살다 온 자들은 다 그런가?"

귀왕여 안에서 음산한 음성이 들려왔다.

"호오, 이제야 나오신 건가? 과연…… 귀하신 분이라 목소리 한번 듣기 힘들군 그래."

"왜 나를 찾아온 거지? 우리 사이에 서로 만날 일은 없을 텐데?"

"그건 내가 결정하지, 귀신이 간섭할 일은 아니지."

지, 라고 하는 말이 그의 입을 떠나는 순간에 그는 괴이한 형태로 주먹을 말아 쥐고는 귀왕여를 향해 일권을 쳐갔다.

"감히!"

꾸짖는 소리와 함께 마음악사와 교꾼들이 일제히 그 장세를 막아가려고 했다.

찰나,

"모두 물러나라! 너희들로서 막을 상대가 아니다. 그건 바로 요동 땅의 귀신 막풍이 자랑하는 무적패권이다!"

음산한 외침이 다급함을 담고 터져 나오는가 싶더니 귀왕여 안에서 음산한 기운 한줄기가 쏘아져 나갔다. 그 형상은 실로 기괴하여 사람의 해골을 방불게 하였다.

츠웃— 콰콰!!

뒤이어 물속에 불길이 들어가는 듯한 음향이 일더니, 이내 고막을 떨어 울리는 굉음이 폭발하듯이 그렇게 터져 나왔다. 그 위력이 얼마나 가공한지 사방 10여 장이 그 범위에 들었다. 귀왕여를 호송하던 자들은 싸움에 끼어들기는커녕, 그 가공할 압력을 견디지 못하고 비틀거렸다.

강물이 출렁이고, 갈대들이 태풍에 무너지듯이 이리저리 쓰러졌다.

불가일세(不可一世)!

당대에는 누구도 그를 어찌할 수 없는 존재를 의미한다.

개개인이 그렇게 불리는 요동의 권왕 막풍과 어둠의 제왕이라고 일컬어지는 풍도귀왕의 대결은 가히 경천동지의 것이었다.

비록 단 한 번의 대결이라고는 하지만 그 격돌로 인하여 초래된 결과는 실로 상상을 불허했다.

요동권왕 막풍의 일권(一拳)과 풍도귀왕의 일경(一勁)이 맞부딪친 자리는 화약이 폭발한 듯 폐허가 되어버렸고, 그 파장에 아직도 강물이 태풍을 만난 듯 출렁거리고 있었다.

힘의 소용돌이에 휩쓸려 뿌리째 뽑혀 버린 갈대들이 어지러이 여풍

(餘風)을 따라 흩어지고 있으니 도무지 시야를 분간할 수 없을 정도였다.

"흥! 지난 세월 동안 놀고 있었던 건 아닌 모양이로군……."

요동권왕은 화등잔 같은 신광을 눈에서 쏟아내면서 냉소했다.

그의 얼굴은 대춧빛으로 붉었고, 그처럼 가공하게 퍼져 나가는 경력도 그의 신형만은 건드릴 수 없는 듯 옷자락 하나 펄럭이지 않는다.

형편은 귀왕여도 비슷한 듯했다.

귀왕여에 매달린 단장(輓章)이나 칠성번(七星幡)들이 찢어질 듯 펄럭이긴 하지만 그 귀왕여의 앞을 가리고 있는 주렴(珠簾)은 전혀 흔들리지 않았다. 그 주렴의 가운데 부분에서 안광(眼光)이라고 짐작되는 푸른빛이 어둠을 뚫고서 빛나고 있음이 더욱 공포스러울 뿐.

"깃발은 조용히 있고자 하지만 부는 바람이 그냥 두지 않으니 어찌 그것이 깃발의 잘못인가? 본왕이 손을 놓고 있었다면 이미 허접쓰레기들이 본왕의 신성(神聖)을 모독하였을 테니……."

"좋아, 좋아! 그렇다면 그 귀왕음부인이 그간 얼마나 대단해졌는지 한번 알아봐도 좋겠군."

요동권왕 막풍은 껄껄 대소를 터뜨리면서 눈을 부릅떴다.

그러자 그의 갈의장삼이 갑자기 풍선처럼 부풀어 오르기 시작했다.

그가 결(訣)을 짚으며 앞으로 한 걸음 나섰다.

강대무비한 기세가 그 한 걸음에서 일어났다.

느닷없이 거대한 해일이 요동권왕의 등 뒤에서 일어나 앞으로 밀려 나오는 것만 같은 기세…….

그가 한 걸음을 더 내딛자 그 기세는 더욱 가공해졌다.

그 순간, 마음악사들이 환영처럼 날아들어 그의 앞을 가로막았다.

하지만 그것과 동시에 가장 앞섰던 자의 입에서 구슬픈 비명 소리가 이는 듯하더니 그의 신형이 피모래로 화하여 무너져 내렸다.

우두둑!

요동권왕이 주먹을 움켜쥐자 손아귀에서 강렬한 음향이 인다.

"허수아비들로 나를 가로막을 셈이냐?"

그의 머리카락이 불타듯이 서서히 위로 솟구치기 시작한다.

쿠쿵!

그가 앞으로 다시 한 걸음을 내딛자, 지축을 울리는 진동이 인다. 동시에 갈대밭의 갈대들이 허공에서 누가 잡아당기듯이 뿌리째 뽑혀 올라갔다.

고오오—

고막을 울리는 거대한 어떤 울림이 요동권왕의 한 걸음마다에서 일고 있었다.

방금 죽어 나간 마음악사의 옆에 있던 두 명의 악사가 들고 있는 비파의 줄이 끊어지는가 싶더니, 이내 산산조각이 나 흩어졌다. 줄이 끊어지고 비파가 부서지는 것과 함께 마음악사도 외마디 비명과 함께 피를 토해내면서 뒤로 벌렁 넘어지고 말았다.

'가공할 신위로구나!'

암중에서 그 광경을 지켜보던 한효월은 혀를 내둘렀다.

저것이 그의 원래 무공 수준이라면 지난날 청룡보에서 자신과 싸울 때에는 전력을 다하지 않았다는 의미가 된다.

저러한 무공의 가장 무서운 점은 아예 손을 쓰지도 않고서 기세(氣勢)만으로 사람을 죽일 수 있는 것이고, 그 능력이 계속 높아진다면 바로 전설상으로 알려진 의형살인(意形殺人)의 경지에 이르게 될 터이다.

아니, 어쩌면 이미…….

그때였다.

『대풍운연의』 제4권으로…

김석진 新무협 판타지 소설

삼류무사
三 流 武 士

통쾌 무비! 쾌감 작렬!

이것이야말로 진정한 삼류!

삼류의 탈을 쓴 비장의 일격을 맛 보아라!
무료함을 날려줄 한방 슬러거!

축하한다! 너는 이제 삼류무사(三流武士)가 되었다.
뒤에 쓰여진 이러쿵저러쿵이 어찌 눈에 들어오겠는가?
머리 위로 별들이 빙글빙글 춤추고 있다.
"씨—앙!"
날아가면서 양발차기로 석비(石碑)를 부숴 버렸다.
와르르—
열받아 봐야 무엇 하겠는가?
물은 이미 엎질러졌고 오 년이란 시간은 흘러가 버렸다.
그래서 이제 스물여덟이 되었다.
황금 같은 이십대의 청춘은 다 날아가 버렸다.
양양성에서 최고로 잘 나가던 한량,
뒷거리 싸움의 천재 장추삼의 청춘은
돌아올 수 없는 곳으로 떠나갔다.
기껏 삼류무사가 되기 위해!

도서출판 청어람 www.chungeoram.com ● 우 420-011 부천시 원미구 심곡1동 350-1 남성빌딩 3F ● TEL : 032-656-4452/54 ● FAX : 032-656-4453 ● Email : eoram99@chol.com

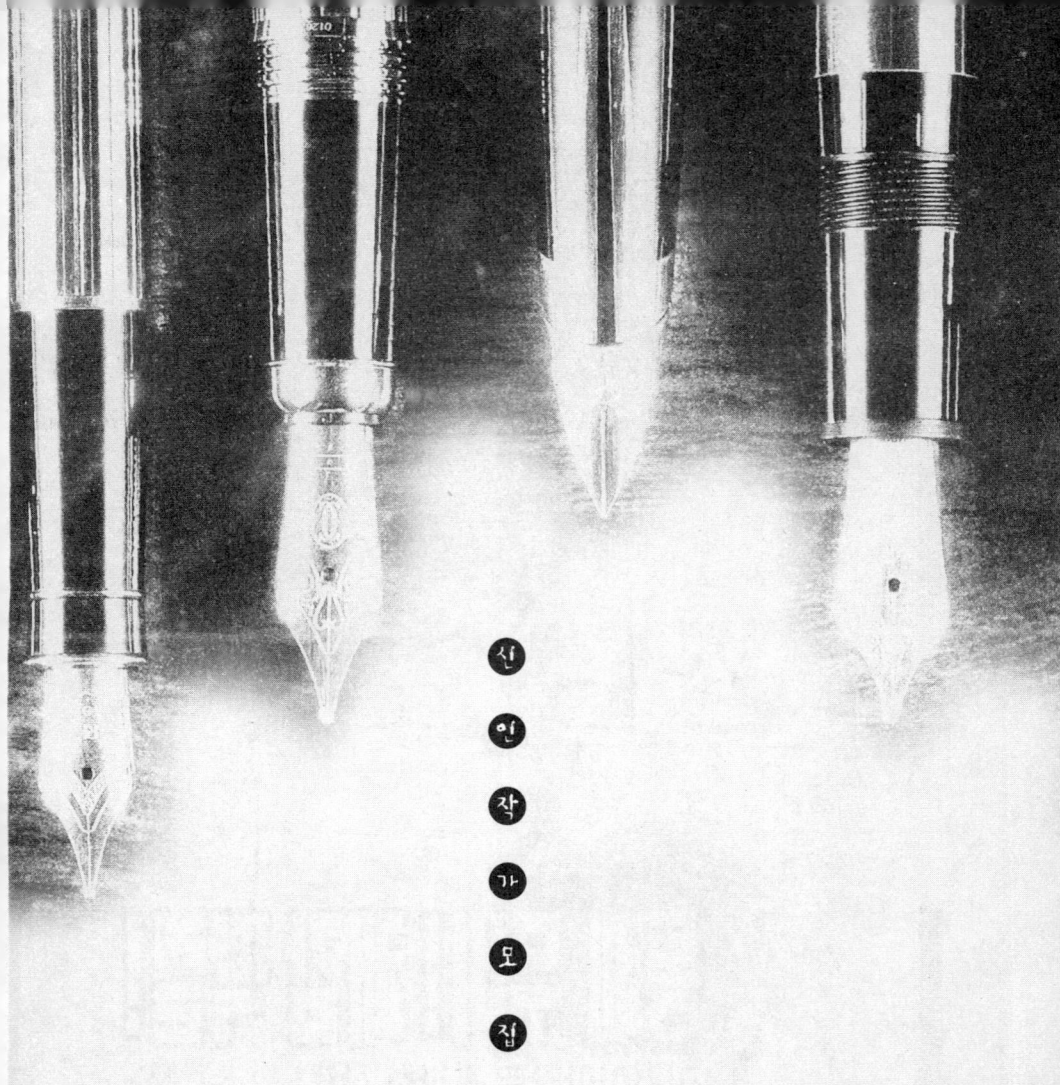

신
인
작
가
모
집

시작이 반이라고 했습니다.
작가의 길에 대한 보이지 않는 벽을 과감히 깨뜨리십시오!
청어람은 작가 지망생 여러분들의
멋진 방향타가 되어드리겠습니다.

저희 도서출판 청어람에서는
소설 신인 작가분들을 모집합니다.
판타지와 무협을 사랑하시는 분들의 많은 참여를 바랍니다.
소정의 원고(A4용지 150매)를 메일이나 우편으로 보내주시면
검토 후 출판 여부를 알려드리겠습니다.

주소:경기도 부천시 원미구 심곡1동 350-1 남성B/D 3F 우편번호420-011
TEL:032-656-4452 · **FAX**:032-656-4453
http://**www.chungeoram.com**
e-mail:chungeoram@chungeoram.com